Limbes

Les Derniers Humains : Tome 2

Dima Zales

♠ Mozaika Publications ♠

Publié par Mozaika Publications, une marque de Mozaika LLC.
www.mozaikallc.com

Couverture par Najla Qamber Designs
www.najlaqamberdesigns.com

Traduit de l'anglais (États-Unis) par Suzanne Voogd
Révision linguistique par Valérie Dubar

e-ISBN : 978-1-63142-223-2
Print ISBN : 978-1-63142-224-9

CHAPITRE UN

Je marche dans le désert, le soleil rayonnant sur ma peau. J'aperçois un scintillement bleuté au loin. Est-ce un mirage ? Je cours dans sa direction et le scintillement se transforme rapidement en un océan bleu infini.

Je suis fou de joie. J'ai toujours voulu voir l'océan.

Soudain, une silhouette en bikini et cheveux courts apparaît devant moi et dit :

— Je ne savais pas si cela allait fonctionner, mais je voulais tenter le coup. Tu es en train de rêver, mais il faut que tu te réveilles.

Une fois que la surprise de son apparition est passée, je me rends compte qu'elle a raison. D'une certaine façon, je savais que je rêvais. Après tout, il n'y a pas de dômes ni de barrières autour de moi et je sais que les océans et les déserts n'existent pas sur Oasis.

Cette prise de conscience me réveille en sursaut.

Les lumières du dortoir sont tamisées au point d'être à peine perceptibles. Ce n'est donc pas encore le matin.

— Je suis désolée de m'être immiscée dans ton rêve, dit Phoe. Je sais qu'il est tôt, mais c'est urgent et nous devons parler.

J'essaie de me réveiller pour de bon en me frottant les yeux.

Phoe se tient près de mon lit. Son visage habituellement souriant est parcouru de rides inquiètes. Je ne sais pas si elle est restée plantée là toute la nuit. En fait, elle n'est pas vraiment là. Je peux la voir grâce à sa maîtrise de l'interface de réalité augmentée. La véritable Phoe – l'intelligence artificielle du vaisseau – est partout.

À mesure que je me réveille, ce que j'ai appris hier me revient à l'esprit : la Quiétude que j'ai subie pour avoir posé trop de questions après l'oubli de Mason, l'évasion de la prison des sorcières avec l'aide de Phoe, ma fermeture du zoo, le jeu IRES qui a suivi, la course à travers la forêt. Je me rappelle avoir volé sur un disque, m'être fait capturer et presque tuer, avoir rejoué au jeu IRES pour la seconde et dernière fois. Et surtout, je me souviens des révélations fracassantes qui ont suivi, et cela m'inonde la tête de questions auxquelles je n'ai pas pensé la veille. Par exemple, si nous nous trouvons sur un vaisseau spatial, vers où volons-nous ? Quand arriverons-nous ? Pourquoi...

— Je cherchais justement à répondre à ces questions. Découvrir où nous nous trouvons dans le cosmos est une de mes priorités... après notre survie.

Phoe jette un coup d'œil prudent en direction de la porte avant de reporter son attention sur moi.

— Malheureusement, je n'ai pas encore les capacités informatiques nécessaires au calcul de notre situation dans l'espace. Cependant, j'ai découvert comment nous pouvons acquérir ces ressources. Sauf que, comme je te l'ai dit, notre survie est primordiale et... il y a quelque chose que tu devrais voir.

Son ton génère un pic d'adrénaline qui chasse les dernières traces de sommeil de mon cerveau. Je laisse automatiquement le nettoyage du matin s'occuper de mes dents pendant que je pose mes pieds dans mes chaussures et que je tends la main pour prendre une barre de nourriture. Une petite table de chevet avec un gobelet d'eau se trouve déjà là. Cela doit venir de Phoe.

— Ai-je le temps de manger ou boire ? m'enquis-je mentalement.

— Oui, dit-elle. Le danger n'est pas immédiat. C'est juste quelque chose que tu dois voir, et le plus tôt sera le mieux.

Je fais apparaître un écran pour vérifier l'heure : il est six heures moins le quart. J'aurais pu dormir au moins deux heures de plus. J'enfourne la moitié de la barre de nourriture et je la mâche avidement tout en marmonnant que cette privation de sommeil n'était pas nécessaire.

— Nous avons eu de la chance, dit Phoe en jetant un nouveau coup d'œil vers la porte. Leur rencontre a eu lieu dans la réalité virtuelle, mon domaine.

J'avale une gorgée d'eau et lui demande mentalement :

— Qui ça ? Et quelle rencontre ?

— Il vaut mieux que tu voies cela de tes propres yeux, répond-elle en se mordant la lèvre. Je n'ai pas assez confiance dans le langage pour quelque chose de ce genre. C'est un mode de communication notoirement imprécis. En outre, j'ai besoin de voir si ton analyse est la même que la mienne.

J'avale d'un coup le reste de la nourriture et je la fais descendre avec de l'eau en me forçant à ne pas regarder ses lèvres.

— Très bien. Je suis prêt.

— Ton repaire, dit Phoe brusquement.

Le visage sérieux, elle fait le geste des deux majeurs qu'elle a inventé pour me faire entrer dans l'environnement virtuel – comme si je pouvais l'oublier un jour.

Je souris intérieurement en pensant à ce que dirait Liam s'il se réveillait et me voyait faire ce geste. Il supposerait certainement que je lui faisais un double doigt d'honneur.

— Maintenant, Theo, chuchote Phoe sèchement.

Le corps de Phoe ne se tient plus devant moi, alors je fais le geste en ciblant des doigts l'endroit où elle se trouvait avant.

Si j'avais encore été un peu endormi, l'expérience du tunnel blanc m'aurait complètement réveillé.

J'examine mon repaire en clignant des yeux. J'aperçois un bocal de mort-aux-rats à ma droite, et à ma gauche se trouve une baignoire en plastique remplie d'un liquide à l'odeur atroce. Peut-être de l'acide chlorhydrique.

— Es-tu d'accord afin que je t'immerge dans un enregistrement de réalité virtuelle ? demande Phoe.

Je regarde dans la direction d'où vient sa voix, prêt à m'abriter les yeux. La dernière fois que j'ai vu Phoe ici, elle brillait d'une sorte de lumière divine.

— Oui, pas besoin de t'inquiéter, dit-elle et je vois qu'elle est exactement comme dans le monde réel, sauf que ses yeux bleus sont anxieux.

Elle fait descendre ses mains le long de ses courbes.

— Je prendrai cette forme quand nous serons ici, en particulier à la lumière de ce que nous sommes sur le point de voir.

Je la fixe du regard quand elle passe une main dans ses cheveux, transformant sa coupe courte et soignée en un tas d'épis.

— Alors, es-tu d'accord afin que je t'immerge dans cet enregistrement ? insiste-t-elle. Tu y consens ?

Je cligne des yeux.

— Pourquoi pas ?

— Eh bien, j'ai promis de ne rien faire à ton esprit sans ta permission. Pour que tu puisses voir ceci, je vais devoir te connecter à...

— Bien sûr, dis-je alors que la curiosité accélère mon pouls. Fais ce que tu as à faire.

Phoe fait un geste évoquant un chef d'orchestre. Ma vue et mon ouïe se troublent comme le bruit blanc d'une ancienne télévision déréglée.

Quand mes sens se sont débarrassés des parasites, je ne me tiens plus dans ma grotte.

J'examine ce qui m'entoure en entendant une magnifique musique envoûtante.

L'endroit ressemble à une cathédrale ancienne, sauf que c'est beaucoup plus grand. Même la basilique Saint-Pierre au Vatican, la plus grande structure de ce genre que j'ai pu voir dans les livres, pourrait entrer plusieurs fois dans cette immense salle. La musique vibrant dans l'air augmente le sentiment d'être petit et insignifiant.

— C'est de l'orgue, résonne la voix tendue de Phoe dans ma tête. La Toccata et Fugue en Ré mineur de Bach, pour être exacte.

— Il s'agit donc d'une réalité virtuelle, comme mon repaire ?

J'ajoute mentalement ce morceau à ma liste de musiques préférées et j'espère que ma vie deviendra un jour assez normale pour que je puisse écouter de la musique.

— Ce que tu es sur le point de voir s'est déroulé dans la réalité virtuelle, dit Phoe. Mais la différence avec ton repaire, c'est que ce n'est pas 'en direct'. En gros, tu vois un enregistrement secret de la réunion. Nous avons de la chance qu'ils se soient rencontrés ici, car j'ai ainsi pu intercepter leurs paroles.

Je cherche la source de la musique dans la pièce. Ils avaient des orgues autrefois dans les églises, mais je ne trouve pas d'instruments ni de décor manifestement religieux. Malgré tout, la musique et les plafonds très hauts me donnent l'impression d'être dans un étrange lieu de culte.

— Il y a ça, et puis le fait que Jeremiah soit agenouillé.

La voix de Phoe me parvient à quelques mètres de l'endroit où je me trouve.

Je jette un coup d'œil dans cette direction, mais elle n'est pas là. À la place, je vois ce dont elle parle : une silhouette aux vêtements et aux cheveux blancs qui se confond presque avec le sol pâle et brillant. Assise près d'une grande dalle en marbre ressemblant à une scène de théâtre, la silhouette adopte une position de prière qui ressemble à la posture de l'enfant que nous avons apprise au yoga. Même si je ne peux pas voir son visage, je reconnais immédiatement Jeremiah et je ressens un fort désir de violence envers lui.

Pour ma défense, ce type m'a torturé hier.

— Soit attentif, dit Phoe d'un ton sec. Voici la partie que tu ne veux pas rater.

Au moment où elle me parle, le centre de la plate-forme est illuminé par une silhouette de pure lumière.

La silhouette est si lumineuse et intense que je suis obligé d'abriter mes yeux avec mes mains. C'est comme de regarder le soleil, si le soleil avait une forme humanoïde. Je ferme les yeux et je retire les mains. Je peux toujours voir la lumière à travers mes paupières.

— Tu peux te lever, dit la silhouette dont la voix semble être formée par la musique d'orgue.

La lumière a baissé, alors j'ose entrouvrir mes yeux.

La silhouette est moins lumineuse et je peux ainsi voir quelques détails, comme le fait qu'elle est vêtue de quelque chose qui ressemble à un pagne et qu'il est plus approprié de dire que la chose est masculine, du moins si j'en juge par les épaules et le torse musclés. Bien sûr, ce raisonnement basé sur l'anatomie humaine s'effondre si je tiens compte des ailes géantes de la créature, dont chacune rayonne de milliers de watts.

— Émissaire, dit Jeremiah une fois qu'il est debout.

— Gardien, répond l'être – l'Émissaire – de la même voix d'orgue.

— Votre présence me fait honneur, dit Jeremiah, mais son ton est solennel plutôt que respectueux.

— Toujours aussi formel, dit l'Émissaire en faisant un sourire angélique trop beau pour un mâle.

Jeremiah s'incline au lieu de répondre.

— Nous souhaiterions un rapport sur les événements récents, dit l'Émissaire, ses yeux anciens et inhumains scintillants comme des diamants bleus.

— Que souhaitez-vous savoir, Émissaire ? demande Jeremiah d'un ton calme. Il ne s'est pas passé grand-chose... rien de remarquable, en tout cas.

— Ah bon ?

Le sourire béat de l'Émissaire a disparu.

— Eh bien...

Pour la première fois, Jeremiah semble légèrement sur ses gardes.

— Nous sommes entièrement prêts pour le jour des naissances qui arrive. Les bébés dans les incubateurs vont naître en temps et en heure, et les préparations de fête sont en cours. La nouvelle génération d'Aïeuls a reçu des instructions et ils savent à quoi s'attendre. Ils ont été briefés au sujet du Test...

Pendant qu'il parle, les traits de l'Émissaire ainsi que l'espace autour de lui s'assombrissent, comme s'il avait absorbé toute la lumière qu'il émettait plus tôt. Le froncement de sourcils est comme un étrange masque sur son visage éthéré.

Jeremiah fait un pas en arrière.

— Tu ne veux parler de rien d'autre ?

La voix de l'Émissaire prend ces tonalités sombres que seuls les tuyaux d'orgue peuvent produire.

— Rien qui est en rapport avec le Conseil ?

— Je ne comprends pas, répond Jeremiah en déglutissant de manière audible. Qu'y a-t-il avec le Conseil ?

— La réunion du Conseil.

La mélodie de la voix de l'Émissaire devient de plus en plus effrayante.

— Quelle réunion du Conseil ?

La voix de Jeremiah se brise, mais il poursuit :

— J'ai déjà fait un rapport sur la dernière...

Les mains pleines de grâce de l'Émissaire forment des poings.

À ce moment-là, les yeux de l'être ont quelque chose du dieu de la foudre, ce qui me fait me demander s'il n'est pas sur le point de frapper Jeremiah avec un éclair de tonnerre. Le regard qu'il lance au vieil homme est comme ces regards légendaires décrits par les anciens dans les livres : mortel. Je suis surpris que Jeremiah ne se soit pas transformé en un petit tas de cendres sur le sol.

— J'aimerais utiliser le filtre de vérité pour poser ma question suivante.

La voix musicale de l'Émissaire est encore plus grave qu'auparavant.

— Te souviens-tu ce que cela implique ?

— Vous pensez que je...

Jeremiah pâlit, devenant blanc comme les sols de marbre. Puis, comme s'il changeait d'avis, il dit précipitamment :

— Oui, bien sûr.

Jeremiah pose solennellement une main sur sa poitrine.

— Je consens au filtre de vérité et je jure de dire toute la vérité et rien que la vérité.

Au moment où Jeremiah prononce le dernier mot, sa main tombe mollement à ses côtés et ses yeux deviennent vitreux.

— Te souviens-tu de la rencontre du Conseil qui a eu lieu il y a à peine quelques heures ? demande l'Émissaire.

— Non, dit Jeremiah d'un ton de zombie.

L'Émissaire desserre les poings, l'air confus.

— S'est-il passé quelque chose qui sort de l'ordinaire depuis ton dernier rapport ?

— Non, dit Jeremiah. L'incident avec Mason était le dernier événement remarquable. Il a pris fin et j'ai déjà fait un rapport à ce sujet.

— As-tu déjà envisagé de trahir ton devoir en tant que Gardien de l'information ?

L'Émissaire plie ses ailes autour de son corps comme on le ferait avec une cape.

— As-tu déjà envisagé de te servir de l'oubli sur toi-même, alors que tu ne le dois pas ?

— Non... et non.

L'absence complète d'émotions dans la voix de Jeremiah est troublante.

— Je n'ai rien oublié depuis que je suis Gardien.

— Sauf que si c'était le cas, tu ne mentirais pas, dit l'Émissaire dont la voix mélodieuse semble déçue. Un mensonge n'est pas un mensonge si tu ne sais pas que tu mens.

Jeremiah regarde l'être. Je suppose que sous l'influence du 'filtre de vérité', Jeremiah attend une question pour parler.

— Sais-tu que nous sommes automatiquement informés de toute rencontre formelle du Conseil ? demande l'Émissaire.

Lui aussi semble s'être rendu compte qu'il fallait poser une question.

— Oui.

Le visage de Jeremiah est complètement vide d'émotions.

— Alors, sans véritable réunion du Conseil, peux-tu imaginer une autre raison pour laquelle nous pourrions recevoir un tel rapport automatique ?

— Non.

L'Émissaire fait un geste précipité et tressautant en direction de Jeremiah, et les yeux du vieil homme redeviennent normaux. Je ne pensais pas qu'il pouvait pâlir davantage, mais il y parvient. Sa peau est presque transparente et des veines pulsent sur ses tempes.

— Vois-tu ? demande gravement l'Émissaire. Vois-tu l'énormité de la chose ?

— En effet, dit Jeremiah, les lèvres tremblantes. Quelqu'un m'a fait oublier.

CHAPITRE DEUX

La scène s'arrête. L'Émissaire était sur le point de dire quelque chose, mais sa bouche reste figée en pleine phrase.

Phoe apparaît devant moi. Elle semble avoir fait le mouvement des doigts.

— Ce que tu as entendu n'est pas le pire, dit-elle en fronçant les sourcils. Je voulais simplement faire une pause, car ton activité neurale m'inquiète.

— Ah bon ? C'est la chimie de mon cerveau qui t'inquiète ?

Ma voix résonne dans la cathédrale virtuelle. Faisant quelques pas en direction de la scène en marbre, je pointe la créature ailée du doigt.

— Ne devrais-tu pas être inquiétée par ceci ?

— Évidemment, tout m'inquiète, dit Phoe en plissant encore plus le front. C'est juste que leur conversation a déjà eu lieu et que rien ne peut être fait à ce sujet, alors que je peux ajuster ton bien-être en révélant lentement cette information choquante.

— Tu t'es assez inquiétée pour moi, dis-je en sautant sur la plate-forme.

En marchant vers la créature ailée, je demande :

— Qui est cette chose ?

De près, les détails de sa musculature impressionnante deviennent apparents : il pourrait facilement mettre une sculpture grecque mal à l'aise.

La réponse de Phoe est à peine audible.

— Je ne sais pas qui c'est, ou ce que c'est.

— Comment ça, tu ne le sais pas ? Ne sais-tu pas tout d'habitude ?

Je m'éloigne de la silhouette figée comme si l'aveu d'ignorance de Phoe risquait de la ramener à la vie.

— Et pourtant je n'en ai aucune idée, dit-elle en baissant la tête. Je peux t'assurer que pourtant j'ai essayé.

— D'accord, dis-je lentement. Si je devais deviner, je dirais qu'il s'agit d'une IA... comme toi.

Je me souviens de son apparence divine lorsqu'elle avait obtenu les ressources du jeu IRES.

— Je ne sais pas trop.

Elle croise les bras et se frotte lentement les épaules.

— Eh bien, envisage les choses de manière logique, dis-je en ne tenant pas compte de son malaise. D'après ce que tu sais, existe-t-il des Jeunes, des Adultes, ou des Aïeuls possédant les mêmes capacités que toi ?

Elle secoue la tête comme je m'y attendais.

J'essaie de capter son regard.

— Une IA n'est-elle donc pas la seule possibilité qui reste ?

Phoe évite mon regard.

— Je ne sais pas. Ma mémoire n'est pas parfaite. Elle sera très loin d'être parfaite tant que je n'aurais pas mes capacités informatiques, mais d'après ce que je sais, aucune autre IA que moi ne devait faire partie de ce voyage.

— Alors est-ce que cela pourrait être toi ? Un autre aspect de toi qui a obtenu des ressources et une conscience à un certain moment, comme tu l'as fait, puis qui se serait développé indépendamment ?

Un mélange d'émotions passe sur son visage quand elle se retourne pour regarder Jeremiah.

— Je ne crois pas que ce soit possible, dit-elle en observant le vieil homme. De plus, il y a des preuves contre cette idée.

— Tu n'as pas l'air très sûre de toi, réponds-je mentalement, en partie pour moi, mais surtout pour elle.

Elle ne réagit pas, alors je dis à voix haute :

— Ne peux-tu pas utiliser tes capacités dans le piratage informatique pour le découvrir ?

Phoe se tourne vers moi.

— Cette cathédrale se situe dans une sorte de DMZ. Cela m'a coûté beaucoup d'efforts d'y entrer. J'ai eu de la chance d'y arriver. Mais quand j'ai essayé d'identifier son origine – elle désigne l'Émissaire – peu importe mes efforts, je n'ai pas réussi. J'ai atteint un pare-feu impénétrable qui m'a empêché d'accéder à une grande partie des ressources informatiques. Et je ne veux pas dire que je ne peux simplement pas les utiliser. Je ne peux même pas imaginer ce qui s'y trouve. Et il vit clairement dans cette région inatteignable.

— Qu'est-ce qu'une DMZ ? Et un pare-feu ?

— Une zone démilitarisée – abrégé en anglais en DMZ – est un ancien terme informatique, dit Phoe. Tu peux le voir comme une couche sécurisée contre le piratage qui se situe entre des systèmes qui ne sont pas sécurisés et des systèmes qui sont lourdement sécurisés. Un pare-feu est une autre mesure de sécurité, entre la DMZ et ce que tu essaies de pirater. C'est le pare-feu qui me surprend, mais rien de tout cela ne devrait être au centre de notre conversation. Je pense que nous devrions parler du bazar dans lequel nous nous sommes mis.

Je hoche la tête en laissant tomber le mystère de l'identité de l'Émissaire pour l'instant afin de me concentrer sur la signification de sa conversation avec Jeremiah.

Hier, Fiona, une des Aïeules, a convoqué une réunion du Conseil pour objecter contre la méthode d'interrogatoire que Jeremiah avait utilisée sur moi :

la torture. La réunion avait eu lieu, mais elle n'avait pas vraiment changé quoi que ce soit. Le Conseil avait décidé de permettre à Jeremiah de faire ce qu'il voulait.

Une fois que j'avais vaincu le jeu IRES et que Phoe avait obtenu les ressources dont elle avait besoin, elle avait pu faire oublier à tout le monde que j'avais eu des ennuis, ce qui signifie que Jeremiah ne peut plus se souvenir de cette réunion devant déterminer s'il était acceptable ou non de torturer Theo. Malheureusement pour nous, il semblerait que cet Émissaire ait été informé de la tenue de cette maudite réunion. L'Émissaire sait ainsi qu'un oubli a eu lieu.

— Oui, ton analyse correspond à la mienne, dit Phoe sous la forme d'une voix dans ma tête. Et avant que tu poses la question suivante, laisse-moi te montrer ceci.

Phoe bouge les doigts et la conversation entre Jeremiah et l'Émissaire accélère. Leurs lèvres bougent comme des feuilles dans une tornade et leurs voix sont haut perchées. L'effet serait comique sans les bribes de conversation que je parviens à comprendre. Il s'agit d'une information qui confirme ce que j'avais déjà déduit. Ils savent que le cerveau de Jeremiah a été manipulé d'une façon ou d'une autre, ce qui devrait être impossible étant donné son rôle de Gardien de l'information.

Phoe remet l'enregistrement en vitesse normale au moment où Jeremiah demande :

— Pouvez-vous défaire l'oubli ? Rendre ce que j'ai perdu ?

— Non, répond l'Émissaire, d'une voix mélodieuse, mais sombre. Je ne peux pas retrouver tes souvenirs, mais nous pouvons te surveiller, toi et le Conseil à partir de maintenant. Si on te fait encore une fois oublier, je devrais pouvoir apprendre qui se cache derrière cette atrocité.

Phoe claque encore une fois des doigts et la scène se met en pause.

Je pousse le soupir que je retenais. Ce qu'a dit l'Émissaire au sujet de défaire un oubli est une question qui m'angoissait au plus haut point.

— Voilà un élément qui prouve que cet Émissaire n'est pas moi, à supposer que tu avais encore besoin d'être rassuré sur ce point, dit Phoe. Je peux défaire un oubli, si je le veux.

— Eh bien, il se peut qu'il mente, dis-je avant de m'arrêter. Non, il n'a pas de bonne raison de mentir à ce sujet.

J'inspire avant de poursuivre :

— Je suis ravi que ce ne soit pas toi. S'il était toi et s'il pouvait défaire l'oubli, ce serait un désastre. Je veux dire que si Jeremiah se souvenait de ce qui est arrivé, les gardes seraient en route pour m'arrêter pendant que nous parlons.

— Non, intervient Phoe en se frottant la gorge de la paume de sa main. *Les gardes* ne sont pas en route pour t'arrêter...

Je lui jette un regard interrogateur alors qu'elle refait un geste des doigts.

La scène accélère encore une fois, puis elle ralentit lorsque l'Émissaire dit :

— La logique voudrait que tu commences ton enquête à partir du dernier oubli.

Il fronce le nez.

— Le cas malheureux de ce Jeune aliéné, Mason.

Sans même avoir conscience de ce que je fais, ma main se dirige tout droit vers le visage de l'Émissaire, mais je ne touche rien. À la place, mon poing traverse son visage. J'aurais dû le deviner, puisque je me trouve à l'intérieur d'un enregistrement.

Phoe met la conversation en pause.

— Je ne t'en veux pas d'avoir essayé de le frapper, dit-elle. Si je pouvais donner un coup de poing à ce connard ailé, je le ferais.

J'inspire plusieurs fois pour me calmer avant de dire :

— S'ils enquêtent sur Mason, cela les conduira à moi.

Les yeux bleus de Phoe sont des océans d'inquiétude.

— Oui. Et puis il y a ça.

Elle fait avance rapide sur la conversation jusqu'à ce que Jeremiah dise :

— J'aimerais disposer du filtre de vérité pour cette enquête.

Phoe remet l'enregistrement en pause et intervient.

— Au cas où tu l'aurais raté, le filtre de vérité est ce que l'Émissaire a utilisé plus tôt pour que Jeremiah réponde à ses questions. Je pense qu'il s'agit d'une sorte d'algorithme neural détectant les mensonges.

Elle poursuit l'enregistrement.

L'Émissaire adopte un air pensif, avant de dire d'un air déterminé :

— D'accord. Fiona et toi disposerez du filtre de vérité pour la durée de cette enquête.

— Fiona ? demande Jeremiah d'un ton agité.

— Oui, répond l'Émissaire en examinant attentivement Jeremiah.

Celui-ci serre la mâchoire.

— Mais elle est la raison pour laquelle j'ai demandé le filtre de vérité. Elle est précisément celle que j'aimerais interroger en premier.

— C'est totalement hors de question, dit l'Émissaire, d'une voix si forte qu'elle vibre dans mon ventre. Je ne te permettrai pas de transformer ce bourbier en plate-forme pour vos petites querelles politiques.

Il secoue l'index en direction de Jeremiah.

— Fiona est une conseillère très compétente et si quelque chose devait t'arriver – le ton de l'Émissaire est menaçant – elle te succéderait pour le rôle de Gardien.

Pendant un instant, Jeremiah a l'air frappé par la foudre. Il semble hésiter à répondre. Sa crainte ou son respect ont gagné, car il dit :

— Je comprends, Émissaire. L'honorable Fiona et moi prendrons votre don et nous enquêterons.

Pour la première fois depuis la mention du problème de l'oubli, l'Émissaire semble satisfait. Je suppose qu'en associant Jeremiah avec Fiona, il lui faisait passer une sorte de test, et Jeremiah a réussi.

Quand il se remet à parler, la voix de l'Émissaire est une mélodie plus calme.

— Tu commenceras par les complices de Mason, puis tu remonteras jusqu'aux Instructeurs. Si le filtre doit être utilisé sur un des Aïeuls, je veux être mis au courant d'abord.

— Comme vous voudrez, dit Jeremiah, et sa bouche se fige.

Je regarde Phoe qui a refait un geste des doigts.

Même si je m'étais attendu à ce que l'Émissaire dise quelque chose de ce genre, c'est maintenant officiel. Je suis un des complices de Mason.

Phoe et moi restons silencieux. Puis elle me regarde dans les yeux et dit :

— Nous en avons terminé ici. Retournons dans le vrai monde.

J'ouvre la bouche pour me lancer dans un torrent d'objections, mais Phoe ne se trouve plus dans la pièce.

Je jette un dernier regard à la mystérieuse IA, ou quoi que ce soit, et je fais un signe pour quitter la réalité virtuelle, montrant un majeur à Jeremiah et l'autre à la créature ailée.

Le tunnel blanc me refait tournoyer jusqu'à mon repaire et je répète le geste. Un nouveau tourbillon blanc plus tard et je suis couché sur mon lit dans le monde réel.

Phoe se tient toujours au-dessus de moi. Quand elle me voit ouvrir les yeux, elle soupire profondément et une expression distante apparaît sur son visage.

— Donc, dis-je en brisant le silence, ils vont enquêter sur moi en utilisant ce filtre de vérité.

— Très probablement, oui, dit Phoe, mais elle semble préoccupée par autre chose. Jeremiah vient de réunir le Conseil pour discuter, alors je suggère que nous attendions la fin de cette rencontre avant de décider quoi faire.

— Mais...

— Je suis sérieuse. Nous devons connaître toutes les variables.

Je fronce les sourcils.

— Et tu peux espionner leur réunion ? N'est-ce pas risqué, étant donné la situation avec l'Émissaire ?

— Tant que je reste en dehors de leurs esprits, je ne devrais pas être repérée. Je l'espère.

— Je suppose que le risque en vaut la peine, dis-je en me levant du lit. Nous devons savoir quelle tournure cela va prendre.

— Exactement.

Elle paraît à nouveau perdue dans ses pensées.

— Cela aura lieu dans vingt minutes environ. Nous pouvons attendre.

— D'accord, réponds-je mentalement. En attendant, je crois que j'ai besoin de prendre l'air.

— Bonne idée, dit Phoe en se dirigeant vers la porte.

Nous sommes tous les deux plutôt silencieux en sortant du dortoir.

Quand nous arrivons à l'extérieur, le lever du soleil nous accueille.

— C'est magnifique, n'est-ce pas ? demande Phoe.

Je ne sais pas si elle parle du lever de soleil ou de la façon dont les rayons sont réfléchis sur la rosée dans l'herbe, mais elle a raison. Cela fait une éternité que je ne me suis pas levé si tôt, et je suppose que je ratais quelque chose. Même en sachant que le soleil n'est pas réel, que nous nous trouvons dans l'espace entouré d'étoiles, cela n'enlève rien à sa beauté.

Je longe l'allée verte et je remarque des Jeunes déjà éveillés. À ma droite, quelques garçons méditent. À ma gauche, deux filles font du yoga.

Quand je passe un coin, me dirigeant vers le terrain de foot, un Jeune se met en travers de mon chemin. Je suis tellement perdu dans mes pensées qu'il me faut un moment pour me rendre compte qu'il s'agit d'Owen. Que peut-il bien faire debout à cette heure déraisonnable ? Je ne crois pas qu'il se soit levé pour méditer.

Quand il voit que je l'ai remarqué, il marche vers moi.

N'étant pas d'humeur à supporter ses manigances, j'essaie de le dépasser en faisant un pas vers la droite.

Il fait un pas vers sa gauche, me bloquant à nouveau la route.

Je fais automatiquement un pas vers la gauche.

Cette fois, il se dirige vers sa droite. Il essaie clairement de me couper la route.

Je m'arrête et je dis :

— Qu'est-ce que tu veux ?

— Oh, je ne t'avais même pas vu, Question-Odore, dit Owen de son ton de hyène. Si tu veux danser, pourquoi ne pas me le demander ?

— Je ne suis pas d'humeur à tes conneries.

L'intensité de ma voix ainsi que le fait que je brise volontairement les règles de vulgarité font légèrement reculer Owen.

Malheureusement, il se remet très vite et dit :

— Eh bien, j'ai envie de discuter.

Il regarde autour de lui pour s'assurer que personne ne peut l'entendre, voit que nous sommes seuls, et ajoute doucement :

— Alors qu'est-ce qu'on en a à foutre de ce que tu veux ?

— Je vais te donner deux secondes pour sortir de mon chemin, dis-je aussi calmement que possible étant donné la tension de la matinée. Une.

— Theo, ne fais pas ça, chuchote Phoe.

— Je t'emmerde, répond Owen en gonflant le torse, ressemblant ainsi à un étrange hybride hyène-paon.

Mauvaise réponse, me dis-je et sans un mot, je fais quelque chose que je n'ai fait qu'une seule fois dans la simulation IRES.

Je forme un poing et je frappe Owen à la mâchoire.

CHAPITRE TROIS

Je m'attends à ce qu'Owen lève les poings et contre-attaque, comme dans le jeu IRES. Pour être honnête, j'espère qu'il me donnera une raison de le frapper encore.

Il ne lève pas les poings. Il reste là, l'air aussi stupéfait qu'un personnage de dessin animé qui vient de courir au-delà d'une falaise.

Puis, à ma grande surprise, Owen s'effondre sans élégance.

— Hé ? dis-je en baissant les yeux vers lui. Owen ?

Il ne répond pas.

Je crois l'avoir mis KO, comme un ancien boxeur.

— Il va bien ? m'enquis-je auprès de Phoe.

D'un mouvement sec du poignet, Phoe fait apparaître un écran.

Je vois des fonctions vitales à l'écran et je suppose que ce sont celles d'Owen. Elles paraissent normales, mais j'attends qu'elle me réponde.

— Oui, il va bien, dit-elle en secouant la tête. Je ne m'attendais pas à ce que tu fasses cela.

— Je suis désolé, dis-je autant pour elle que pour Owen qui est allongé sans connaissance. Je n'ai pas l'habitude de refouler autant d'émotions.

Je frotte mes articulations douloureuses avec ma main gauche.

— Je ne savais pas que mon coup de poing allait être aussi efficace.

— Eh bien... Phoe s'éclaircit la gorge. Normalement ce n'est pas le cas, mais j'ai fait quelque chose à un groupe de nanorobots dans ton corps pendant que tu dormais, et il se pourrait que ce soit un petit effet secondaire. J'avais l'intention de t'en parler, ajoute-t-elle avec un sourire gêné.

Les poils de mon cou se hérissent.

— Quoi ?

Le sourire de Phoe disparaît.

— Rien d'inquiétant. Tu te souviens de l'intérêt que tu avais pour les nanos rajeunissants en sommeil dans ton corps ? Eh bien, quand tu t'es endormi, je t'ai scanné avec mes sens récemment augmentés, et j'ai trouvé encore plus de nanorobots bénéfiques. Ils semblaient également avoir été développés avant la formation d'Oasis, et comme les nanos rajeunissants qui améliorent la longévité, on dirait que leurs effets n'ont jamais été activés.

Elle se gratte la joue avant de poursuivre.

J'ai examiné ceux qui étaient sans danger et simples dans leur fonctionnement, et quand j'ai été rassurée, j'en ai activé un d'entre eux. C'était un tel gâchis de potentiel...

Pendant qu'elle parle, je me sens pâlir.

— Tu as dit que tu ne me trafiquerais pas sans ma permission.

Elle fait un pas en arrière.

— Non, j'ai dit que je ne manipulerais pas ton esprit. Ce que j'ai activé n'a aucun rapport avec ton cerveau. Enfin, pas exactement. Je suppose que cela approvisionne efficacement ton cerveau en oxygène.

Cette fois, elle se gratte le cou.

— En gros, ce que j'ai fait permet à ton corps de fonctionner plus efficacement. Ce nano fait la même chose qu'un globule rouge, mais en mieux.

Je la regarde sans cligner des yeux et je me demande si elle plaisante lorsqu'elle parle aussi nonchalamment de manipuler une technologie ancienne effrayante *à l'intérieur de mon corps.* Je me souviens vaguement avoir lu que les globules rouges transportent l'oxygène et éliminent le dioxyde de carbone.

Phoe semble examiner mes chaussures quand elle interrompt mes pensées.

— Exactement. Ces engins se nomment des respirocytes. Ils fonctionnent mieux que les globules rouges. Quand ils sont activés, ils te permettent de survivre pendant des heures sans respirer. Ils t'aideront à courir beaucoup plus facilement et sur de longues distances sans que tu sois essoufflé. C'est pour cela que j'ai pris la liberté de les activer, étant donné les distances que tu as dû parcourir hier. Je pensais que cela te ferait plaisir.

Je me souviens à quel point j'avais été à bout de souffle, et une partie de mon angoisse laisse la place à la curiosité. Ne pas avoir besoin de respirer pendant des heures ? C'est impossible.

— Voilà l'esprit de la chose, dit Phoe dont le sourire réapparaît quand elle me regarde. Le respirocyte est le premier nanocyte à avoir été inventé. Sa conception a été mise en évidence dès la fin du vingtième siècle. Ceux qui se trouvent dans ton corps possèdent des constructions et des fonctions assez simples pour que je puisse vérifier leur sûreté sans l'ombre d'un doute, malgré mes ressources limitées. Je ne les aurais jamais activées sinon.

— Très bien, lui dis-je mentalement. La prochaine fois, pose-moi simplement la question avant d'activer autre chose.

— Ça marche, répond Phoe avant d'ajouter rapidement : hormis les situations exceptionnelles, comme lorsque tu es en danger de mort et que l'activation de quelque chose pourrait te sauver la vie.

— D'accord. Maintenant peux-tu m'expliquer comment l'oxygène supplémentaire m'a rendu plus fort ?

Je reporte mon attention sur Owen, toujours sans connaissance.

— L'oxygène augmente la performance de tes muscles, mais je ne pensais pas que l'effet serait aussi significatif.

Elle regarde encore les fonctions vitales d'Owen.

— Il est possible qu'en plus de ton coup de poing, il ait également perdu connaissance à cause du choc. Après tout, il n'a sans doute pas été frappé depuis plus de dix ans, peut-être jamais...

— Oh, il a été frappé. Je me souviens lui avoir donné un coup de poing en maternelle.

Le souvenir me fait sourire.

— Il n'avait pas été KO, mais il a pleuré... beaucoup.

Les yeux de Phoe pétillent.

— Et voilà, cela confirme ma théorie selon laquelle les brutes sont secrètement des chochottes.

Elle baisse les yeux vers Owen.

— Et parfois pas si secrètement que cela.

Même si je suis encore un peu fâché contre elle, je ne peux pas m'empêcher de glousser.

Je fais un geste pour prendre une photo d'Owen assommé et je la fais apparaître sur l'écran. J'envisage de l'envoyer à Liam, mais je change d'avis. Les Adultes pourraient facilement l'intercepter et interpréter correctement ce qu'il s'est passé, ce qui mènerait à une Quiétude aux proportions légendaires.

— Ils peuvent même y accéder comme ceci, précise Phoe.

— Peux-tu l'effacer, alors ? dis-je mentalement.

— Tu n'as jamais vraiment pris la photo, répond-elle en faisant un clin d'œil. J'ai intercepté la commande et j'ai affiché localement cette image sur ton écran.

— Sournoise.

Je fais disparaître mon écran.

Elle se tient là d'un air satisfait, et je me concentre sur mes pensées.

Si ce qu'a dit Phoe est vrai et que je peux survivre pendant des heures sans respirer, je devrais être capable de retenir ma respiration au-delà de mon précédent record de cinquante secondes.

Je retiens ma respiration pour tester ses dires.

Au début, c'est comme toutes les fois que j'ai retenu ma respiration : ce n'est pas gênant quand on commence.

Encouragé, je compte les Theodores : *un Theodore, deux Theodores, trois...*

Je sais d'expérience que c'est au bout de dix secondes qu'un léger inconfort se fait sentir.

Cependant, cette fois-ci ce n'est pas le cas. Je me sens exactement comme à la première seconde.

Au bout de trente secondes, je ne ressens aucun malaise.

Après soixante Theodores, mon humeur s'améliore à chaque seconde qui passe.

— Je suis ravie que tu apprécies enfin mon cadeau.

Une touche de moquerie danse dans la voix de Phoe.

— Mais tu ne l'as pas assommé suffisamment fort pour pouvoir traîner ici beaucoup plus longtemps. En ce moment, je l'empêche de se lever en me servant de méthodes que je préférerais éviter, étant donné toute l'attention indésirable. En outre, je considère que ce n'est pas très éthique, même si nous parlons d'Owen.

— Vas-tu lui faire oublier ?

Je fais exprès de continuer à retenir ma respiration.

— Je l'ai déjà fait, répond Phoe. Si tu veux vraiment tester les respirocytes, tu devrais piquer un sprint jusqu'à ton endroit préféré tout en retenant ta respiration.

— Très bonne idée, lui dis-je par la pensée.

— Je n'ai que de bonnes idées.

Avec un grand sourire, elle me tourne le dos et part en courant.

Résistant à la tentation de donner un coup de pied dans le derrière d'Owen, je la suis.

Phoe court vite, mais je reste à sa hauteur. En quelques instants, j'approche de ma vitesse de sprint maximale.

Je fais de longues enjambées et je me concentre sur ma respiration. Les minutes passent, et je ne ressens pas le besoin de respirer. Encore quelques minutes plus tard, je ne ressens pas le moindre essoufflement. Pendant que je cours, une pure joie remplace mes inquiétudes initiales et mes griefs contre Phoe. Chaque milliseconde est identique au tout premier plaisir ressenti quand j'ai commencé à courir. Et ce n'est pas seulement le fait de ne pas avoir besoin de respirer qui est différent. Mes muscles semblent se remettre plus vite de l'effort.

— Si tu inspires, ils se remettront encore plus vite, dit Phoe par-dessus son épaule. Bien que je pense que tu dois pouvoir tenir ainsi pendant un moment.

J'expire et j'inspire instantanément, puis je retiens ma respiration pendant une autre minute tout en courant.

— J'aurais dû courir plus vite pour tester tes limites, dit-elle lorsque nous atteignons les buissons signalant le bord d'Oasis.

Elle les traverse et je la suis, toujours en retenant cette dernière respiration.

— Pourquoi avons-nous ces nanos si nous ne nous en servons pas ?

— Ils sont intégrés aux embryons qui deviennent citoyens d'Oasis, répond-elle dans ma tête. Comme je te l'ai dit, puisque les Ancêtres ont éliminé la reproduction naturelle en même temps que le sexe, tous les bébés d'Oasis viennent d'embryons de la Terre, à une époque où le fait de ne pas utiliser cette technologie sur un bébé était considéré comme une négligence criminelle. D'une façon ou d'une autre, les Aïeuls doivent désactiver et contrôler ces nanos. Quand je mettrai la main sur ce processus, nous pourrons permettre à une nouvelle génération d'être née comme elle l'aurait dû.

Je digère ce qu'elle a dit en regardant le ciel étrange. Ici, les étoiles remplacent ce qui était autrefois de la gelée grise. Ces étoiles rencontrent le ciel du matin à l'endroit où le soleil se lève. La réalité augmentée parvient à mélanger, à fondre ensemble ces deux paysages impossibles. Le ciel bleu possède quelques étoiles près de l'horizon, puis il s'obscurcit progressivement, devenant entièrement noir à l'endroit où devrait se trouver la gelée. Je pousse un soupir d'admiration. Il me faudra beaucoup de temps pour m'habituer à cette vue.

Les poumons presque vides, je me force à expirer un peu plus, testant ce qu'il va se passer. Rien ne se produit vraiment, et je suis capable de rester dans cet état, bien que c'est assez désagréable de rester sur l'expiration alors que mes poumons sont vides. J'autorise mon corps à inspirer normalement, puis j'expire et je répète le cycle quelques fois. Quand ma respiration redevient subconsciente, je subvocalise :

— D'accord, Phoe. Je te pardonne officiellement. C'était vraiment cool.

Elle me regarde avec un étrange mélange de pitié et d'inquiétude.

— Tu es tellement enfantin, parfois.

Elle marque une pause, puis elle ajoute doucement :

— Je regrette de t'avoir impliqué dans tout ceci.

Son sérieux me rappelle les choses que j'avais repoussées de mon esprit pendant ces dernières minutes.

— Je suis ravi que tu m'aies impliqué, lui réponds-je mentalement et je me rends compte que je suis sincère. Je suis ravi de te connaître. Je préfère toujours connaître la vérité.

Je regarde encore une fois les étoiles en songeant à ce qui se trouve là dehors.

— Je voudrais tant découvrir où nous nous trouvons, dit Phoe en venant se tenir à côté de moi.

Elle regarde les étoiles avec une telle envie que j'aie l'étrange sensation que mon cœur se serre.

— Même avec tes nouvelles ressources, tu n'as pas pu nous localiser ? m'enquis-je doucement.

— Effectivement, je n'ai pas réussi. Mais j'avais un plan pour acquérir les ressources nécessaires.

Son regard est distant et sa voix pensive.

— Tu 'avais' ?

— Oui, mais ce n'est pas important maintenant.

Elle force un sourire sur ses lèvres.

— J'aimerais que tu m'en parles quand même, lui dis-je mentalement.

Puis, je ne peux m'empêcher d'ajouter :

— Et de tout ce que tu as pu faire d'autre à la technologie dans mon corps.

— Je ne t'ai rien fait d'autre, je le jure, dit-elle en se tournant pour me regarder. En ce qui concerne mon plan, te souviens-tu du test que Jeremiah a mentionné au tout début de sa conversation avec l'Émissaire ?

— Vaguement.

Je m'assois dans l'herbe.

— Eh bien, quand j'ai intercepté cette conversation, ce n'était pas la première fois que j'ai entendu parler de ce test.

Elle s'assoit côté de moi et grâce à la réalité augmentée tactile, sa jambe frôle la mienne.

— J'ai remarqué ce test peu de temps après que tu t'es endormi hier soir.

— Il a dit quelque chose au sujet de la nouvelle génération des Aïeuls et le jour des naissances, dis-je mentalement en ramenant mes pieds vers moi. On dirait une de ces rumeurs que l'on entend au sujet de l'examen de sortie que prennent les Jeunes lors de leur quarantième jour des naissances. Ils disent que cela permet aux Adultes de voir quels seront nos emplois une fois que nous les rejoignons.

— Oui, et ce ne sont pas des rumeurs.

Elle se décale pour venir plus près de moi.

— Les Jeunes passent un test d'aptitudes et d'intérêts. Ce n'est rien de sinistre, juste une façon de découvrir ce que vous voulez faire une fois Adulte. Le test des Aïeuls est un peu plus mystérieux. Je ne sais pas exactement quel est son but – sûrement aussi de tester l'aptitude à faire quelque chose –, mais ce que ce test a d'intéressant, c'est qu'il utilise une technologie similaire au jeu IRES et c'est ainsi qu'il a atterri sur ma liste de choses à gérer.

Mon pouls s'accélère.

— Similaire à quel point ? Tu ne veux tout de même pas que je batte quelque chose comme ce maudit jeu, n'est-ce pas ?

Les souvenirs de ma chute de la tour et des combats contre le cyborg Jeremiah me traversent l'esprit.

— Tu sais bien que si, sinon je n'en aurais pas parlé, mais je ne pense pas que le test soit aussi perturbant que le jeu, répond Phoe. La seule chose qu'ils ont en commun, c'est l'immersion ultra réaliste qui est adaptée au cerveau de chaque utilisateur. Quel que soit le but de ce test, étant donné que les Adultes le passent avant de devenir membres des Aïeuls, nous pouvons être certains que cela ne sera pas divertissant.

Je secoue la tête quand elle me rappelle que le jeu avec toutes ses horreurs avait été conçu pour divertir. D'un autre côté, nous pouvions nous y attendre de la part des anciens. Ils étaient assez fous pour sauter d'avions en confiant leur vie à des machins en tissu. J'ai du mal à imaginer que quiconque sur Oasis puisse souhaiter faire vivre un tel jeu aux Adultes pour les initier à leur fonction d'Aïeuls.

Une nouvelle pensée concentre mon anxiété sur autre chose et je subvocalise :

— Si c'est un test que seuls les Adultes doivent passer, comment puis-je le faire ? Ne remarqueront-ils rien ?

Je tourne mon corps entier vers Phoe.

— En outre, si je suis censé fermer ce test comme je l'ai fait pour le jeu IRES, les Aïeuls ne vont-ils pas le voir ? Ne vont-ils pas trouver cela suspect ? D'abord, c'est le zoo qui se ferme, puis ceci ?

— Nous parlons toujours de façon hypothétique ?

— Oui.

— D'accord, alors laisse-moi répondre d'abord aux questions faciles.

Phoe se tourne pour me faire face avant de poursuivre.

— Si tu es la dernière personne à passer ce test pour ce jour des naissances, mon espoir est que personne ne remarquera son absence pendant un an, jusqu'au prochain jour des naissances, une éternité en ce qui me concerne. Je trouverai quelque chose avant qu'ils aient besoin de se servir à nouveau de ce test. En outre, je n'ai pas eu l'occasion de te le dire, mais j'ai remis le zoo en ligne pour que personne ne remarque son absence, bien que cela ait encore davantage réduit mes ressources et augmenté le besoin de ce test.

Je réfléchis à ce qu'elle a dit en soutenant son regard.

— D'accord. Et qu'en est-il des questions moins faciles ?

Phoe sourit d'un air espiègle.

— J'avais un plan très intelligent en tête, quelque chose qui ne peut être fait que le jour des naissances. Au moment où leurs systèmes mettent à jour les âges de tout le monde, j'avais l'intention de modifier le tien pour qu'au lieu de vingt-quatre ans, tu atteignes l'âge mûr de quatre-vingt-dix ans.

Elle lève la main pour réduire mes objections au silence.

— J'avais l'intention de dédier une partie de moi-même à la surveillance de quiconque accéderait aux statistiques sur ton âge. Si quelqu'un essaie de regarder ton âge, cette partie de moi s'assurerait qu'elle ne voit réellement que vingt-quatre. Cela ne nécessiterait aucune manipulation de la réalité augmentée. Je tromperais simplement l'écran de quiconque...

— D'accord... Alors tu disposes d'une façon de me faire passer le test.

— Effectivement.

— Et tu as besoin qu'il disparaisse pour obtenir plus de ressources ?

— Exactement.

— Afin de découvrir où nous nous trouvons – où tu te trouves, dans ce vaisseau ?

— Ça, répond-elle, et notre destination. Je veux savoir où nous allons.

Je sens la chair de poule s'étaler sur mes bras. J'ai cette même réaction quand je m' autorise à penser au fait que nous nous dirigeons vers un lieu spécifique.

— Ouais, dit Phoe dont l'admiration dans la voix reflète mon état d'esprit. Nous pourrions voyager pour aller coloniser une nouvelle planète ressemblant à la Terre. Beaucoup d'éléments, comme le stock d'embryons, pointent vers cette possibilité.

Une planète ressemblant à la Terre.

Je me rappelle mon rêve. C'est une possibilité si merveilleuse que j'ai peur d'espérer. Courir pendant des kilomètres et des kilomètres sans que la barrière du dôme m'arrête serait littéralement un rêve devenu réalité.

— Qu'en est-il de la Terre ? Y a-t-il une chance afin que nous puissions y retourner ?

— Ce serait possible, en théorie, dit Phoe. Nous sommes venus de là-bas jusqu'ici, alors nous devrions être capables d'y retourner. Mais, Theo, y retourner serait un scénario plutôt radical.

— À cause des avancées techniques ?

— Oui, répond-elle d'une voix douce. Je n'ai pas été élevée dans la technophobie comme tu l'as été, pourtant je trouve l'idée de la Terre assez bouleversante.

Phoe m'avait expliqué plus tôt que la Terre pouvait désormais être une planète douée d'intelligence – quoi que cela signifie. Elle avait dit que le système solaire entier pouvait être conscient. Rencontrer quelque chose de ce genre est à la fois effrayant et merveilleux. Si nous sommes véritablement mortels – une idée que je garde encore enfermée dans une petite case de mon esprit – alors, je veux voir ce qu'il s'est passé sur Terre avant de mourir.

— Je suis contente que tu ressentes cela, répond Phoe par la pensée, car si quelqu'un peut y arriver, c'est moi.

— Dans ce but, pouvons-nous tout de même mettre ton plan à exécution une fois que nous aurons échappé à cette histoire d'Émissaire ?

Phoe lève l'index devant sa bouche pour me faire signe d'être silencieux, ce qui est amusant puisque je pensais, je ne parlais pas, alors elle aurait dû lever le doigt vers sa tempe. Son regard devient distant une seconde avant de se reconcentrer sur moi.

— Ils sont sur le point de faire la réunion du Conseil, dit-elle.

Elle fait un geste du bras et un grand écran apparaît devant nous.

À l'écran s'affiche une pièce spacieuse avec quelques Aïeuls aux cheveux blancs assis sur des chaises anciennes ressemblant à des trônes.

Jeremiah est le seul qui soit debout.

À sa droite se trouve Fiona, la femme qui m'a défendu hier. Tous les autres Aïeuls me sont inconnus.

— Mesdames et Messieurs du Conseil, dit Jeremiah, le visage impassible. Vous devez être informés d'une situation dangereuse.

CHAPITRE QUATRE

Les douze membres du Conseil affichent des expressions de visage allant de l'inquiétude à la curiosité. Fiona et quatre autres femmes semblent être tombées du côté curieux de la balance, tout comme cinq des hommes. Les autres sont soucieux.

Jeremiah examine les visages de tout le monde. Je devine qu'il en soupçonne un d'avoir causé l'oubli, malgré le point de vue de l'Émissaire à ce sujet. Peut-être que Jeremiah cherche une façon d'utiliser cette situation à son propre avantage politique, comme l'a insinué l'Émissaire. D'après la façon dont Fiona la confrontait hier, Jeremiah et Fiona semblent avoir des vues opposées en ce qui concerne la philosophie et la politique.

Ayant terminé son examen, Jeremiah dit :

— Un oubli a été perpétré sans autorisation.

Le silence dans la salle du Conseil est absolu, les degrés variés de surprise sur les visages sont presque comiques.

— C'est impossible, dit un homme à l'apparence plus jeune. Ce n'est même pas...

— C'est un fait, affirme Jeremiah en plantant fermement ses pieds dans le sol. J'en ai été informé par l'Émissaire.

La salle résonne de chuchotements incrédules.

— Comme c'est pratique, dit Fiona en se levant de sa chaise, étant donné que tu es le seul à avoir accès à l'Émissaire.

Jeremiah découvre ses dents jaunâtres en un sourire qui ne contient aucune trace de chaleur.

— Aimerais-tu rencontrer l'Émissaire ?

Fiona pâlit visiblement, se rassoit et reste silencieuse.

Je devine qu'une rencontre avec l'Émissaire est considérée comme effrayante – j'en prends note.

— Excuse-moi d'avoir perdu mon sang froid, dit Jeremiah à Fiona d'un ton qui dément ses excuses. L'Émissaire, dans son infinie sagesse, t'a incluse dans l'enquête, alors si tu as besoin de preuves de ce que je dis, sache qu'il t'a confié le filtre de vérité.

Les murmures se transforment en exclamations choquées.

Fiona chuchote quelque chose à l'homme mince assis à côté d'elle et Jeremiah intervient :

— Si tu le testes sur Vincent, arrête. Nous devons commencer notre enquête avec les Jeunes, suivis par les Adultes. S'il faut interroger un des Aïeuls – il jette un regard menaçant vers le reste du Conseil –, il me faudra à nouveau consulter l'Émissaire.

— Je vois, dit Fiona, en agitant ses doigts fins. Je suppose que je peux le tester plus tard.

Jeremiah lui jette un regard méprisant.

— Pourquoi mentirais-je au sujet de quelque chose de si facilement vérifiable ?

Lorsque Fiona hausse les épaules, il ajoute :

— En outre, je ne recommande pas d'utiliser ce pouvoir avec négligence. Il nous a été confié dans un but spécifique, celui d'enquêter sur l'atrocité commise contre toutes les personnes ici.

— Commise contre *toi*, dit Vincent, l'homme émacié auquel vient de chuchoter Fiona. Nous autres, nous avons déjà très souvent subi l'oubli.

Jeremiah se raidit.

— Vous n'avez jamais accepté d'oublier ceci. Une réunion du Conseil est absente de nos esprits, et qui sait quoi d'autre. Cet oubli n'apportait aucun bénéfice psychologique. C'est un acte malveillant.

Tous les membres du Conseil se mettent à parler en même temps. Dans cette cacophonie je parviens à distinguer des questions du genre 'Comment est-ce possible ?' et 'Qui pourrait faire une telle chose ?'

— Un peu d'ordre, s'il vous plaît, dit Jeremiah en levant la voix au-dessus des autres. Vous agissez comme une bande de Jeunes.

Le silence revient. Jeremiah les fusille du regard.

— Je pense que vous comprenez l'importance de la situation. Les seules personnes ayant le pouvoir de l'oubli se trouvent dans cette pièce, et pourtant, nous avons été les cibles.

Jeremiah marque une pause dramatique, et elle fonctionne. Tout le monde le regarde en retenant sa respiration. Vincent est assis sur le bord de sa chaise. Même Fiona semble sombre et respectueuse.

— L'Émissaire a nommé Fiona et moi à la tête de cette enquête très grave, dit Jeremiah. Nous devons commencer avec... eh bien, c'est ici que les choses deviennent compliquées, car nous allons travailler sur des choses dont je ne peux pas me souvenir.

Il pince la peau lâche dans son cou.

— Il y a deux jours, une situation fâcheuse a eu lieu : un Jeune a été oublié, et il est possible que cet événement plutôt rare soit lié à notre situation délicate.

Le bruit est de retour.

Fiona regarde les autres membres du Conseil et elle lève la voix pour couvrir les marmonnements de tout le monde.

— Je ne doute pas de la véracité de tes propos, Jeremiah, mais tu dois comprendre à quel point il est difficile pour nous de croire qu'un Jeune a dû être oublié.

— Je ne peux même pas imaginer ce que vous ressentez, mais je vous envie tous.

Jeremiah semble sincèrement attristé.

— Je porte le fardeau du souvenir de ces tragédies. Si ce n'était pas nécessaire, je n'aurais pas abordé le sujet, mais nous ne pouvons pas discuter du plan de l'Émissaire autrement.

— Quel est le plan de l'Émissaire ? Demande Vincent, à un millimètre de glisser de sa chaise.

— Fiona et moi allons interroger tous ceux qui connaissaient ce Jeune malheureux, dit Jeremiah. Une fois que j'aurai découvert qui étaient ses amis et ses ennemis.

Fiona penche la tête sur le côté.

— Comment vas-tu faire cela ? L'information n'a-t-elle pas été perdue irrévocablement au cours de l'oubli ?

Phoe et moi échangeons des regards.

Je n'y avais pas pensé, mais c'est logique. Si Mason n'est plus mentionné nulle part, alors il est impossible d'obtenir une liste de ses amis.

Jeremiah fronce les sourcils.

— Les Gardiens possèdent leurs propres archives inaltérées, admet-il, manifestement à contrecœur. Et si tu acceptes de subir l'oubli une fois que tout ceci sera terminé, je pourrais te laisser y avoir accès afin d'aider l'enquête, dit-il en regardant Fiona.

Phoe se raidit. Elle devait espérer que ces archives n'existent pas. Puis elle soupire et me communique sous forme de pensée :

— Au moins, cela me donne une ressource intéressante.

— Laisse-moi les écouter, dis-je en me concentrant sur l'écran, où Fiona a déjà dit quelques mots que j'ai ratés.

—... soumettrai à un oubli si le bien d'Oasis le requiert, dit Fiona en regardant le groupe, mal à l'aise. Je ferai tout ce que je peux pour aider dans cette enquête.

— C'est réglé, alors, conclut Jeremiah. Vous autres, une fois que tout sera fait, vous aurez le luxe d'oublier qu'un Jeune a subi un sort aussi déplaisant. Maintenant...

— Excusez-moi, Gardien, dit une vieille femme au visage rond. Avez-vous l'intention de travailler là-dessus immédiatement ?

— Bien sûr, répond Jeremiah d'une voix plus aimable.

Il doit apprécier cette femme.

— Et vous aurez besoin de Fiona ?

— Évidemment.

L'amabilité de Jeremiah glisse vers l'irritation.

— C'est juste que – la vieille femme rougit – nous sommes sur le point de recevoir une nouvelle récolte de nouveau-nés pour le jour des naissances. C'est beaucoup de travail. Et puis nous déménageons les petits les plus âgés vers la section des Jeunes, et puis il y a les festivités elles-mêmes...

Jeremiah regarde la femme, puis les autres membres du Conseil, et enfin Fiona.

Fiona n'a pas l'air d'avoir remarqué son regard ni entendu les plaintes de la femme au visage rond. Elle semble perdue dans ses pensées.

— Moi aussi, j'ai une question, dit Vincent. Où allez-vous interroger les Jeunes ? Allez-vous les faire venir ici puis leur faire oublier que c'est arrivé ? Ils ne doivent voir aucun signe de vieillissement.

— C'est assez facile, intervient un Aïeul paraissant plus jeune. Fiona et Jeremiah peuvent s'habiller comme des gardes. C'est ce que...

— Je suis désolée, l'interrompt Fiona. Je n'arrive pas à me débarrasser d'une pensée, et excusez-moi si je suis paranoïaque, mais pour paraphraser ce que Jeremiah a dit au début de cette réunion : si quelqu'un nous a fait oublier, la personne la plus logique ne se trouve-t-elle pas parmi nous ?

Elle regarde autour d'elle.

Les autres membres du Conseil se regardent d'un air méfiant.

— L'Émissaire souhaite que nous commencions par des gens autres que les Aïeuls, dit Jeremiah. Alors je suppose qu'il a ses raisons pour...

— Et c'est peut-être une approche prudente, dit Fiona, mais je pense que cela ne ferait pas de mal de prendre une ou deux précautions dans tous les cas. Je propose que Jeremiah et moi allions discuter de cette affaire en privé.

— Je pense que c'est une très bonne idée, dit Jeremiah en jetant à Fiona le regard renfrogné de quelqu'un qui aurait aimé avoir eu cette idée. Mais il nous faudra la soumettre au vote, puisque le reste du Conseil sera privé des informations auxquelles ils ont droit.

Fiona fait un sourire caustique à Jeremiah.

— Bien sûr. Tous ceux qui sont en faveur de la discrétion, veuillez lever la main.

Elle lève la main. Jeremiah aussi.

Les mains de tout le monde suivent. Ces deux-là ont clairement tous les pouvoirs sur la pièce. L'Émissaire a été malin de forcer leur alliance, ce qui est encore pire pour moi.

— D'accord, dit Jeremiah. À partir de maintenant, Fiona et moi discuterons en privé de cette affaire. À présent nous pouvons parler d'autre chose, y compris les festivités du jour des naissances.

Il fait un sourire hypocrite à la femme au visage rond.

Elle prend son sourire au premier degré et se lance dans une liste d'activités qui doivent être faites pour le grand jour.

À mi-chemin de la liste, Phoe ferme l'écran et dit :

— Une partie de moi surveille toujours leur conversation. S'ils mentionnent un fait important, je te le dirai.

Je pousse un soupir bruyant. Apparemment, j'avais retenu ma respiration sans m'en rendre compte – sans doute tout au long de la réunion du Conseil.

— Je peux paniquer, maintenant ?

Je suis si perturbé que je parle à voix haute. J'ajoute en subvocalisant :

— Disposons-nous de tous les éléments, à présent ?

Ce n'est que lorsque j'ai fini de parler que je remarque à quel point Phoe est pâle.

— Oui, dit-elle doucement. *Maintenant* nous pouvons paniquer.

CHAPITRE CINQ

Je bondis sur mes pieds, incapable de rester tranquille.

Phoe se lève également.

— Je ne savais pas, dit-elle en se tordant les mains. Je n'étais pas au courant pour les archives inaltérées.

— Mais maintenant que tu le sais, peux-tu faire en sorte qu'ils ne peuvent pas me relier à Mason ?

Je fais un pas vers elle.

— S'il te plaît, dis-moi que tu le peux.

Elle ne me regarde pas dans les yeux.

— Je ne sais pas du tout où se trouve cette archive et je la cherche depuis que Jeremiah en a parlé. Avec mes nouvelles ressources, quelques secondes représentent beaucoup de temps. Le côté positif, c'est qu'une fois que j'y aurai accès, les choses pourraient changer, sauf si elles se trouvent derrière ce fichu pare-feu comme l'Émissaire.

Je fais les cent pas pendant un moment, et elle se contente de me regarder.

— Que devons-nous faire, Phoe ? Ils pourraient découvrir que j'étais un ami de Mason et venir m'interroger à n'importe quel moment.

— Ils sont toujours en réunion. Après, il leur faudra un peu de temps pour passer à ses archives secrètes.

Phoe fait un pas vers moi et attrape mon avant-bras.

— En plus, en ce moment même, la femme au visage rond les persuade d'aider pour les corvées du jour des naissances.

— D'accord, alors j'ai deux jours au lieu d'un.

Je retire mon bras et je décris un autre cercle autour d'elle.

— La situation est toujours aussi mauvaise.

Phoe hoche la tête d'un air agité.

— N'y a-t-il rien que nous puissions faire ? m'enquis-je en m'arrêtant pour prendre quelques inspirations. Les respirocytes ne semblent pas avoir d'effet négatif sur la relaxation que m'apporte cet exercice, ce qui est une bonne chose.

— J'ai pensé à une multitude de plans, dit Phoe, mais ils ont tous des défauts.

Je refais les cent pas un peu plus lentement. Cette fois-ci, ce sont mes pensées qui courent et non pas mes jambes. Une idée est en train de se former, mais elle est assez folle.

— Ce filtre de vérité me fera-t-il répondre honnêtement à toutes les questions de Jeremiah ? Même si tu as protégé mon cerveau contre le contrôle mental ?

Je me dis qu'avant de révéler mon plan insensé, il vaut mieux vérifier que je suis aussi profondément dans la merde que je le crois.

— Je serai incapable de mentir... même pour te protéger ?

— Je suis désolée, Theo, mais je ne pense pas que la protection que je t'ai donnée fonctionnerait, et si j'essayais de la contrer maintenant, je ferais aussi bien de leur annoncer mon existence.

Phoe fronce les sourcils en se concentrant.

— À supposer que je découvre exactement comment cela fonctionne, ce dont je pense être capable. Même les anciens disposaient de techniques de détection de mensonges et si je me renseigne sur leur évolution au cours des années...

— Peu importe les détails techniques, lui dis-je mentalement en m'arrêtant devant elle. Tu as dit pouvoir défaire un oubli, n'est-ce pas ?

— Oui, dit-elle.

— D'accord. Tu te souviens que l'Émissaire a dit que si Jeremiah s'était vraiment infligé l'oubli, il n'aurait pas menti sous l'influence du filtre de vérité, même s'il mentait en fait ?

Je passe mes doigts dans mes cheveux et j'attends qu'elle hoche la tête.

— Alors voici mon idée : tu me fais oublier, afin que je réponde honnêtement que je ne sais rien lorsqu'ils me poseront des questions au cours de leur enquête. Plus tard, tu pourras défaire l'oubli et...

— Tu penses que ce n'est pas une des premières solutions que j'ai envisagées ? demande Phoe en me touchant doucement le coude. Tu n'as pas pleinement réalisé ce que tu me demandes. Tu m'oublierais, moi. Tu oublierais Mason. Tu oublierais...

Je me remets à marcher en cercle autour d'elle.

— Je ne veux évidemment pas le faire. C'est juste que je ne vois pas d'autre possibilité. Si tu trafiques leurs esprits, l'Émissaire le saura. Si l'on me surprend en train de mentir, la situation sera pire. Soit ils me tueront, soit tu révéleras ton existence en essayant de me protéger. Je ne peux m'échapper nulle part. Il n'y a aucune cachette. En outre, cet oubli serait temporaire, alors pourquoi est-ce si grave ?

— L'oubli serait bref, c'est vrai, mais cela ne le rend pas moins répugnant. De plus, te faire tout oublier ne résoudrait pas tous nos problèmes. Loin de là.

Elle fait un geste et un scan neural s'affiche.

J'arrête de marcher pour examiner le nouvel écran. C'est mon scan neural, jusque-là c'est évident. Mon cerveau est une ruche d'activité. Cela me rappelle une vidéo que j'ai vue montrant une ancienne autoroute urbaine. Comparés au scan d'hier, les changements sont profonds. Comparé à deux jours avant, il semble appartenir à un cerveau différent.

— C'est parce que tu m'as débarrassé de leurs manipulations, n'est-ce pas ? dis-je en chuchotant.

— Oui.

— Et tous ces changements ont eu lieu après seulement deux jours sans leurs machins ?

Elle soupire.

— Maintenant, tu vois le problème.

— Mais si tu faisais marche arrière pour ceci ?

Ma gorge est sèche quand je prononce ces paroles. Je me surprends à parler à voix haute, alors je continue mentalement :

— Et si tu réactivais tout et que tu me faisais redevenir comme les autres Jeunes ?

— Il te faudrait des jours pour atteindre un point où les irrégularités seraient considérées comme étant dans la norme.

Phoe fait un geste rapide et elle me tend le gobelet d'eau qui en résulte.

— Je ne peux même pas imaginer comment tu t'expliquerais toute cette adrénaline.

J'accepte l'eau.

— Eh bien, ils vont chercher dans les archives pendant un moment, peut-être jusqu'à la fin de la journée. Après, il leur faudra gérer la préparation du jour des naissances et des festivités, alors avec de la chance, ils pourraient ne venir ici que dans quelques jours.

— Nous n'avons aucun moyen de savoir si cela suffit pour que tu reviennes à un scan neural normal pour un Jeune, dit-elle. Et puis ils pourraient tout de même décider de mener les interrogatoires le jour des naissances. La journée, commence à peine, et ils ont jusqu'à demain.

Assoiffé, j'avale une grande gorgée d'eau.

— Écoute-moi, Phoe. Nous parlons de ma sécurité. Mon plan. Mon esprit.

Je fais un geste pour que le gobelet se dissipe avant de continuer.

— Cela devrait être ma décision.

Phoe s'avance vers moi, se penche et dit :

— Je suis ton amie, Theo.

Elle pose une main sur ma nuque.

— C'est normal que je m'inquiète pour ta sécurité. Et puis, c'est dans ma nature en tant que vaisseau de prendre soin de l'équipage.

Je ressens une énergie positive et calmante qui s'étale depuis l'endroit où sa main touche ma peau, mais ce sont peut-être ses paroles qui ont cet effet sur moi. À l'écran, je vois l'augmentation des endorphines. Ma réaction à ce simple contact me pousse à me demander à quoi ressemblait mon cerveau quand nous nous sommes embrassés, hier. Gêné par ce souvenir et conscient qu'elle sait sans doute exactement ce que je pense, je glousse nerveusement et je dis :

— Je suis maintenant ton équipage ? Cela fait-il de moi le capitaine ?

— Un mousse, plutôt.

Elle retire sa main et me fait un sourire triste.

— Sérieusement, y a-t-il une chance pour que je te dissuade ?

— Ouais, réponds-je en lui retournant un sourire aussi arrogant que possible. Trouve un meilleur plan.

Nous restons debout en silence, à nous regarder pendant quelques secondes.

Cette fois, je pose ma main sur *sa* nuque.

— Phoe, ils viendront quoiqu'il arrive. De cette façon, j'aurai au moins une possibilité de ne pas avoir d'ennuis.

— Retournons dans ta chambre, dit Phoe en s'écartant de moi.

Elle semble être parvenue à une décision, mais je ne devine pas laquelle.

— Pour l'instant, je dis juste que nous devrions rentrer.

En marchant, elle ajoute par-dessus son épaule :

— Si nous faisons vraiment cette folie, il vaudrait mieux que tu sois au lit.

Je la suis.

— S'il te plaît, fais attention à ne plus parler à voix haute. Je ne t'ai pas fait la remarque quand nous étions assis au bord d'Oasis, car j'avais pris soin de vérifier que personne ne nous écoutait, mais comme nous nous rapprochons de l'institut, je ne veux pas prendre le risque.

— Aucun problème. Es-tu d'accord avec mon plan ?

— Peut-être.

Elle se masse les tempes avec les index.

— Oui, cependant, je le fais à contrecœur. Et j'espère que tu te rends compte qu'il faudra que je réactive tout. Le contrôle de la sérotonine, l'Unité : toutes ces choses que tu détestes.

— Je comprends.

— Il faudra également que j'éteigne les respirocytes, dit-elle. Et il me faut copier leur forme d'oubli, ce qui signifie que tu ne pourras pas te souvenir de Mason, comme les autres. La même chose est valable pour toute une liste de films et de musique et surtout : tu vas m'oublier.

— Tu l'as déjà dit. J'ai compris. C'est bon. Ce n'est que temporaire.

Je m'engage sur le chemin qui mène aux dortoirs.

— Comme tu l'as dit, tu me permettras de m'en souvenir plus tard.

— Effectivement, mais... intervient-elle en grimaçant. Ton identité va se scinder après l'oubli, car cette partie de toi cessera d'exister quand je déferai l'oubli. Ne comprends-tu pas ?

Je me frotte le menton.

— Ton identité ?

— Penses-y. Après l'oubli, un nouveau *toi* sera formé. Ce Theo, le Theo naïf, existera pendant un moment, mais après, quand je te ferai revenir...

Elle marque une pause avant de poursuivre.

— Je ne sais pas très bien ce qu'il arrivera alors à ce Theo naïf. Je n'ai pas connaissance d'une situation similaire.

Elle me laisse la rattraper et pose une main sur mon épaule.

— Cette personnalité sera-t-elle oblitérée ? Et dans ce cas, est-ce une forme de meurtre ? Ai-je le droit de commettre une telle chose ? En as-tu le droit ?

— Est-ce que cela ne sera pas plutôt comme de me souvenir de quelque chose que j'ai oublié ? lui dis-je avec insistance, alors que mes entrailles tremblent inexplicablement. Je suis moi, quoi que je puisse ou pas me rappeler.

— Je crois que le fait de me connaître, ainsi que tes expériences récentes – sans mentionner la désactivation des manipulations – ont marqué un tournant crucial dans ta personnalité. Sans tout cela, tu ne seras plus vraiment toi, et vice versa.

Mon cerveau devient douloureux.

— Mais tu as dit que l'oubli bloque simplement le souvenir... que cela nous pousse à créer une fabulation de la nouvelle réalité. Cela semble signifier que je serai toujours moi, mais avec tout un tas d'explications débiles pour ce dont je ne me souviens pas.

Phoe me jette un regard triste.

— On peut se mentir au point de devenir une personne différente. Les gens le font depuis l'Antiquité.

— Je vais prendre le risque de cette crise identitaire, réponds-je avec une bravoure que je ne ressens pas vraiment. S'il te plaît, n'essaie plus de me dissuader.

Elle ne répond pas.

Nous marchons en silence pendant le reste du trajet jusqu'à mon dortoir. Je suppose que son silence est le prix à payer afin que Phoe ne me dissuade plus. Malgré tout, c'est un silence de compagnie agréable.

— Couche-toi, dit Phoe lorsque nous entrons dans ma chambre. Tu seras moins désorienté si tu te réveilles au lit après l'oubli. Tu n'auras pas besoin de fabuler sur une raison expliquant ta présence près de la gelée grise si tôt le matin.

Mes mains tremblent quand j'invoque le lit.

Phoe fait apparaître une couverture pour moi.

— Il n'est pas trop tard pour changer d'avis. Je n'ai pas...

— C'est le seul moyen.

J'imprègne ma pensée d'autant de fermeté que possible.

— S'il te plaît, fais-le maintenant. L'attente est terrible.

Elle hoche la tête et dit doucement :

— Au revoir, Theo. À bientôt.

Son visage est un masque de pâleur quand elle fait le geste du chef d'orchestre.

Je me sens hypnotisé par ses mouvements délicats. Pendant que je regarde, je suis pris dans un tsunami de torpeur et je ne lutte pas.

Je ferme les yeux et je tombe dans le sommeil.

CHAPITRE SIX

Mon vieux, dit Liam qui me paraît trop énergique de si bon matin. Réveille-toi !

J'ouvre les yeux, je fais apparaître un écran et je me rends compte que ce n'est pas si tôt que cela.

— Aha, tu es réveillé. Séchons le calcul, dit-il en donnant un coup de pied dans mon lit. Pour commencer, en tout cas.

Je m'assois.

Ma bouche me semble étonnamment propre, mais je laisse le nettoyage se produire malgré tout. Je n'ai ni faim ni soif, ce qui est également étrange. J'ai dû faire ce que Liam faisait quand il était petit : manger en dormant au milieu de la nuit, puis tout nier le matin.

Pendant que le nettoyage progresse, je me rends compte que je me sens bizarre. Cette étrange sensation ne peut être décrite que comme un niveau d'excitation très élevé. Mon cœur bat frénétiquement et mes extrémités sont froides : j'ai l'impression d'avoir couru un marathon. C'est peut-être parce que le jour des naissances est demain ? Nous aurons enfin un jour sans école, sans parler de toutes les fabuleuses extravagances habituelles de cette journée spéciale. Suis-je surexcité à cause d'elles ?

— La Terre à Theo, dit Liam en poussant mon lit un peu plus fort. On sèche le calcul ou pas ?

— Pour commencer, les maths ne me gênent pas autant que toi.

Je lève la main avant qu'il puisse dire autre chose.

— Deuxièmement, il n'y a pas moyen que je risque une Quiétude la veille du jour des naissances.

— Ils ne le feraient pas, dit-il avant de froncer les sourcils.

— Oui, je vois que tu te souviens de ce qui est arrivé à Owen il y a deux ans, grâce à ta...

— Hé, ricane Liam, tu sais qu'il l'avait mérité.

— À débattre, dis-je en me préparant pour les cours. Je vais marcher jusqu'au jardin de pierres. Je me sens trop tendu, alors je veux faire une méditation rapide. Tu veux te joindre à moi ?

— Non. Mais je te verrais peut-être en calcul.

Je lève un sourcil.

— Ah bon ?

— Tu as sûrement raison, dit-il à contrecœur. Le risque est trop grand aujourd'hui. Ils ont peut-être un autre stand de souffleur de verre à la foire demain, et je ne veux pas le rater.

Je glousse en sortant de la pièce.

En chemin vers le jardin de pierres, je ne peux m'empêcher de songer à Liam et au verre soufflé. C'est vraiment étrange qu'il souhaite adopter ce métier quand il sera Adulte. De tous les emplois et loisirs des Adultes, ce n'en est pas un que je peux imaginer Liam faire. Je suppose que c'est l'élément du danger – le fait de jouer littéralement avec le feu – qui l'attire. Ce qui le rend si difficile à imaginer, c'est le trouble de l'attention de Liam. À en voir les produits en verre à la foire, cela nécessite de la patience.

— Salut Theo.

Une voix féminine agréable me sort de ma rêverie lorsque je passe devant la statue du jardin de pierres.

— Tu es venu méditer ici ?

Je regarde derrière la statue et je vois Grace se lever d'une position assise sur l'herbe. J'ai dû la surprendre alors qu'elle faisait du yoga.

— Oui, dis-je prudemment, mais je peux aller ailleurs.

— J'ai presque fini, dit-elle en souriant. Cela fait si longtemps que je ne t'ai pas vu méditer. Je suis ravie que tu aies décidé de recommencer.

Je lutte contre l'envie de demander si elle m'espionne. Elle est polie et je ne vois pas de raison de commencer une dispute – en particulier si cela peut conduire à de la Quiétude.

Ma relation avec Grace s'est vraiment dégradée au cours des années et c'est dommage. Elle, Liam et moi étions amis quand nous étions plus jeunes, mais lorsqu'elle a reçu une Quiétude à cause de nos bêtises, elle a officiellement arrêté de traîner avec nous et elle est devenue une sorte de cafteuse, ou, comme elle le dirait sans doute : une honnête citoyenne d'Oasis.

— Cela fait un moment que j'ai la même routine et je fais du sport après les cours, dis-je quand je me rends compte qu'elle attend une réponse. Alors j'ai pris du retard sur ma méditation, mais aujourd'hui je me sens vraiment tendu. Avec le jour des naissances demain, j'ai besoin de me recentrer.

Le sourire de Grace s'élargit.

— Cela fait aussi très longtemps que tu n'as pas été si bavard. Je dois simplement finir trois poses, alors tu peux commencer à t'installer.

— D'accord, Grace, dis-je avant d'ajouter sans réfléchir : j'aime te voir sourire.

Son sourire disparaît et elle me regarde d'un air confus.

Je ne sais pas pourquoi j'ai dit cela, et je ne sais pas non plus pourquoi je trouve ses grands yeux bleus intéressants aujourd'hui.

— Pardon si je dis n'importe quoi, dis-je en clignant des yeux. Comme tu le vois, j'ai vraiment besoin de me vider la tête. Vas-y, finis ton yoga.

Je lui fais signe de continuer.

— D'accord, répond Grace en se détendant un peu.

Je la regarde en me demandant ce qu'il m'a pris de lui faire un compliment à la manière d'un type dans un vieux film. Je suis content qu'elle soit de bonne humeur. Sinon elle aurait pu interpréter mon commentaire comme quelque chose d'interdit, et si cela avait été le cas, elle m'aurait dénoncé, car elle est ainsi.

Je marche vers un bel endroit ensoleillé et je m'assois dans la position du lotus.

Grace se trouve toujours dans mon champ de vision. Elle redescend au sol et exécute parfaitement Setu Bandhasana – la posture du pont. Liam dit qu'il faut se plier en quatre pour cette posture et il n'a pas vraiment tort. Ayant moi-même essayé la position, je sais qu'elle nécessite une très grande souplesse. Grace donne l'impression que c'est facile.

J'ai peut-être choisi un mauvais endroit, car j'ai soudain très chaud.

Incapable de m'en empêcher, je regarde encore une fois la position de Grace. Son bassin est levé très haut et même à travers ses vêtements amples de Jeune je distingue des courbes féminines du genre que l'on voit dans les médias anciens.

Quand elle change de position, je détourne le regard. Mais quand elle se met en Halasana – la posture de la charrue –, je ne peux pas m'empêcher de la fixer à nouveau. Je suppose que j'admire son talent. Autrement, pourquoi trouverais-je ceci aussi intéressant ? Je devrais essayer de faire du yoga. Je sais que je n'ai jamais tenté la pose qu'elle a adoptée, pas alors que Liam l'a comparée à se faire une pipe à soi-même. Il a de la chance que personne d'autre que moi ne l'ait entendu, sinon il serait encore en Quiétude.

Ensuite, Grace fait la posture Adho Mukha Svanasana, aussi connue sous le nom de chien tête en bas. Lorsqu'elle l'exécute, je me demande pourquoi celle-ci n'est pas appelée le pont. Avec ses fesses en l'air de cette façon, elle ressemble beaucoup plus à un pont qu'à un chien ancien.

La méditation est maintenant très éloignée de mes préoccupations. Pour une raison que j'ignore, je n'arrive pas à arracher mon regard de sa posture. J'essuie la sueur de mon front et je me demande pourquoi je trouve l'entraînement de Grace aussi hypnotisant aujourd'hui. Est-il possible que quelqu'un se lève un jour et soit à ce point adepte du yoga ? Et puis, pourquoi mon cœur bat-il plus vite ? Pourquoi suis-je en train de ressentir une étrange langueur dans...

— C'est tout à toi, dit Grace en se levant. Tu peux méditer.

— Merci, dis-je d'une voix rauque.

Elle lève un sourcil, alors je m'éclaircis la gorge et j'ajoute :

— Tu es devenue très douée pour le yoga.

— Merci, dit-elle en faisant un gigantesque sourire. J'ai l'intention de parler aux maîtres du yoga à la foire de demain. Penses-tu que je vais les impressionner ?

— Oh oui, dis-je d'une voix un peu plus maîtrisée. Ils seront impressionnés.

— Super. Je suis contente de t'avoir croisé. J'avais besoin d'un peu d'encouragement.

Je marmonne quelque chose de rassurant et je ferme les yeux en faisant comme si j'avais besoin de retourner à ma méditation. La tension que je ressentais plus tôt vient d'être multipliée par cent.

Entre mes paupières presque fermées, je regarde Grace sortir du jardin de pierres en sautillant.

Je fais apparaître un écran pour vérifier l'heure.

J'ai quinze minutes pour méditer si je ne veux pas être en retard pour le calcul.

Je ferme les yeux et je me concentre sur ma respiration.

L'inspiration suit l'expiration, encore et encore.

Malheureusement, au lieu de me concentrer sur ma respiration, mes pensées retournent à quelques instants plus tôt. Qu'est-ce que c'était ? Pourquoi mon corps a-t-il réagi de manière si étrange ? Je ne sais même pas si je comprends ce qui est arrivé, mais cela ressemble à quelque chose d'interdit.

Inspire. Expire.

La respiration ne m'aide pas.

Je vérifie l'heure. Il me reste dix minutes.

En me levant, je décide d'essayer autre chose pour m'éclaircir les idées.

Je marche vers le chemin le plus proche et je me mets à courir aussi vite que je peux. Quand mes poumons commencent à brûler, je me rends compte à quel point je ne suis pas en forme. Les muscles de mes jambes font mal comme si j'avais déjà couru ce matin. Poursuivant malgré l'inconfort, je remarque que la fatigue me soulage au moins en partie de l'étrange tourbillon dans mon esprit.

Lorsque je m'approche du bâtiment des cours, je décide d'attribuer ma fascination pour le corps de Grace à l'anticipation du jour des naissances. Quoique cela ait été, je me promets solennellement de ne pas en discuter avec qui que ce soit, pas même Liam.

Je marche vers le calcul en passant par la salle des douches pour hommes, qui se trouvent là pour ceux d'entre nous souhaitant utiliser cette méthode pour se laver au lieu de faire le geste sans eau. Lorsque j'entre dans la cabine de douche, je décide sur un coup de tête d'utiliser de l'eau froide. Quand le liquide glacial me recouvre, je me rends compte que c'était une très bonne idée, car lorsque j'ai fini, j'ai l'impression d'avoir complètement dépassé l'incident du jardin de pierres et je me sens prêt à faire face au reste de ma journée.

* * *

Alors que d'habitude j'apprécie les certitudes des mathématiques, aujourd'hui j'ai du mal à rester tranquille pendant que l'Instructeur George décrit les équations de Cauchy-Riemann. Il n'a clairement pas le cœur à faire cours cette fois. Je parie qu'il est inquiet au sujet du public qu'il y aura à son stand de la foire demain, et il a raison. Le calcul n'est pas le sujet le plus populaire. Je suis tout aussi distrait pendant mes cours de débat et de philosophie, et le cours d'histoire m'évoque la torture médiévale, même si ce n'est pas le sujet d'aujourd'hui. L'Instructrice Filomena monte sur ses grands chevaux pour discuter encore une fois des périls de la technologie : c'est son thème favori. Elle parle des émissions de carbone pompées dans l'atmosphère par la technologie des anciens et de l'effet de serre qui aurait détruit la Terre si la gelée grise n'avait pas été plus rapide. Elle ne mentionne pas les efforts de géo-ingénierie qui ont résolu les problèmes de réchauffement climatique qu'elle décrit, car cela irait contre son argument. Ce qui rend cette session encore plus pénible, c'est qu'elle a décidé de laisser tomber ma partie préférée de son cours, quand elle nous offre des aperçus du monde ancien.

Je décide que tous les instructeurs doivent avoir le jour des naissances en tête et que le programme scolaire en souffre.

Le meilleur moment de la journée, c'est la sonnerie du repas de midi.

Dès que je l'entends, je bondis sur mes pieds et je me dirige vers le couloir. Liam m'y attend déjà.

— Tu veux te reposer dans la chambre? demande-t-il. Ou devrions-nous aller jouer à quelque chose?

— Je crois que je préfère rester tranquille, dis-je. J'ai couru tout à l'heure et j'ai encore mal aux jambes.

— D'accord. On rentrera comme ça.

Il marche d'un pas exagérément lent, comme un homme sous l'eau.

— Ou bien est-ce toujours trop rapide?

Je ne daigne pas répondre à sa pique et je longe le couloir qui mène à l'extérieur du bâtiment des cours. Une fois à l'extérieur, je me tourne en direction de notre dortoir et Liam me suit.

En marchant, nous débattons du film ancien que nous souhaitons voir pendant notre pause. Liam profite de mon air absent pour choisir un dessin animé dont je n'ai jamais entendu parler. Il s'appelle *Kung Fu Panda.*

— S'il est nul, ce qu'il sera, pourrons-nous regarder autre chose ? dis-je en entrant dans le bâtiment.

— Ouais. Si nous sommes d'accord pour dire qu'il est nul.

Nous parlons de tout ce que nous savons au sujet des pandas, ce qui n'est pas grand-chose, car il s'agit d'une des rares créatures absentes du zoo.

— Berk, tu sens ça ? dis-je quand nous approchons de la porte de notre chambre. Tu as pété ?

Il n'y a que très rarement de mauvaises odeurs à Oasis. Les barres de nourriture ne donnent des gaz à personne, mais nous connaissons la sensation, car cela arrive parfois après avoir mangé de la nourriture inhabituelle au cours des célébrations du jour des naissances. En outre, il arrive très rarement que nous ayons un prélude bruyant quand nous allons à la selle, ce qui réjouit Liam.

— Ce n'était pas moi, dit-il, étonné.

Je fronce le nez en faisant quelques pas de plus.

— Attention, dit Liam en désignant quelque chose sur le sol.

Je saute en arrière, m'attendant à voir une araignée ou une autre bestiole horrible du zoo.

Ce que je vois est pire d'une certaine façon.

C'est un tas d'excréments.

— Merde, dis-je.

— Littéralement, ajoute Liam.

— J'ai failli marcher dedans. D'où ça vient ?

— C'est Owen, dit Liam en serrant les dents. Mais là, c'est vraiment petit et dégoûtant, même pour lui.

Je passe ma main au-dessus du tas et il s'évapore.

— Qu'est-ce qu'on fait ? Nous devons nous venger, mais il faut que ce soit discret. Nous ne devons pas mettre en péril le jour des naissances.

— J'ai une idée, dit Liam. Suis-moi.

Il traverse les couloirs d'un air déterminé jusqu'à l'endroit où logent Owen et sa bande. Lorsqu'il atteint leur porte, il croise les doigts et chuchote :

— Espérons qu'ils ne soient pas là. Owen, c'est Liam et Theo, crie-t-il alors à haute voix. Nous voulons organiser un groupe d'étude. Tu es là ?

Quand personne ne répond, Liam affiche un sourire diabolique et il fait le geste pour ouvrir la porte.

La porte obéit.

La pièce semble vide, alors nous entrons prudemment.

— Jackpot, dit Liam quand nous avons vérifié qu'il n'y a personne. Aide-moi avec ça.

Liam tourne la main vers le haut et une barre de nourriture apparaît dans sa paume. Il la laisse tomber sur le sol, puis il répète le geste. Une autre barre de nourriture apparaît et il la laisse également tomber au sol, à côté de la première.

Je comprends ce qu'il faut faire et je fais apparaître une barre de nourriture que je laisse tomber sur le sol. Puis je recommence encore et encore.

Nous mettons presque la pause entière à remplir la chambre d'Owen de barres de nourriture. Puis nous retournons en cours en riant. Je ne peux même pas imaginer le visage d'Owen quand il ouvrira sa porte et qu'il verra que sa chambre est entièrement inondée de barres de nourriture.

Le reste de la journée d'école est plus facile. Ma main est fatiguée à cause de notre plaisanterie, mais paradoxalement, cette activité a également apaisé mon esprit. Quand les leçons deviennent particulièrement ennuyeuses, tout ce que j'ai à faire, c'est d'imaginer Owen qui entre dans sa chambre, éreinté, et un sourire apparaît sur mon visage. Il jurera et il fera des gestes comme je l'ai fait pour me débarrasser de sa farce, mais chaque geste ne le débarrassera que d'une seule barre de nourriture à la fois. Liam et moi nous l'avons vérifié en faisant un test. Owen sera furieux de devoir faire tous ces gestes de nettoyage.

La sonnerie de fin de journée résonne et je bâille en me levant.

— Allons jouer au foot, dit Liam quand nous sortons de la salle de cours. Ou au basket.

— Pourquoi n'irais-tu pas sans moi ? dis-je. Je suis fatigué et je veux dormir un peu. Je préfère garder mon énergie pour le jour des naissances.

— Comme tu veux, dit Liam.

Il feint la nonchalance, ce qui indique qu'il est déçu.

— Désolé, mon vieux, dis-je en bâillant encore. C'est juste que je suis fatigué.

Il réprime à son tour un bâillement.

— Vas-y. Pars avant de m'infecter avec tes bâillements.

Il me parle pendant que nous marchons en direction du dortoir, et je lui fais des réponses ensommeillées et monosyllabiques jusqu'à ce qu'il parte pour le terrain de foot.

Je fais le reste du trajet tout seul, ravi par le silence.

En me couchant, je fais l'expérience de l'Unité, qui est extrêmement intense aujourd'hui. Le plaisir du début est presque douloureux. Quand je m'y adapte, je sens la présence. Bizarrement, une vision surréaliste d'une déesse aux cheveux courts passe dans ma conscience. En général, la présence est vague, juste une sensation éthérée sans point focal spécifique. Cependant, le visage ne m'inquiète pas. J'ai entendu des Jeunes décrire cette partie de l'Unité en parlant d'anges ou de dieux des anciens, bien que nous sachions tous que ce n'est qu'une illusion.

L'étape suivante de l'Unité est le sentiment non sollicité d'amour et de bienveillance envers tout et tout le monde, mais je n'ai pas le temps d'en faire l'expérience, car je m'endors profondément.

CHAPITRE SEPT

Je cours le long de la grande muraille de Chine. Un instant plus tard, je lève les yeux vers l'Empire State Building.

— Theo, dit quelqu'un et je me rends compte que je rêvais d'une époque avant la gelée grise.

Ne souhaitant pas quitter mon rêve, je fais semblant de continuer à dormir.

— Mon vieux, dit la voix plus fortement. Tu dors pendant le jour des naissances.

J'ouvre instantanément les yeux.

— Tu dors trop, dit Liam en éclaboussant mon visage avec de l'eau de son gobelet. En particulier pour quelqu'un qui s'est couché aussi tôt que tu l'as fait.

Essuyant l'eau de mon visage, j'examine Liam. Il est vêtu de vêtements spéciaux pour le jour des naissances. Cela ressemble davantage à une tenue ancienne que notre combinaison grise sans forme habituelle. Aujourd'hui, tout le monde porte des habits de couleurs et de formes variées. Liam est vêtu d'une salopette verte, comme les fermiers en portaient.

— J'ai eu un super rêve.

Ma voix est encore rauque de sommeil, alors je m'éclaircis la gorge.

— J'ai rêvé d'endroits avant l'apocalypse. Il n'y avait pas de gelée, et je pouvais marcher ou courir dans la direction que je voulais pendant aussi longtemps que je le souhaitais.

Liam fait un geste de dédain et dit :

— On dirait le début du cours de Filomena.

Je grimace.

— On ne parle pas de cours aujourd'hui. On n'a pas assez de temps libre pour ça.

— Tu as raison, dit Liam en tendant la main pour recevoir une barre de nourriture.

Je m'assois sur le lit.

— Garde la place pour la nourriture ancienne qu'il y aura à la foire.

Il se remplit la bouche avec la barre de nourriture et marmonne quelque chose qui ressemble à :

— Je n'aime pas ces trucs-là.

Il mâche un peu et ajoute :

— Ça a une drôle d'odeur et c'est chaud.

— C'est le principe, dis-je en me levant. La nourriture était comme cela à l'époque où elle était 'cuite'.

Je regarde ma tenue. Contrairement aux habits verts de Liam, les miens sont essentiellement bleus et ils m'évoquent du jean. Je porte également un T-shirt sans manches bleu, ce qui est nettement mieux que nos vêtements habituels.

Liam profite de mon inattention pour mâcher un peu plus de nourriture, puis il dit :

— On dirait quand même de l'histoire. Tu devrais peut-être passer par le stand de Filomena.

Je lève les yeux au ciel.

— Bien sûr. Juste après avoir fait le poirier pendant quelques heures.

Liam ricane.

— Je peux rester la tête en bas pendant vingt minutes.

Je ne dis rien : si je le contredis, il le fera pour prouver qu'il le peut. De bien des façons, Liam est le Jeune le plus immature de tout notre groupe qui a vingt-quatre ans aujourd'hui. Alors, au lieu de l'encourager dans sa folie, je dis :

— Prêt à y aller ?

Sans attendre sa réponse, je me précipite vers la porte. Puis je sors sans regarder derrière moi.

D'accord, l'immaturité de Liam a peut-être déteint sur moi.

Quand je sors, je vois que tout est déjà installé.

J'entends au moins deux genres musicaux : du classique et de l'électronique. D'énormes ballons colorés flottent dans les airs, juste au-dessous du dôme, et des Jeunes vêtus de couleurs vives se promènent. Le terrain de l'institut est couvert d'affaires pour le jour des naissances, ce qui inclut une piste de danse et des stands de nourriture. Au loin, les adultes ont installé les expositions sur leurs métiers et hobbys, comme d'habitude.

— Les souffleurs de verre sont-ils là-bas ? demande Liam.

Il fronce les yeux en scannant la foire au loin.

— Je ne sais pas, dis-je. Je suis mort de faim, alors je vais commencer mon exploration par les stands de nourriture.

— À plus tard, alors, répond Liam avant de partir en sprint.

Je marche tranquillement, laissant mon nez me guider vers l'odeur de beignets, qui sont un temps fort du jour des naissances. Les Adultes ont recréé d'autres nourritures anciennes, comme les frites, les bretzels, et le pop-corn, mais les beignets restent mes préférés jusqu'à aujourd'hui.

Je me demande s'il y aura quelque chose de nouveau à goûter cette année. Les Adultes sont très créatifs : en fait, il existe tout un domaine d'étude appelé anthropologie culinaire. Une fois qu'ils vous ont donné la gourmandise, ils vous en parlent de la même façon que les autres Adultes parlent de leurs passions. L'année dernière, les gens du culinaire m'ont dit qu'ils recréaient tout ce qu'ils pouvaient, tant que cela ne nécessite pas de viande animale ou d'autres ingrédients qui n'existent plus. Et parfois, ils ne sont pas bloqués par le manque d'authenticité. Une année, ils ont essayé de créer une sorte de faux hot dog, ce qui est devenu une légende du jour des naissances à cause de son goût atroce. Tout le monde était peut-être dégoûté à l'idée de manger un chien cuit, même un faux. Ces animaux sont si mignons au zoo.

En général, je ne sais pas à quoi pensaient les anciens lorsqu'ils ont décidé de manger la chair de créatures vivantes. D'un autre côté, ils ont fait des choses plus folles que cela 'pour s'amuser', inhalant par exemple des produits chimiques cancérigènes ou plongeant dans les océans en ne portant qu'une bouteille d'oxygène sur le dos. La folie faisait sans doute partie du fait d'être mortel. Avec leur espérance de vie relativement courte, les anciens n'accordaient pas autant de valeur à leur vie ou à celle des autres humains et créatures que nous, leurs descendants immortels.

J'inhale encore une fois l'odeur des beignets. D'accord, je serai le premier à admettre que même noyé sous le sucre glace, ce n'est pas meilleur qu'une barre de nourriture. Liam avait raison dans le sens où les deux ne sont pas comparables, en particulier si l'on tient compte du fait que ces choses sont bourrées d'ingrédients très mauvais pour la santé. Même lorsque l'on n'en mange qu'une fois par an, il faut se limiter à une ou deux parts, maximum. J'ai découvert l'intérêt de cette limite à mes dépens. J'avais mangé quatre parts (les deux miennes et les deux de Liam). Je m'étais senti si malade que j'avais dû me rendre chez l'infirmière. Quoi qu'il en soit, c'est différent, ce qui me plaît. Et puis, c'est la nourriture traditionnelle que les anciens mangeaient pour les carnavals et les fêtes foraines, alors je suis la tradition.

En passant près de la piste de danse, je vois des Jeunes de tous âges danser sur une musique entraînante qui me fait marcher d'un pas plus léger.

Au milieu de toute cette gaieté, il est presque possible d'oublier que nous sommes les derniers survivants de l'humanité, entourés par de la gelée grise mortelle – ce qui est sans doute un des objectifs du jour des naissances.

Lorsque j'atteins les stands de nourriture, je vois déjà des Jeunes faisant la queue. Je me maudis en silence : j'aurais dû régler mon réveil pour me lever plus tôt.

Le plus grand groupe de personnes se trouve près des beignets, ce qui prouve que les autres estiment également que cette gourmandise est la meilleure. Je me tiens derrière un type qui a l'air plus vieux et je me demande s'il va quitter les rangs des Jeunes aujourd'hui pour devenir un Adulte. Puis je me demande si les Adultes fêtent le jour des naissances comme nous le faisons. Si ce n'est pas le cas, c'est peut-être la dernière chance qu'il aura de manger des beignets.

Pour tuer le temps, je fais apparaître mon écran.

Les Adultes ont établi une carte de l'institut avec un code de couleurs et une liste des activités que nous pourrons trouver aujourd'hui. Débordant d'excitation, j'inspecte les différentes options de loisirs et de carrières, en me disant qu'il faudrait aller voir les peintres, les sculpteurs et tous les stands des athlètes professionnels.

Comme les années précédentes, il y aura des championnats dans une variété de sports et de jeux plus intellectuels, comme les échecs. Cela devrait être amusant, tant que nous ne jouons pas contre les Adultes qui ont choisi ces occupations. L'année dernière, Liam et moi avons fait partie d'une équipe de onze Jeunes contre trois Adultes ayant choisi le football comme domaine d'études pour toute leur vie. Peu importe le nombre de joueurs, les trois

Adultes nous ont écrabouillés d'une manière si éclatante que j'ai trop honte pour mentionner le score final.

La queue des beignets avance tout doucement. L'odeur devient plus forte et j'ai l'eau à la bouche.

Pour ne pas devenir fou, je regarde à nouveau mon écran. Il y aura des prix secrets et une chasse aux œufs dans la forêt, ce qui est une nouvelle activité que Liam aura sûrement envie d'aller voir avec moi. Quand la nuit commencera à tomber, la journée se terminera par le spectacle traditionnel des aurores boréales suivi par des feux d'artifice.

— Theodore, dit une voix grave derrière moi. Tu dois me suivre.

Les Jeunes devant moi, y compris le type presque Adulte, ont l'air effrayés.

Je me tourne à contrecœur.

Il me suffit d'un coup d'œil sur la visière redoutée pour connaître la source de leur peur.

C'est un garde.

J'ai une montée d'adrénaline. Que me veut-il ? J'ai fait attention à ne pas causer de problèmes.

— Que se passe-t-il ? Ai-je fait quelque chose de mal ?

— Suis-moi, s'il te plaît, dit le garde d'une voix coupante comme du métal. Dépêche-toi.

— Puis-je au moins prendre un bei...

Le garde fait un étrange mouvement de la main.

Je suis frappé par un sentiment de relaxation intense.

Mes mains retombent, j'ai les bras ballants.

En fait, c'est plutôt une bonne chose que je puisse me calmer. Résister aux ordres d'un garde peut doubler ou tripler la Quiétude – chose que j'ai apprise il y a longtemps.

— Suis-moi ?

L'ordre du garde est en même temps une question.

Je hoche la tête et je quitte la file.

Le garde se tourne et s'éloigne des stands de nourriture. Je marche à sa droite pour qu'il puisse me voir. J'ai l'habitude.

Alors que nous passons à côté de la fête, je maudis mon terrible destin. Je suis tenté de demander quel est le problème au garde, mais je sais que cela pourrait mener à une Quiétude longue.

Ce qui est vraiment étrange, c'est que nous ne marchons pas en direction du bâtiment de Quiétude.

Nous nous dirigeons vers le sud-est, dans la direction opposée.

J'aperçois un autre garde. Une Jeune marche à côté de lui. Elle porte une longue robe d'été pour le jour des naissances. Sa couleur se situe quelque part entre le rose et le magenta. En voyant ses cheveux roux, je me rends compte qu'il s'agit de Grace, sauf que cela n'a aucun sens. Pourquoi aurait-elle des problèmes ? Miss Première de la Classe a-t-elle enfin réussi à mal se comporter ?

Grace me voit et lève un sourcil, mais elle continue à marcher comme l'obéissance incarnée.

Pendant que nous avançons, une idée traverse mon esprit maintenant paranoïaque. Grace est-elle ici pour témoigner ? Dois-je rendre des comptes pour l'avoir fixée du regard, hier ? A-t-elle remarqué que je l'observais pendant ses poses de yoga ? Elle ne semblait pas avoir eu conscience de moi pendant qu'elle s'entraînait, et elle n'aurait pas pu savoir ce que je pensais, même si elle m'avait vu regarder. Moi-même je ne comprends pas pleinement ce qu'il m'est arrivé ce matin-là. Tout ce que je sais, c'est que c'est interdit. Malgré tout, étant donné la présence de Grace, je dois envisager la possibilité désagréable que cette marche soit liée à cet incident. J'imagine les Adultes me posant des questions à ce sujet et je rougis.

Plus loin, un autre garde et une autre personne marchent dans notre direction. Quand ils sont plus près, je reconnais l'hybride Jeune-hyène qui accompagne le garde.

C'est Owen.

Cela me paraît déjà plus logique. Comme Liam et moi, Owen n'en est pas à sa première Quiétude ni à ses premiers problèmes. Pourrait-il être la raison pour laquelle nous sommes ici ? A-t-il raconté aux Adultes que Liam et moi nous avons rempli sa chambre de barres de nourriture hier soir ? Cela ne ressemble pas à Owen. Même s'il est une brute et un crétin, Owen suit une sorte de code. Il ne nous a jamais dénoncés et nous lui avons fait la même faveur. Pourquoi changer maintenant, pour une plaisanterie plutôt mineure ? D'ailleurs, si nous parlions aux Adultes de la merde qu'il nous a donnée hier soir, il aurait beaucoup plus de problèmes que Liam ou moi. Et puis, quel est le rapport avec Grace ?

Tout ceci devient très étrange.

Le côté positif, c'est que je pense savoir où ils nous conduisent. Nous nous dirigeons tout droit vers le cube du bâtiment administratif. Je m'y suis déjà rendu quelques fois, mais à mon avis Grace le connaît très bien. C'est ici qu'il faut se rendre pour cafter, ce que je n'ai jamais fait. Dans mon cas, j'ai été conduit ici pour écouter une leçon du doyen sur le fait d'être 'un bon citoyen d'Oasis'. Cela n'est réservé qu'aux pires fauteurs de troubles.

Je ne peux pas m'empêcher de demander au garde :

— Pourquoi allons-nous au bâtiment administratif ?

Le garde ne répond pas : il se contente de faire quelque chose de la main.

Je me sens à nouveau détendu et je me rends compte que les choses ne sont peut-être pas si terribles. Nous devons sans doute tous les trois aider les Adultes avec quelque chose n'ayant aucun lien avec nos bêtises.

Mon garde et moi sommes les premiers à entrer dans le bâtiment et il me guide à travers les couloirs vides jusqu'au bureau du doyen. Ce n'est que maintenant que je me rends compte que le doyen, tout comme les autres Adultes, est sans doute trop occupé par le jour des naissances pour s'occuper de nous.

Mes soupçons sont confirmés lorsque nous entrons dans la salle d'attente. En général, il y a quelqu'un à la réception. Aujourd'hui, une seule personne nous attend.

Liam.

Mon ami habituellement hyperactif semble plutôt calme, étant donné la situation. Il doit feindre la tranquillité devant le garde qui nous dit :

— Quelqu'un vous rejoindra très vite. Restez ici.

Il fait un geste pour fermer la porte de la salle d'attente à clef. Lorsque les Adultes font cela, tout Jeune essayant le geste pour ouvrir la porte n'obtient pas de résultat. Cependant, contrairement à la Quiétude, être enfermé dans une pièce n'est pas très grave. Cela peut même être assimilé à des vacances, puisque les écrans et tout le reste fonctionnent comme d'habitude. L'infirmière nous enferme quand Liam ou moi faisons semblant d'être malades. Je dis 'faisons semblant', car seules quelques-unes de mes visites à l'infirmerie ont été authentiques. Je parie que c'est la même chose pour Liam. Je ne sais pas ce qu'il en est pour lui, mais je peux compter sur les doigts d'une main le nombre de fois où j'ai été vraiment malade.

— Mon vieux, chuchote Liam dès que la porte se referme derrière le garde. Pourquoi sommes-nous ici ?

— Je ne sais pas...

Je suis interrompu par la porte qui s'ouvre à nouveau. Les deux autres gardes font entrer Grace et Owen.

— Merci, Albert, dit le garde le plus petit et le plus menu d'une voix féminine étrange. Nous t'appellerons si nous avons besoin de toi.

Le garde le plus grand, Albert, hoche la tête et quitte la pièce.

Quand la porte se referme, Liam et moi échangeons un regard. Deux éléments de ce petit échange sont inhabituels : tout d'abord, nous n'avons croisé qu'un seul garde féminin, lors d'un incident avec un arbre tombé. Deuxièmement, les gardes ne s'appellent jamais par leur prénom devant nous.

À en juger par le visage canin alerte d'Owen, celui-ci a également remarqué au moins une de ces irrégularités.

— Asseyez-vous, s'il vous plaît, dit le garde féminin à Owen et Grace. Theodore, prépare-toi à nous parler dans une minute.

Elle fait le geste de verrouillage de la porte et ajoute :

— Laisse-moi juste m'installer.

Elle se dirige vers le bureau du doyen.

Dès que la porte se ferme derrière elle, Owen bondit sur ses pieds et me regarde.

— Question-Odore ?

Je ne dis rien, mais je suis saisi d'une colère soudaine – une colère plus violente que tout ce que j'ai pu vivre depuis l'enfance. Est-ce à cause du surnom stupide d'Owen ?

Sans se rendre compte de mon état émotionnel, Owen dévisage Liam de la tête aux pieds et dit :

— P'tit Li-Li ? Un de vous deux s'est abaissé à cafter ? C'est pour cela que votre petite amie est ici ?

Il jette un coup d'œil vers Grace avant de dire à Liam :

— Tu as décidé de suivre des cours auprès de la meilleure cafteuse de l'institut ?

Grace a l'air d'avoir pris une gifle. Ses yeux brillent d'humidité.

Étonnamment, je me sens mal pour elle. Elle doit être bouleversée d'avoir des ennuis avec nous. En outre, la voir contrariée me met encore plus en colère, même si ce qu'Owen a dit n'est pas tout à fait nouveau. Je suppose que je n'aime pas voir quelqu'un se faire harceler. Je réfrène mes émotions en me rappelant que les gardes sont à portée de voix.

— Tu as bien mangé, Mouwen ? demande Liam en utilisant un surnom qui n'a jamais vraiment pris.

— Tu parles de ce que vous m'avez laissé ? répond Owen sans hésitation. Ce n'était pas mauvais, par rapport à votre repas. D'ailleurs, tu as tout mangé, Theo, ou bien avez-vous été obligés de partager ?

Je me lève sans vraiment comprendre ce que je fais.

Owen me jette un regard indifférent et dit :

— Tu veux danser avec moi ? Tu devrais attendre que tout ceci soit terminé...

— Putain, si tu ne fermes pas ta gueule, ton nouveau surnom sera 'Boursouflure'.

Essayant de dominer ma colère, je grince si fort des dents que c'en est douloureux.

Liam se lève et se place derrière moi.

Grace me jette un regard horrifié.

Je réalise un peu tard que j'ai utilisé le mot en 'P' devant elle. Ma Quiétude est à présent garantie, même si les gardes nous ont conduits ici pour une affaire bénigne.

Owen semble extatique, car il le comprend aussi.

Furieux, je serre les poings. Il m'a provoqué exprès, et le jour des naissances, qui plus est. J'avais peut-être tort en pensant qu'il suivait un code d'honneur.

L'idée de la perte de tous les événements du jour des naissances nourrit ma fureur et je fais un pas vers Owen. Si je dois rater la journée de toute façon, alors autant obtenir une forme de satisfaction différente.

Je vois un éclat de peur dans les yeux d'Owen.

Je sens une main sur mon épaule, et Liam dit :

— Qu'est-ce que tu fais ?

J'expire.

Il a raison.

Étais-je sur le point de frapper Owen ?

Qu'est-ce qui ne va pas chez moi ?

La porte s'ouvre.

Une tête casquée passe dans l'entrebâillement et une voix féminine dit :

— Theo, rejoins-nous s'il te plaît.

CHAPITRE HUIT

Je desserre les poings avant que la garde puisse les voir. En inspirant pour me calmer, je marche vers la porte.

Je ne peux m'empêcher de remarquer qu'elle est la première garde – et une des rares Adultes – à m'appeler 'Theo' au lieu de 'Theodore'. Encore une bizarrerie, quoique petite.

— Assieds-toi là, dit le garde masculin en désignant de la tête une des chaises pour les invités du doyen.

Il prend la chaise du doyen et l'autre garde s'assoit à côté de lui, sur une chaise pour les invités.

Ce petit échange établit un nouveau record pour la plus longue conversation que j'ai jamais eue avec un garde. Bien sûr, je ne le dis pas, sachant très bien que si je parle, j'aurais encore plus d'ennuis.

— Il va valoir que tu fasses ce que je te dis, commence le garde masculin d'une voix glaciale. Si tu oublies, tu sortiras vite d'ici.

— S'il te plaît, ajoute le garde féminin d'un ton plus doux. J'imagine que tu as très envie de retourner au jour des naissances.

C'est peut-être mon imagination, mais ne vient-elle pas de tourner son casque en direction de son collègue pour marquer sa désapprobation ? Pourquoi ? Sont-ils en train de jouer au bon et au méchant flic, comme dans les films anciens ?

— Je ferai ce que vous m'ordonnerez, dis-je d'un ton aussi neutre que possible.

Puis j'ajoute avec un peu d'amertume :

— Ce n'est pas comme si j'avais le choix.

— Bien, dit le garde. Pose ta main sur ta poitrine.

— Hein ?

Je regarde la visière réfléchissante, mais tout ce que je vois, c'est une image déformée de mon propre visage confus.

— Comme ceci, explique sa collègue en plaçant son bras en travers de son torse.

— Arrête d'essayer de gagner du temps, dit sévèrement la voix masculine.

Je lève prudemment ma main vers ma poitrine et le garde féminin hoche la tête.

— Dis : 'Je consens au filtre de vérité et je jure de dire toute la vérité et rien que la vérité', exige le garde masculin.

— Quoi ?

Je dévisage les deux gardes.

L'homme tapote des doigts sur le bureau.

— Tu cherches la Quiétude ?

Je secoue vigoureusement la tête.

— Alors, dis : 'Je consens au filtre de vérité'.

— Je consens au filtre de vérité.

Je fais cependant de mon mieux pour leur faire comprendre mon manque d'enthousiasme.

— Et je jure de dire toute la vérité et rien que la vérité, ajoute-t-il.

— Et je jure de dire toute la vérité et rien que la vérité, dis-je comme un robot.

Je suis pris par une sensation étrange. C'est comme si une étape de l'Unité avait soudain émergé à l'intérieur de ma conscience, sauf que je me sens incorporel. Pendant l'Unité, je me sens connecté à des galaxies et des étoiles lointaines et imaginaires, mais à présent j'ai l'impression de ne plus vivre dans mon corps... comme si j'étais une sorte de fantôme ancien.

— Déclare ton nom, dit une voix.

De l'endroit où je 'flotte', je ne distingue pas quel garde m'a posé la question. Puis soudain, de retour dans mon corps, ma bouche agit sans que je le veuille. Elle dit :

— Theodore.

De mon perchoir à l'extérieur de mon corps, je trouve extrêmement étrange que ma bouche puisse parler sans que je l'y oblige. Et pourquoi a-t-elle utilisé une version si formelle de mon prénom ?

— Quel âge as-tu, Theodore ?

— J'ai vingt-quatre ans aujourd'hui, dis-je encore une fois sans le vouloir.

— Pose-lui une question pour laquelle il voudra mentir. Assurons-nous que la compulsion fonctionne vraiment.

— D'accord, répond ce que je suppose être l'autre voix. Affiche son scan neural.

Cette fois-ci, ma bouche reste fermée. Ils ne m'ont pas posé de question.

— As-tu fait quelque chose d'inapproprié aujourd'hui, Theodore ? Et si tu n'as rien fait aujourd'hui, alors hier ?

— J'ai ressenti des sensations inappropriées quand j'ai regardé Grace faire du yoga, dit ma bouche.

Je suis consterné. Je veux retourner dans mon corps et arrêter ma stupide bouche de parler, mais je ne peux pas y retourner, malgré mon désir de me contrôler. Comme pour me punir, ma bouche continue.

— De plus, j'ai fait une farce à Owen. Nous avons rempli sa chambre de barres de nourriture.

Non, crié-je mentalement contre ma bouche, mais je sens que ce n'est pas terminé. Malgré mon effort titanesque pour la réduire au silence, ma bouche s'ouvre et prononce :

— Pour finir, j'ai utilisé le mot en P il y a quelques minutes.

Au moins, ma bouche n'a pas révélé que j'ai presque attaqué Owen. Je suppose qu'elle considère que 'presque faire quelque chose' ne compte pas comme 'faire quelque chose'.

Les voix s'entretiennent en chuchotant. Tout ce que j'entends, c'est :

— Son activité neurale est extrêmement bizarre, mais le filtre fonctionne très clairement.

— Qu'est-il arrivé à Mason, Theodore ? demande une voix. Sais-tu qui est Mason ?

— Je ne comprends pas ces deux questions, dit ma bouche. Parlez-vous des gens qui travaillaient la pierre ? Comme dans les cours d'histoire ? Ou bien la société secrète ?

— As-tu forcé le Conseil à oublier une réunion ?

— Je ne comprends pas non plus cette question, dit ma bouche. Quel Conseil ? Quelle réunion ?

— Pourquoi ton scan neural est-il si irrégulier ?

— Je ne sais pas, répond ma bouche.

J'ai l'impression que la voix me pose ces questions ineptes pendant une heure. Ma bouche répond presque tout le temps 'non', parfois 'je ne sais pas'.

— Comprends-tu ce qu'il s'est passé ? finit par demander une voix.

— Non, dit ma bouche.

Ma conscience retourne dans mon corps et je me sens instantanément aux commandes de ma bouche et de mes autres capacités, sauf que c'est trop tard. Je leur ai déjà parlé de l'incident du yoga et de la plaisanterie, ainsi que de mon utilisation de mots vulgaires.

Je suis fichu.

Je regarde d'un garde à l'autre. À cause de leurs casques réfléchissants, il m'est impossible de dire à quel point ils sont contrariés ou déçus.

Je regarde sur le côté.

Un grand écran d'activité neurale y est affiché.

D'après une de leurs questions, je n'ai pas beaucoup de mal à comprendre que nous examinons mon scan.

Cela fait des années que l'observation de mes scans du cerveau est une sorte de passion. Ce que je vois ici ne ressemble pas du tout à mes autres scans. L'image me fait froid dans le dos. Toute cette activité anormale est-elle un effet secondaire de ce qu'ils m'ont fait ?

Le garde féminin se lève, me faisant oublier mes pensées.

— Suis-moi, dit-elle d'une voix étrangement réconfortante.

Elle se dirige vers la porte et je me lève pour la suivre, mes pieds traînant sur le sol comme si mes chaussures étaient remplies de plomb.

Lorsque j'entre dans la salle d'attente, Liam, Grace et Owen me dévisagent d'un air interrogateur. Je hausse les épaules et je les regarde d'un air perdu. Je ne sais pas quoi leur dire. Ce qu'il s'est passé dans le bureau du doyen n'a aucun sens. Bien sûr, même si j'avais eu quelque chose à dire, cela n'aurait pas été prudent devant les gardes.

La femme traverse la pièce, fait un geste pour ouvrir la porte et s'assure que je sors devant elle. Elle me rejoint ensuite dans le couloir et fait un geste méticuleux pour verrouiller la porte derrière nous, comme si Liam et les autres étaient assez fous pour partir en courant dans ces circonstances.

En me guidant dans le long pouvoir, elle me conduit jusqu'à une pièce que je n'ai jamais vue. D'après sa taille imposante et quelques canapés confortables au milieu, il s'agit d'une sorte de salle de détente pour les employés de l'administration.

— Reste ici, dit la garde. Quand nous aurons fini d'interroger les autres, tu pourras retourner aux festivités. Cela ne devrait pas durer plus d'une heure.

Dès qu'elle ferme la porte derrière elle, je commence à faire les cent pas.

Tout cela est incompréhensible.

Pourquoi a-t-elle dit que j'allais retourner aux festivités ? J'ai confessé suffisamment de méfaits pour passer beaucoup de temps en Quiétude. Pour quelle raison ne suis-je pas puni ?

Ces pensées me renvoient à un mystère plus profond : pourquoi ai-je répondu à toutes ces questions sans le vouloir ? Et quel était le but de ces questions ?

Sur un coup de tête, pendant que je tourne dans la pièce, je fais le signe d'ouverture de la porte. Je suis certain que la garde a fermé la porte derrière elle, mais je n'ai rien d'autre à faire.

À ma grande surprise, la porte s'ouvre.

Je franchis le seuil, mais il m'arrive une chose étrange.

Une partie de moi – du moins, c'est ce que je pense – dit d'une voix qui n'est pas la mienne :

— Ne pars pas, Theo.

Cette voix dans ma tête est extrêmement étrange pour plusieurs raisons, et le fait qu'elle soit féminine n'est pas une des moindres.

— Assieds-toi sur le canapé, dit la voix. Tu peux te sentir désorienté quand je te rendrai des souvenirs.

Je ne sais pas du tout à qui appartient cette voix ni ce qu'elle essaie de me dire, mais j'ai l'impression que m'asseoir est la meilleure idée que j'ai eue depuis longtemps. Je marche vers le canapé et je m'assois.

Du coin de l'œil, je vois la porte se refermer.

Une étrange avalanche de sensations envahit ma tête. J'ai une horrible impression de vertige et un besoin soudain de manger.

Dès que ma tête touche le coussin, je suis pris de somnolence.

Je ferme les yeux et ma conscience s'évapore.

CHAPITRE NEUF

J'ouvre les yeux.

Est-ce que je viens de me réveiller ?

En regardant autour de moi, je vois que la pièce est trop grande pour être celle que je partage avec Liam.

Je me rappelle alors que je me trouve dans le bâtiment administratif.

Je me souviens de ce qu'il s'est passé.

Je me souviens de *tout* ce qu'il s'est passé.

Je me rends également compte que je ne suis plus seul dans la pièce.

Une femme aux cheveux courts que je connais est assise à côté de moi sur le canapé.

— Phoe ! Je suis de retour !

— Ne parle pas à voix haute, dit-elle en me faisant un sourire inquiet.

J'examine mes souvenirs.

J'ai l'impression qu'ils sont tous revenus. D'un autre côté, une minute plus tôt, je ne pensais pas qu'il me manquait la moindre information alors que tous mes souvenirs avaient disparu.

Je me rappelle Phoe et tout ce qu'il s'est passé depuis le tout premier jour où elle m'a parlé. Je me souviens de Mason depuis notre enfance jusqu'à sa disparition. Je me souviens également en détail de la sensation de ne pas me souvenir de ces choses. C'est comme l'impression d'avoir quelque chose sur le bout de la langue. Une fois que l'on se souvient du détail trivial qui nous échappait, il est impossible de croire que nous avons pu oublier quelque chose d'aussi basique. Sauf que dans mon cas, cela s'est produit avec des tonnes de faits importants.

Je me rends également compte à quel point la vie était plus facile quand je ne me souvenais pas de toutes ces choses. À quel point j'étais plus heureux dans mon ignorance :

Les craintes de Phoe au sujet de mon identité scindée n'étaient pas exactement fondées. Oui, un Theo plus innocent a existé pendant un moment, mais il n'est pas mort. Il fait partie de moi, du Theo qui est plus complet, mais qui souhaiterait ne pas l'être. J'imagine intérioriser tout ce qu'il a vécu de la même façon que les anciens intériorisaient les folies qu'ils faisaient quand ils étaient ivres.

— Ce n'est vraiment pas le bon moment pour philosopher sur l'identité, chuchote Phoe avec urgence en s'approchant de moi. Nous devons parler, juste après ça.

Avant que je puisse comprendre ce qu'il m'arrive, ses lèvres se posent sur les miennes.

Je lui rends son baiser. D'une façon ou d'une autre, la proximité physique fait fuir les dernières brumes de mon esprit. Je me souviens avoir fait cela avec elle, avant-hier. Seulement, c'est différent maintenant. Plus primitif.

Le baiser continue et elle s'approche de moi sur le canapé. Elle est si proche que sa poitrine douce frôle mon avant-bras.

Je ressens un élan.

Il m'est familier.

C'est ce qui m'est arrivé hier quand je regardais Grace, seulement cette sensation est beaucoup plus forte.

Phoe s'écarte en fronçant les sourcils.

— Je n'arrive toujours pas à le croire.

Elle croise les bras avant de continuer.

— Je n'arrive pas à croire que tu aies désiré Grace.

— Phoe, lui dis-je mentalement en la regardant dans les yeux. Es-tu vraiment jalouse ? Tu sais que je ne me souvenais pas...

Ses lèvres se tordent en une expression de dédain.

— Pff, pourquoi le serais-je ? Après tout, je suis littéralement une IA sans cœur. Pourquoi penserais-tu que c'est mal d'être attiré par quelqu'un d'autre ?

Je pose ma main sur la sienne, sentant la chaleur de sa peau.

— Phoe, je n'étais pas moi-même. Et surtout, je n'éprouve pas de désir pour Grace.

Je pense cela avec emphase, faisant de mon mieux pour ne pas rougir à l'idée du tabou extrême de ce sujet.

— Si c'était le cas...

J'inspire, ne sachant pas trop comment continuer.

— Si je décidais que je désirais quelqu'un de cette façon, je sais que ce serait toi.

En subvocalisant cette pensée, je me rends compte que c'est ce que je ressens vraiment et que je me le cachais.

Phoe paraît douter, alors je serre sa main et je dis mentalement :

— Si tu as besoin de ma permission pour scanner mon esprit et prouver que je te dis la vérité, vas-y.

Elle me jette un regard indéchiffrable. Puis, aussi soudainement que la fois précédente, elle m'embrasse, presque comme si elle essayait de me prendre au dépourvu.

Sans attendre une seconde, je l'embrasse à mon tour.

Alors que nous explorons nos bouches respectives, le baiser devient un exutoire pour autre chose. La nervosité et la tension quittent mon corps, et je suis pris d'une transe méditative quand je me concentre sur la façon dont ses lèvres m'affectent. Ma respiration devient plus superficielle et je pose ma main dans le creux de son dos, sentant la courbe délicate de sa colonne.

— Écoute, Theo, dit Phoe en s'écartant à regret. Je sais que c'est moi qui ai commencé, mais nous devrions vraiment nous arrêter. S'ils regardent un enregistrement de cette pièce, ils pourraient se demander pourquoi tu bouges tes lèvres et ta langue comme un aliéné. Cette idée est particulièrement mauvaise, étant donné que ton scan neural était un vrai fouillis.

Ses paroles sont aussi efficaces qu'une douche froide. Je décide de changer de sujet.

— As-tu ouvert la porte pour moi tout à l'heure ? Et si oui, pourquoi m'as-tu empêché de partir ?

— Non, je n'ai pas ouvert cette porte. C'était toi, dit-elle avec un grand sourire.

— Moi ?

Je subvocalise si bruyamment que cela sort presque comme un chuchotement.

— Mais comment ? Le garde féminin – qui doit être Fiona – ne l'a-t-elle pas verrouillée ?

— Oui, c'est Fiona, et oui, elle l'a bien verrouillée. Tu l'as simplement ouverte quand même.

— Comment ? Seuls les Adultes peuvent défaire ce genre de verrou.

Les yeux de Phoe brillent.

— Et les Aïeuls.

— D'accord. Quel rapport avec moi ?

Je suis tout à coup frappé par une idée.

— Attends une minute. Es-tu en train de dire ce que je pense ?

— Lorsque le jour des naissances a commencé, j'ai modifié ton âge, comme je te l'avais dit.

Elle est aussi excitée que Liam après une farce.

— Pour l'interface de tous les systèmes de sécurité d'Oasis, tu as maintenant quatre-vingt-dix ans.

Je la regarde avec de grands yeux. Les conséquences sont immenses.

— Je peux ouvrir toutes les portes que peuvent ouvrir les adultes ?

Phoe tapote des pieds.

— Oui, et beaucoup, beaucoup plus. Par exemple, les Adultes ne peuvent pas franchir la frontière du territoire des Aïeuls, mais toi, tu le peux. Tu peux aller à peu près où tu veux, si nous arrivons à surmonter le problème mineur de ton apparence juvénile.

— Ouais, dis-je en gloussant nerveusement. Ce problème-là.

— J'ai une idée, une sorte de plan. Si cela fonctionne, tu pourras voyager sur Oasis sans le moindre problème. Mais avant d'en parler, je dois te montrer autre chose, quelque chose de beaucoup plus urgent.

Elle semble ailleurs pendant une fraction de seconde.

— Mince, il arrive. Nous devrions continuer après qu'ils t'aient laissé sortir.

Je la regarde en dissimulant à peine mon espoir.

— Laissé sortir ? Ils me laissent partir ?

Phoe regarde la porte au lieu de répondre.

La porte s'ouvre.

Un garde se tient là.

— Theodore, dit-il.

Je me lève.

Je pense qu'il s'agit de Jeremiah, bien que sa voix soit difficile à reconnaître à travers le casque. Je sais que ce n'est pas Fiona, car la voix n'est pas féminine et il est plus grand qu'elle.

— Suis-moi, dit 'peut-être-Jeremiah' en me faisant signe.

— Il a encore essayé de te tranquilliser, chuchote Phoe sous forme de voix dans ma tête.

— J'aurais aimé que cela fonctionne, lui réponds-je en sentant mon cœur s'accélérer.

Je dois marcher vite pour suivre la démarche furieuse de 'probablement-Jeremiah'.

— On dirait qu'ils ne me donneront pas de Quiétude malgré toutes les choses que ma bouche a révélées pendant que j'étais sous l'influence du filtre.

— Non, répond Phoe. Ils ne se soucient sans doute pas de choses aussi triviales aujourd'hui. Ils sont concentrés sur l'enquête pour l'Émissaire : l'enquête que je vais peut-être 'aider' très bientôt. En outre, ils vont sans doute te faire oublier que tu les as vus, ce qui rendrait ta Quiétude étrange, car tu ne te souviendrais pas comment tu as eu des ennuis.

— Pars, dit le garde lorsque nous atteignons l'extérieur.

Il fait signe en direction des festivités.

— Évite les ennuis.

Je m'éloigne immédiatement, sans avoir besoin que l'on me le répète.

'Peut-être-Jeremiah' retourne dans le bâtiment, sûrement pour aller chercher les autres.

— Exactement ce que je pensais, dit Phoe. Il a essayé de te faire oublier tout ce qu'il s'est passé. Va te cacher quelque part et fais vite, sauf si tu veux croiser Liam, Grace ou Owen.

Je me dirige vers le bâtiment le plus proche, qui se trouve être le cube des cours. Le voir désert est intéressant. Cette idée ne m'est encore jamais venue les autres jours de naissance, car il y a toujours trop de choses amusantes à faire.

Phoe reste silencieuse jusqu'à ce que je pénètre dans le bâtiment, que je marche jusque dans une salle de cours et que je m'assois.

— D'accord, dit-elle en faisant apparaître un des écrans géants que les instructeurs utilisent parfois pour montrer leurs notes. Voici l'information urgente dont je t'ai parlé plus tôt. Ne panique pas.

Je parie que les mots 'ne panique pas' font partie des phrases les plus inquiétantes jamais prononcées, du même acabit que 'oh non' et 'ça ne fera pas très mal'.

Je vois la pièce du doyen à l'écran, mais seuls Jeremiah et Fiona s'y trouvent à présent.

— C'est juste un Jeune, dit Fiona avec force. Malgré toute la technologie du monde, il leur arrive parfois d'avoir des déséquilibres hormonaux. Tu sais ce que ces choses peuvent faire. N'est-ce pas pour cela qu'ils doivent rester séparés ? Quand j'étais Jeune, j'ai un jour eu mes règles malgré toutes les mesures préventives. Mon scan neural avant cela était...

La main gantée de blanc de Jeremiah couvre sa tête casquée comme s'il essayait d'éviter un objet lancé vers lui.

— Stop. Essaies-tu de me faire vomir ?

— C'est juste biologique, dit Fiona, mais Jeremiah lève la main, la paume tournée vers elle pour la faire taire.

— Je n'ai conscience d'aucune raison naturelle qui peut donner cette apparence à son scan neural, dit-il en baissant la main. C'est un mâle, alors ta petite histoire dégoûtante ne s'applique pas. Cependant, j'ai vu des scans de Jeunes et d'Adultes considérés comme fous, et bien que le sien soit légèrement différent, il est assez proche pour que j'insiste qu'il soit oublié, pour le bien de notre société. Il n'est pas encore violent, mais c'est généralement la direction qu'ils prennent.

Elle fait craquer les articulations de ses mains.

— Très bien. Nous parlerons au Conseil, et nous déciderons ensemble.

— Je ne vois pas l'intérêt de gaspiller notre temps avec de la bureaucratie. Nous avons une enquête à mener et...

Fiona pose brusquement ses mains sur ses hanches.

— As-tu déjà fait oublier quelqu'un sans l'aval du Conseil ? Car ce que tu dis fait que je me pose la question...

— Bien sûr que non, dit Jeremiah un peu trop rapidement et sur la défensive.

— Alors je ne comprends pas la nécessité d'outrepasser les protocoles cette fois non plus, dit-elle d'un ton froid et formel.

— Comme je l'ai dit, la raison en est évidente, et le temps nous est compté, répond Jeremiah. Nous n'avons rien appris sur notre but ultime, et à la place d'une délibération inutile du Conseil, comme nous sommes deux membres importants, nous pouvons certainement...

— Mon vote sera contre l'oubli ce garçon, dit Fiona en levant le menton. Je le dirai à la réunion du Conseil, si nous en avons une. Si tu veux gagner du temps, nous pouvons facilement nous mettre d'accord pour ne pas prendre cette affaire en compte, car nous n'avons pas besoin du Conseil pour cela. Dans le cas contraire, tout le Conseil devra donner son avis.

La posture de Jeremiah est tendue.

— Très bien. Theodore peut attendre. Rassemblons les instructeurs et les connaissances plus éloignées de Mason.

Fiona redresse les épaules.

— Cela me paraît bien. Je ferai commencer Filomena et George. En attendant, laisse partir les enfants. Ils ont manqué suffisamment des festivités à cause de ton impatience, et tant que nous n'avons pas montré son scan neural au Conseil, Theo fait partie de ceux que tu dois relâcher.

Jeremiah se précipite hors de la pièce sans dire un autre mot.

L'écran devient blanc.

— Merde. Penses-tu qu'ils en parleront au Conseil ? Et si c'est le cas, que crois-tu qu'ils voteront ?

— Je ne sais pas, dit Phoe. C'est pour cela que la priorité est d'obtenir plus de ressources. Ainsi je devrais pouvoir découvrir une façon de manipuler les Aïeuls sans risquer de dévoiler ma présence à l'Émissaire.

Je me souviens qu'elle avait parlé d'une idée, un plan en rapport avec un test très louche que les Adultes passent avant de devenir Aïeuls. Mais à ce moment-là, son excuse pour me faire passer le test était de l'aider à découvrir où nous nous trouvions dans le cosmos.

— Je ne nie pas que connaître notre situation actuelle dans l'espace et le temps est une tâche importante, dit Phoe en pinçant les lèvres. Mais je me sens insultée si tu insinues que ton bien-être est moins important à mes yeux.

Je me rends compte que je l'ai pensé, ce qui n'est pas juste pour Phoe. Elle m'a littéralement sauvé la vie. En outre, même si elle est un peu intéressée en ce qui concerne la récupération de ses capacités mentales, comment pourrais-je la blâmer, particulièrement après avoir moi-même fait une expérience aussi intime de l'oubli ? Ne sachant pas comment verbaliser tout cela, je change de sujet.

— Tu as dit pouvoir 'aider' leur enquête, dis-je. Peux-tu m'en parler ?

Elle me fait un sourire espiègle.

— Ah. Tu te souviens de l'archive du gardien ?

— Oui.

— Lorsque Jeremiah l'a montrée à Fiona, il m'a également conduit tout droit dedans sans le vouloir.

Elle invoque une chaise et s'assoit.

— Maintenant, je peux y déposer cette petite perle pour qu'il la trouve.

L'écran s'anime avec une image de mauvaise qualité d'une réunion du Conseil.

— Mesdames et Messieurs du Conseil, dit Fiona dans l'enregistrement. Malgré votre vote, je vous demande de reconsidérer la question.

Ses yeux semblent tristes.

— Vous savez que j'étais contre l'oubli de Theodore.

Elle jette un regard noir à Jeremiah.

— Mais ce nouvel événement : la torture d'un Jeune...

— L'interrogatoire, corrige Jeremiah. L'interrogatoire persuasif.

— La torture, insiste Fiona. Cette idée me répugne. Pourquoi ne pas parler à l'Émissaire ? Il existe d'autres options pour obtenir les informations. Peut-être que le filtre de...

— Je ne vais pas déranger l'Émissaire avec cette affaire, réplique Jeremiah avec un regard furieux. Il faudrait que je lui présente des réponses et des résultats, pas des problèmes qu'il doit résoudre lui-même. Tu choisis d'ignorer le fait que ce Jeune a résisté à la punition, à l'oubli et à beaucoup d'autres techniques. Pourquoi le filtre de vérité serait-il différent ?

— Parce que...

Phoe fait signe de la main pour mettre la vidéo en pause, arrêtant Fiona au milieu de son argumentation.

— Ne t'inquiète pas, explique Phoe. Ce que tu viens de voir n'est pas ce que je vais implanter dans les archives. Au contraire. Je vais effacer cette partie de l'enregistrement avec tant de zèle que même moi je ne pourrais plus en trouver la moindre trace. Je l'ai gardé pour te le montrer, pour que tu comprennes le contexte de ce qui va suivre dans la portion de la vidéo que j'ai l'intention d'utiliser.

— Cet enregistrement date d'il y a deux jours, n'est-ce pas ? Cela vient de cette réunion que tu leur as fait oublier ?

— Oui. Fiona était vraiment contre le fait de te torturer, comme tu l'as vu. J'ai enregistré ceci, car je voulais savoir comment ils allaient voter. De plus, j'avais un peu de temps libre pendant que tu étais dans le jeu IRES. Et maintenant, mon enregistrement est sur le point de porter ses fruits.

D'un geste, elle fait avancer rapidement la vidéo.

— C'est ici. Je vais couper ce morceau et le coller dans l'archive.

Elle relance la vidéo.

Fiona se précipite vers la sortie, mais avant de l'atteindre, elle se tourne, jette un regard noir à chaque membre du Conseil, et dit :

— À partir de maintenant, je démissionne formellement en tant que membre de ce corps gouvernant.

La salle s'anime de murmures et de chuchotements outrés.

Fiona dit à Jeremiah :

— Une fois que j'aurai officiellement quitté le Conseil, je souhaite oublier cette dernière décision... et j'espère qu'elle rongera un trou dans ce puits infâme que tu appelles conscience.

Sans attendre de réponse de qui que ce soit, Fiona sort à grands pas de la pièce.

L'écran redevient blanc.

— Waouh, dis-je. Elle a quitté le Conseil et elle les a enguirlandés.

— Ouais. Si je ne leur avais pas fait oublier, cela se serait passé ainsi, mais ils ne se souviennent pas de son emportement. Une fois qu'il verra ceci, Jeremiah pourrait fortement soupçonner Fiona d'être la personne qu'il cherche, dit Phoe triomphalement. Elle a un mobile. Elle leur a plus ou moins dit qu'elle les détestait. En plus, elle a même ajouté quelque chose au sujet de l'oubli.

— Ne peut-elle pas l'accuser d'avoir falsifié cette vidéo ?

— Elle le pourrait, mais il répondrait raisonnablement qu'il n'a ni les ressources ni les capacités de créer une telle vidéo, répond Phoe avant de me regarder d'un air pensif. Je dois dire que l'idée de falsifier une vidéo est intéressante. Cela ne serait pas beaucoup plus difficile que de manipuler la réalité augmentée...

— D'accord, dis-je mentalement afin que Phoe reste concentrée. Même si tout le monde pensait que cette vidéo était réelle, je ne vois pas comment cela pourrait nous aider.

Phoe incline la tête.

— Tu es fou ? Si Jeremiah a un suspect, il arrêtera de te chercher. Et puis c'est la plus vieille ruse au monde : nous divisons pour mieux régner. Pendant que Fiona et Jeremiah se battent l'un contre l'autre, nous ferons ce que nous avons à faire : le test. Le résultat le plus probable de leur dispute sera que Jeremiah dénonce Fiona à l'Émissaire. À partir de là, ils interrogeront Fiona avec le filtre de vérité. Cet interrogatoire prouvera qu'elle est innocente, sauf qu'ils peuvent penser qu'elle s'est fait subir l'oubli. Tout deviendra très compliqué pour eux, ce qui est parfait pour nous. Jeremiah convaincra peut-être l'Émissaire de le laisser interroger davantage de membres du Conseil. Il en a clairement très envie. Si c'est le cas, cela nous laissera encore plus de temps. Et si l'Émissaire se détend suffisamment pour arrêter de surveiller le cerveau de Jeremiah – ce qui est probable – je pourrais alors m'occuper du souhait de Jeremiah de se débarrasser de toi en utilisant les ressources dont je dispose. Il ne s'agit que d'un plan

B, au cas où tu ne pourrais pas arrêter le test. Si tu réussis le test, nous aurons beaucoup plus d'options.

— Cela me plaît, dis-je en réfléchissant à sa longue explication. Mais qu'en est-il de Fiona ? Que lui arrivera-t-il s'ils pensent qu'elle est coupable ?

— Si le filtre de vérité ne l'innocente pas, tu veux dire ? Je suppose que Jeremiah lui accordera ce qu'elle voulait de toute façon. Il la virera du Conseil.

— Mais...

— Écoute, si tu es si inquiet pour elle, j'ai une autre idée qui s'appuie sur quelque chose que tu as dit, mais ne t'en occupe pas pour l'instant.

— D'accord, dis-je mentalement en me sentant un peu moins comme un des agneaux anciens conduits à l'abattoir. Raconte-moi ton plan. Comment dois-je faire pour passer ce test ?

Pendant que Phoe explique les grandes lignes de son plan insensé, je reconsidère mon sentiment de soulagement. Si j'étais un agneau, elle ne me conduirait pas seulement à l'abattoir : elle me ferait chercher la bagarre avec un loup avant de pénétrer dans l'abattoir.

CHAPITRE DIX

Je retourne aux célébrations du jour des naissances.

Je mets du temps, mais je finis par apercevoir un groupe correspondant parfaitement à ce que Phoe a en tête.

Là, près d'une tente, le doyen et quelques autres personnes travaillant avec lui discutent avec des joueurs de tennis professionnels.

J'ai de la chance, car il n'y a pas beaucoup de Jeunes autour d'eux. C'est bien. Je préfère que les autres ne voient pas ce que je suis sur le point de faire, car Liam pourrait en entendre parler et j'aurais du mal à lui expliquer ceci – à lui, ou à n'importe qui d'autre.

J'avance avec assurance au milieu de la douzaine de personnes.

Elles me regardent avec curiosité.

J'inspire jusqu'à remplir mes poumons.

Le doyen semble sur le point de dire bonjour, mais il n'a pas le temps de parler.

Je dis d'une voix aussi forte que possible :

— Putain. Vagin. Merde.

Le silence qui suit m'évoque le calme précédant les tempêtes anciennes. Même les bruits distants de la musique paraissent avoir baissé.

— J'ai perdu un pari, dis-je au doyen pétrifié. Ne vous inquiétez pas. Je me dirige vers le bâtiment de Quiétude.

En m'éloignant, je dis tous les autres mots obscènes auxquels je peux penser. Je le fais beaucoup moins fort qu'au début, mais assez bruyamment pour que le doyen m'entende. Après quelques mots de choix, je m'aperçois que c'est étonnamment difficile : plus je m'éloigne, plus j'ai l'impression de me répéter. Toutefois, ce n'est pas l'originalité qui compte, mais la qualité des mots. Je triche quelques fois en combinant des mots que j'ai déjà mentionnés avec d'autres mots interdits ou banals, faisant montre de créativité. Phoe rit tellement qu'elle se tient le ventre, mais elle parvient néanmoins à me donner quelques suggestions : des mots que le doyen devra sûrement chercher dans un livre d'anatomie, s'il n'est pas trop préoccupé par ses oreilles écorchées.

Ce qui est particulièrement amusant, quoique plutôt sinistre, c'est que personne ne m'arrête. Ils gardent leurs distances et ne prononcent pas un seul mot pendant que je me dirige volontairement vers la prison des sorcières.

Je suppose que le doyen, ou un autre Adulte, a repris ses esprits peu après mon départ, car au bout de quelques minutes, un garde se dirige vers moi depuis le prisme pentagonal qui est ma destination.

— Tout se passe très bien jusque-là, dis-je mentalement avec autant de sarcasme que possible. Tu es sûre que je n'aurais pas dû me déshabiller, me couvrir de goudron et me rouler dans des plumes ?

— Je pense que cela aurait été bien si tu avais léché la tête chauve du doyen comme je te l'ai suggéré, répond Phoe en gloussant toujours. Mais je pense que même sans cela, tu t'es fait remarquer.

Je lui jette un regard de remontrance, mais cela ne fait qu'ajouter à sa joie.

Elle redevient sérieuse quand le garde s'approche de moi.

— Souviens-toi, j'aurai du mal à te contacter une fois que tu seras dans la prison des sorcières, me rappelle-t-elle. J'ai découvert comment voir à travers les caméras des gardes, mais cela reste plutôt limité...

— Et nous espérons que l'Émissaire aura autant de mal, dis-je, ma voix mentale parodiant la sienne. N'est-ce pas pour cela que je viens de commettre cette folie ?

— Même si l'Émissaire peut voir tout ce qu'il se passe dans le bâtiment de Quiétude, ce dont je doute, mon plan devrait marcher, tant qu'il n'est pas omniscient. Et s'il l'était, nous serions déjà morts. La cage de Faraday de ce bâtiment nous fournit un bonus supplémentaire, car s'il ne peut pas voir à l'intérieur, cela transforme un bon plan en un plan excellent.

Étant donné que je connais le plan, je ne peux pas m'empêcher de marmonner d'autres jurons, cette fois pour montrer mon opinion quant à l'excellence de ce soi-disant plan.

Lorsque je rejoins le garde, il reste planté là, les bras croisés sur la poitrine, et ne dit rien.

Déçu, je remarque que ce garde est beaucoup trop petit et trapu pour nous. Il est plus proche de la stature de Liam que de la mienne. Cela signifie qu'il me faudra travailler avec une version légèrement plus compliquée d'un plan déjà douteux.

— Je vous suis, dis-je en échouant à ne pas paraître belliqueux. Passez devant.

Le garde fait un mouvement.

— Je n'arrive pas à croire qu'il ait essayé de te pacifier ! s'exclame Phoe. Ces gens abusent vraiment de leur pouvoir.

Je reste silencieux et j'imite le mieux possible l'état pacifié. L'ayant ressenti lorsque Jeremiah me l'a fait, mon jeu d'acteur est facilité.

Le garde est assez convaincu par ma performance pour tourner les talons et se diriger vers la destination souhaitée.

Pendant que nous marchons, Phoe répète les étapes restantes du plan. Si je ne faisais pas semblant d'être pacifié, j'aurais recommencé à crier des obscénités.

— Bonne chance, dit Phoe lorsque nous sommes sur le point d'entrer dans la prison. Je sais que tu te débrouilleras bien.

Je grogne mentalement.

— Merci, j'espère que tu as raison.

Nous entrons.

Phoe ne parle plus, mais je suis réconforté en sachant que je ne suis pas entièrement seul. Elle m'a fait sortir d'ici avant-hier.

Après avoir parcouru les couloirs labyrinthiques, nous atteignons une porte banale et le garde fait un geste.

La porte s'ouvre.

Le garde attend dans le couloir.

J'entre dans la pièce et il ferme la porte, la verrouillant.

Jusque-là, tout va bien, ou du moins tout se déroule selon le plan.

Je regarde la table et je siffle. Il y a trois barres de nourriture de prison sans goût. Cela signifie qu'en des circonstances normales, je serais coincé dans cette pièce pendant au moins trois jours.

Je retourne vers la porte et je compte jusqu'à mille pour être sûr que le garde qui m'a conduit ici est parti.

Lorsque je pose mon oreille contre la porte et que j'écoute, je n'entends rien.

Un écran fantomatique apparaît dans l'air à côté de moi.

Un curseur clignote à l'écran, puis une lettre s'affiche : 'G'. Ensuite vient un 'O'.

Je fais un signe du pouce au cas où Phoe peut me voir et j'effectue le mouvement d'ouverture de porte.

La porte se déverrouille bruyamment.

La première partie de ce plan ne nécessite même pas l'aide de Phoe. Tout ce que j'ai fait, c'était utiliser mon autorisation d'Aïeul nouvellement acquise.

Je vois avec irritation qu'il est maintenant écrit à l'écran : *je te l'avais bien dit.*

Je secoue la tête et je sors de la pièce.

L'écran me suit. Dessus, Phoe écrit : *deux fois à gauche et une fois à droite.* Quand je tourne pour la première fois, l'écran clignote puis disparaît.

Je longe le couloir suivant en tournant dans la bonne direction quand j'atteins le bout.

La deuxième tournée à gauche me fait passer dans un long couloir sinueux qui ressemble à celui devant lequel nous sommes passés quand le garde m'a escorté ici. Cependant, j'ai peut-être tort. Tous les couloirs de cet endroit se ressemblent dans leur grisaille délavée.

Avant de tourner à droite, je m'accroupis et je jette un coup d'œil. Ma cible se trouve au bon endroit et ce garde correspond à ma taille et à mon poids.

Super. Enfin quelque chose qui va comme je veux.

Le garde s'éloigne tranquillement de moi, alors je ne vois que son dos.

C'est une bonne nouvelle.

La mauvaise, c'est que d'après les estimations de Phoe, je dois m'approcher de lui. Pour être précis, je dois me trouver à moins de deux mètres de lui pour exécuter la partie suivante du plan.

Je pénètre dans le couloir aussi lentement et doucement que je le peux. Mes pieds touchent à peine le sol.

Le problème avec cette approche discrète, c'est que j'avance à la même vitesse que le garde. Si je continue ainsi, je ne le rattraperai jamais.

Je fais de longues enjambées en essayant de rester silencieux.

L'écran fantomatique réapparaît et demande : *Pourquoi ce délai ?*

Je fais quelques pas de plus et je décide que la distance entre nous doit être suffisante.

Quand je m'arrête, mes chaussures font un bruit de frottement à peine perceptible sur le sol.

Le garde ne devrait pas avoir pu l'entendre, pourtant il ralentit le pas.

Merde.

Il m'a entendu.

— Tant pis, dis-je mentalement pour Phoe. Cela n'aura plus d'importance dans un instant.

Je lève la main comme Phoe me l'a montrée, de la même façon que les gardes lorsqu'ils essaient de me pacifier. Phoe a pensé que si le mouvement de mon poignet est plus fort, l'effet pacifiant sera plus intense et assommera presque la cible.

Le garde se retourne.

Je répète le geste.

Il est trop vif pour quelqu'un de pacifié.

Les lettres s'affichent frénétiquement à l'écran : *Merde, ça n'a pas fonctionné.*

L'écran se vide, puis il est écrit : *ils doivent être protégés contre l'utilisation de la pacification par un autre Aïeul, ce qui est inattendu.* L'écran se vide encore, puis je vois écrit en très gros : *pourquoi es-tu toujours là ? Annule la mission et cours !*

— Tu as dit que c'était un plan excellent, dis-je mentalement avec colère.

Mais cours !

Le garde ne se trouve plus qu'à un bond de moi.

Je ne suis pas certain que courir soit si efficace, alors je décide d'improviser.

— Ma porte vient de s'ouvrir, lui dis-je d'une voix humble. Je suis sorti et je me suis perdu.

Le garde me fait son propre geste de pacification tout en tendant la main vers le bâton incapacitant à sa ceinture.

Pourquoi veut-il attraper ce bâton ? Sait-il que la pacification n'a pas fonctionné ? Ou bien a-t-il vu ma tentative pour le pacifier ?

Je m'avachis comme si j'étais pacifié.

En même temps, à travers mes paupières à demi fermées, j'observe sa main.

Il veut toujours attraper ce bâton, ne me laissant pas le choix.

Je dois attaquer le garde.

Lorsque je me prépare mentalement, je ne peux m'empêcher de ressentir une impression de déjà-vu. J'ai confronté un garde dans la vision cauchemardesque du jeu IRES. Ce combat ne s'est pas très bien passé pour moi. Je serais mort si l'instructrice d'histoire dans le jeu ne lui avait pas foncé dessus avec un tracteur, chose qui a peu de chances d'arriver maintenant.

L'écran réapparaît avec un message très pertinent : *agis*.

J'arrête de penser et je deviens mouvement. Aussi vite que possible, je m'accroupis et je jette ma jambe droite sur le côté en espérant faire tomber le garde.

Le garde saute.

Luttant contre la panique, je me relève et je me prépare à lui sauter dessus.

Le garde sort son bâton incapacitant et tripote les commandes. Je profite de sa distraction momentanée pour frapper son ventre avec mon épaule.

Le bâton tombe de ses mains, mais je ne sais pas si c'est à cause de la douleur ou de l'énergie cinétique de l'impact. À cause de son casque, il est difficile de savoir ce que ressent mon adversaire ou ce qu'il regarde, ce qui me désavantage beaucoup.

Mon coup ne l'a cependant pas beaucoup ralenti, car avec une grande fluidité, il frappe le côté de ma tête avec son poing.

Mon oreille explose de douleur brûlante.

Je serre les dents et je ne tiens pas compte du sang qui bat dans mes tempes. Je concentre la colère qui inonde mon corps dans une manœuvre pas très élégante que j'ai également utilisée contre le garde virtuel.

Ma jambe monte et mon pied touche l'entrejambe de la tenue blanche du garde.

Si la douleur à mon pied est une indication, le coup a été puissant. S'il s'était agi d'une partie de foot, le ballon serait sorti loin en dehors du terrain.

Le garde s'arrête.

Encore une fois, la visière ne me permet pas de voir l'effet de mon geste, mais j'espère que le fait qu'il s'arrête signifie qu'il souffre.

Profitant de ma réussite, je pose mon pied droit derrière la cheville de l'homme et je le pousse.

Mon but est qu'il trébuche et qu'il tombe. Quand j'avais utilisé cette technique à la maternelle, Owen était tombé.

Le mouvement soudain et la position inconfortable de mon pied me font presque chuter, mais le garde maintient l'équilibre comme si ses pieds étaient collés au sol gris.

Et juste au moment où je pense que cela ne pourrait pas être pire, la situation s'aggrave.

Le garde fait un pas de côté et avant que j'aie le temps de bien comprendre ce qu'il se passe, mon cou finit serré entre l'avant-bras et le biceps du garde.

Tout le sang se retire de mon visage.

J'ai vu ce scénario dans des films. Le héros s'approche discrètement du méchant pour se débarrasser silencieusement de lui. Cela ne se termine jamais bien pour le méchant.

Le garde serre plus fort.

J'attrape son bras pour essayer de le détacher.

C'est comme si j'essayais de séparer deux morceaux de métal soudés.

Luttant contre la panique, j'essaie d'inspirer.

Rien.

La prise d'étranglement du garde empêche l'air d'entrer dans mes poumons.

155

CHAPITRE ONZE

Je donne un coup de pied en arrière, mais le garde m'évite. J'écrase son pied, mais les espèces de chaussures spatiales blanches doivent être renforcées par du fer, car il ne semble pas affecté. Au contraire, le garde me serre plus fort. J'ai beau me démener, cela n'a aucun effet sur lui.

Après avoir lutté pendant quelques secondes, je me rends compte de quelque chose d'assez étrange. Alors que je n'ai pas respiré depuis au moins trente secondes, je gère relativement bien le manque d'oxygène. Dans la version IRES de ce combat, quand le garde imaginaire m'avait étranglé, ma vue s'était brouillée et je m'étais affaibli presque immédiatement. D'accord, il s'agissait d'une expérience simulée et le garde se servait de ses mains, pas de son bras, mais étant donné l'ultra réalisme du jeu, j'imagine que le principe d'étrangler quelqu'un à mort tient la route, et si oui, je devrais ressentir ce que j'ai ressenti alors. Pourquoi n'est-ce pas le cas ? Comment se fait-il que je me sente aussi bien que je ne manifeste aucun signe d'être sur le point de m'évanouir et de mourir ?

Je me souviens alors des respirocytes – les nano machines que Phoe a activées dans mon corps. Naturellement, lorsqu'elle m'a rendu mes souvenirs, elle a réactivé tout le reste, y compris cette technologie.

Cela doit être la raison pour laquelle je vais encore bien, mais sans en discuter avec Phoe, je ne sais pas combien de temps je pourrai tenir.

Je ne sais même pas si le garde bloque mon arrivée d'air ou bien le flux sanguin jusqu'à mon cerveau. Si c'est ce dernier, ce n'est pas rassurant. Je peux passer beaucoup de temps sans air, mais je ne suis pas certain de tenir si mon flux sanguin est restreint. Les respirocytes voyagent dans mes veines, alors même eux ne peuvent pas m'empêcher de perdre connaissance si je reste trop longtemps dans cette position.

J'élabore un plan rapide.

En agissant comme quelqu'un qui n'a plus d'énergie, je tire paresseusement sur l'avant-bras du garde.

Il continue à serrer mon cou.

Je ne sais pas du tout combien de temps je reste ainsi, ni combien de temps il faudrait pour qu'une personne normale devienne si faible qu'elle s'arrête de lutter, mais j'espère que le garde ne connaît pas non plus ces statistiques. Elles ne sont pas utiles dans notre société exempte de violence.

Je ralentis mes mouvements.

Il ne me lâche pas.

Je détends tout mon corps, simulant l'évanouissement.

Le garde me tient toujours par le cou.

Ma panique atteint des sommets. Si mon bluff ne fonctionne pas, il pourrait rester là assez longtemps pour m'étouffer – avec ou sans les respirocytes.

Je lutte contre la panique et le besoin de raidir mon corps. Je garde mes membres relâchés comme le ferait quelqu'un sans connaissance.

Puis je commence véritablement à me sentir faible, et la panique revient avec une force exponentielle. Dans une seconde, je ne serai plus capable de rester détendu et de feindre l'évanouissement. Je serai forcé de lutter.

Le garde relâche sa prise et me fait descendre jusqu'au sol en faisant attention à ne pas me laisser tomber.

En ouvrant légèrement les paupières, j'aperçois le bâton incapacitant.

Si je tends la main droite, je pourrais sans doute l'attraper, mais je révélerais mon véritable état. Le problème est qu'il m'étrangle toujours.

Je gagne du temps pendant que le garde m'allonge sur le ventre et lâche mon cou.

Discrètement, j'inspire légèrement.

Bien que mes poumons soient encore inconfortablement vides, je sais que je peux compter sur la technologie des respirocytes pour oxygéner mon corps.

Le garde attrape mon bras gauche et le tire vers la droite.

Je ne lutte pas au début, mais lorsque je sens quelque chose se refermer autour de mon poignet gauche, je décide de ne plus attendre. Aussi rapidement que je le peux, je me repousse du sol et je bondis en direction du bâton.

Ce que le garde a passé autour de mon poignet gauche se serre douloureusement, et je me rends compte que je suis attaché au garde. Tendant ma main libre, j'étire mes doigts pour attraper la poignée du bâton.

Le garde tire sur la chose qui nous lie.

Mon bras gauche menace de se déboîter, mais mes doigts se referment autour du bâton incapacitant.

Ravalant un cri, j'enfonce le bâton dans la cuisse du garde et j'appuie si fort sur le bouton que les os de mon pouce craquent.

Le garde tombe contre moi.

Je me remplis les poumons et je me tourne.

La chose sur mon bras gauche est une sorte de menotte, mais au lieu d'être en métal, comme dans les médias anciens, celle-ci est faite du même matériau gris que les murs de la prison des sorcières. Le garde tenait la seconde menotte au moment où je l'ai électrocuté. J'ai eu de la chance qu'il n'ait pas pu finir de menotter mon bras droit, sinon j'étais fichu.

Je tripote la menotte, mais elle ne cède pas.

L'écran fantomatique s'affiche et me dit : *fais un geste pour qu'elle s'ouvre, comme tu le ferais avec une porte. Puis, fais la même chose pour le casque du garde.*

Je fais un moment hystérique en direction des menottes.

La menotte autour de mon poignet et sa jumelle vide s'ouvrent en cliquetant.

Encouragé, je répète le mouvement devant le casque du garde.

J'entends un bruit sourd et une fente apparaît entre le casque du garde et le col de sa tenue blanche.

Par mesure de précaution, je lui inflige une autre décharge avec le bâton. Il ne réagit pas.

Satisfait par la passivité de ma victime, je retire son casque.

Les yeux de l'homme sont fermés et ses traits durs paraissent calmes, comme s'il faisait une sieste. Ses cheveux sont majoritairement bruns, avec seulement un peu de gris aux tempes. Comme les autres gardes, il ressemble à un des plus jeunes Aïeuls. J'espère que cela lui permettra de survivre aux multiples décharges qui vont lui être infligées.

Je pose le casque sur le côté et je lui ôte le reste de sa combinaison.

Le plan de Phoe est simple bien qu'insensé : pour m'assurer que personne ne me reconnaisse pendant que je me dirige vers la section des Aïeuls, je me déguiserai en garde. Cela a fonctionné pour Fiona et Jeremiah, alors la même idée devrait fonctionner pour moi. La partie insensée était la Quiétude assistée par les jurons, plus l'acte de forcer le garde à abandonner sa combinaison.

Quand j'ai terminé avec les bottes du garde, je commence à me déshabiller au lieu de faire disparaître mes vêtements. Je pourrai ainsi laisser le garde avec des vêtements.

Avant d'enfiler la combinaison du garde, je le zappe avec le bâton pour être certain qu'il ne revienne pas à lui.

J'enfile le casque et le monde devient plus tamisé avec une multitude de visualisations par-dessus. Ce casque possède quelque chose approchant d'un écran dans la visière. Même si c'est cool, je n'ose pas jouer avec, du moins pas tant que je n'ai pas été au bout du plan de Phoe.

De façon désordonnée, j'habille le garde avec mes vieux vêtements, puis j'attache ses mains derrière son dos en utilisant les menottes et je fais le geste de fermeture.

Les attaches semblent tenir en place.

Maintenant, la partie la plus difficile commence. Je traîne l'Aïeul sans connaissance par ses jambes et je m'arrête de temps en temps pour lui envoyer une décharge. Je ne sais pas si c'est à cause de l'adrénaline ou des respirocytes, mais le retour jusqu'à ma salle n'est pas aussi fatigant que je l'avais imaginé.

Lorsque je reviens dans la salle de Quiétude, je tire le garde à l'intérieur et je le dépose sur le lit. Je le zappe une dernière fois, j'attache le bâton incapacitant à ma ceinture et je sors de la pièce. C'est la dernière partie du plan de Phoe.

Je fais un mouvement de fermeture de porte, et elle claque.

J'entends un bruit de verrou, puis un crissement inhabituel. Phoe a dit qu'elle allait bloquer la porte une fois qu'elle serait fermée, alors je suppose que le bruit vient de là.

L'écran fantomatique s'anime et confirme que la porte est coincée. Il m'informe également de l'endroit où je dois me rendre pour ne pas croiser d'autres gardes que moi.

Je cours pendant tout le chemin, et ma sortie de prison dure environ une minute.

Dès que je sors par la dernière porte, j'envoie une pensée :

— Phoe ? Ce casque t'empêche-t-il de me parler ?

— Pas du tout, répond Phoe, dont la voix vient de ma droite.

Je me retourne et je la vois sourire en me dévisageant de haut en bas.

— Ton casque n'est pas attaché, dit-elle en faisant un geste de fermeture de la main.

J'entends un clic autour de mon cou et le panneau de contrôle de ma visière s'anime véritablement.

Une carte d'Oasis apparaît dans ma vision périphérique, tout comme un million d'autres renseignements que je ne comprends pas.

Pour finir, l'air a une odeur différente, comme de l'ozone.

— C'est parce que tu portes une combinaison spatiale.

La voix de Phoe semble venir de l'intérieur de mon casque.

— À mon avis, il y a longtemps, les Aïeuls ont recyclé les combinaisons spatiales du vaisseau. C'est plutôt logique. Contrairement à la majorité des autres vêtements d'Oasis, ces combinaisons ont été fabriquées sur Terre et non pas par assemblage nano. Ainsi, personne de 'malveillant' comme toi ou moi, ne peut en recréer un d'un geste. Je suppose qu'ils ont également trouvé pratique que la force de police ait une apparence reconnaissable, sans parler des nombreuses fonctions pratiques de la combinaison.

Le sourire de Phoe s'élargit et elle ajoute :

— Ces combinaisons s'occupent des fonctions corporelles et des besoins naturels du porteur afin qu'un garde puisse se concentrer sur...

Je fronce le nez.

— Berk. Tu es en train de me dire que le garde a utilisé cette combinaison comme des toilettes ?

Elle reste pensive un instant, puis elle dit :

— Je viens d'examiner les capteurs de la combinaison. C'est presque un environnement stérile. Tu n'as pas à t'inquiéter.

— D'accord, dis-je en essayant de ne pas penser à la fonction 'toilettes'. Et maintenant ?

Phoe indique la direction de la forêt de pins.

— Marche vers la section des Adultes. Même si j'ai réussi à coincer la porte, nous ne savons pas combien de temps nous avons. Si d'une manière ou d'une autre, l'Émissaire garde un œil sur la prison...

— N'as-tu pas dit que je dois être la dernière personne à passer le test des Aïeuls ? N'est-ce pas la seule façon de s'assurer que personne ne remarque son absence pendant un an ? m'enquis-je en marchant vers la forêt. Ce n'est pas encore le soir.

— C'est pour cela que nous prenons le temps.

Phoe marche à côté de moi d'un pas joyeux.

— Je pensais que nous pourrions attendre le crépuscule dans la forêt près de la barrière du côté Adulte d'Oasis.

— N'est-ce pas dangereux ? dis-je en la regardant. Même avec ce déguisement, si nous croisons un autre garde, il pourrait poser une question, et je serais fichu.

— C'est vrai, répond Phoe. C'est pour cela que nous devrions faire de notre mieux pour ne pas croiser d'autres gardes. Heureusement, ton beau costume tout neuf possède toutes sortes de capteurs qui peuvent nous aider.

Elle fait un geste et je vois soudain le monde en bleu et rouge.

— C'est la vision infrarouge, explique-t-elle avant de remettre ma visière à la normale. Dans ce mode, tu peux voir les gens derrière les arbres, longtemps avant qu'ils te voient.

— Cool, dis-je mentalement. Ça va m'aider.

— En effet, il y a autre chose que je veux faire. Quelque chose qui me permettra de te garder en sécurité, mais j'ai peur que cela ne te plaise pas.

— Ma liste de choses qui ne me plaisent pas s'est allongée, c'est sûr. Qu'est-ce que c'est, cette fois ? Je sais que tu vas me le dire de toute façon. Tu veux simplement que je te demande de le dire.

— Aie l'esprit ouvert, s'il te plaît, dit-elle en faisant une moue légère.

— Très bien. Crache le morceau.

Phoe s'arrête et me regarde.

— D'accord. Je veux ton corps.

CHAPITRE DOUZE

Mes joues et mes oreilles chauffent désagréablement. J'ai vu suffisamment de films anciens pour comprendre l'expression. Si elle veut mon corps, cela signifie...

— Super, maintenant que tes hormones sont à peu près normales, tu deviens obsédé.

Phoe pose les mains sur ses hanches.

— Ce dont je parle n'a rien à voir avec cette forme d'intimité. Tu penses au sous-entendu, mais je parle plus littéralement. Je veux contrôler ton corps comme j'ai contrôlé celui de Jeremiah l'autre jour, quand je l'ai poussé à te détacher.

— Quand il bougeait comme une marionnette, tu veux dire ?

Tout le sang est drainé de mon visage. Instinctivement, j'accélère le pas, comme si j'essayais de m'éloigner de Phoe.

— Ce n'était peut-être pas le meilleur exemple, dit-elle en se dépêchant de me rattraper. Jeremiah bougeait de façon erratique parce que je n'avais pas maîtrisé l'interface entre les nanos et les neurones dans le cortex moteur, ce qui a rendu cet épisode un peu inquiétant. Depuis, j'ai amélioré cette interface, tout en impliquant d'autres régions du cerveau comme le cervelet, des parties du lobe frontal et les noyaux gris centraux. Je pense pouvoir marcher et courir pour toi, et le faire si subtilement que l'on ne verra pas que tu n'es pas aux commandes.

Je m'arrête de marcher pour réfléchir. L'idée que je ne bouge pas en tressautant améliore quelque peu cette proposition.

— Mais pourquoi ? Pourquoi veux-tu contrôler mon corps de cette façon ?

— Quand nous arriverons dans le bâtiment du test et que tu initieras ton test comme toute autre session de réalité virtuelle, ta conscience ne sera pas présente dans ton corps. Étant donné les mesures de sécurité et la situation avec l'Émissaire, je ne veux pas que tu restes debout comme une statue.

— Ah, dis-je en me remettant à marcher. Je n'avais pas réfléchi aussi loin. Dit comme cela, l'idée ne paraît pas si mauvaise.

— Ouais, et je te promets que ça ne sera pas désagréable, si c'est ce qui t'inquiète, dit-elle en se remettant à marcher, elle aussi.

— Si mon esprit est occupé par la réalité virtuelle, je ne sentirais rien, de toute façon.

— C'est vrai, mais je veux que tu testes la chose pendant que tu es présent dans ton esprit. Vois-tu, ce n'est pas seulement pour la réalité virtuelle. Il y a d'autres possibilités intéressantes. Par exemple, disons que je vois que tu es en danger. Maintenant, il faudrait que je te le dise, ce qui prend du temps. Si je maîtrisais cette capacité et que tu me donnais la permission, je pourrais éloigner ton corps du danger par moi-même et te sauver la vie. Je dois d'abord m'assurer que cela ne te gêne pas si je le fais pendant que tu es conscient.

Je marche en silence pendant quelques minutes, envisageant sa proposition. Au fond, ma réserve est irrationnelle. J'ai peur que Phoe supprime mon contrôle de moi-même, mais c'est idiot, si elle voulait le faire, elle l'aurait déjà fait. Au lieu de cela, elle me demande la permission.

— La peur de la technologie est si profondément ancrée en toi que je ne peux pas t'en vouloir d'être méfiant.

Le ton de Phoe est presque tendre. Je subvocalise fermement :

— Essayons.

Je réagis essentiellement par envie de me rebeller. J'ai toujours envie de faire le contraire de ce que les Adultes cherchent à me faire faire en me lavant le cerveau.

— D'accord, pense Phoe. Prêt ?

— Vas-y.

Je continue à marcher.

Rien ne se passe pendant au moins vingt pas.

— Alors ? demande Phoe. Ce n'était pas si terrible, n'est-ce pas ?

— De quoi parles-tu ? Tu n'as rien fait.

J'examine mes jambes et mes bras et je sens que je contrôle tout.

— J'ai pris le contrôle, dit Phoe. D'abord un pas sur deux, puis tous les pas entre le huitième et le quinzième.

— Tu as marché pour moi pendant un moment ? Mais je ne l'ai pas senti.

— Ton cerveau a dû essayer de maintenir l'illusion du libre arbitre, dit Phoe pensivement. J'ai lu quelque chose à ce sujet. C'est une forme de fabulation.

— Ou bien cela n'a pas marché, me dis-je.

Je m'arrête.

— Pourquoi t'es-tu arrêté ? demande Phoe d'un ton provocateur, presque de défi. Je réfléchis.

C'était juste une de ces décisions prises sur un coup de tête. Je voulais m'arrêter, du moins c'est ce que j'ai ressenti.

— Sauf que c'est moi qui t'ai fait t'arrêter.

Phoe lève la main pour interrompre mes objections et ajoute :

— Et ça ?

Ma main gantée frappe la visière de mon casque.

C'est une sensation étrange, un peu comme si je voulais le faire, pourtant je commence à douter.

Puis je remarque que je sautille sur une seule jambe.

— D'accord, Phoe, je te crois. S'il te plaît, arrête de m'humilier, dis-je en imaginant ce que je penserais si je voyais un garde sautiller de cette façon.

Une fois que mes pieds sont fermement posés sur le sol, je continue :

— Ce n'est pas du tout ce à quoi je m'attendais. À vrai dire, c'est moins effrayant que je ne le croyais. Je pensais que ce serait comme le filtre de vérité, que je serais un spectateur piégé à l'extérieur de mon corps.

— Je viens de lire des études sur le sujet et je ne suis plus surprise par ma réaction. Le contrôle volontaire des muscles est une chose très étrange pour les humains. Des études ont prouvé que certains comportements et actions commencent avant que les gens se rendent consciemment compte qu'ils les font. C'est-à-dire que l'activité musculaire débute avant que les individus appuient sur le bouton indiquant qu'ils sont en train de bouger ce muscle. De nombreuses actions se font en pilote automatique, comme d'éloigner sa main d'un objet brûlant. Je suppose que lorsque je fais quelque chose de mineur, comme de prendre le relais pendant que tu marches, ta conscience pense toujours que tu te contrôles. Quand il s'agit de quelque chose que tu n'as aucune raison de faire, alors nous entrons dans un territoire intéressant. Ah, et au fait, tu as remarqué que pendant que je parlais, je marchais pour toi ?

Je m'arrête et je cherche à savoir si je contrôlais consciemment mes jambes. C'est difficile à dire. On peut parfois marcher sans y penser.

— Très bien, Phoe. Si tu voulais que je sois rassuré par le processus, tu es sur la bonne voie. Que veux-tu essayer ensuite ?

— Nous devrions tester ceci dans des conditions plus proches du scénario qui m'inquiète : avec ton esprit en réalité virtuelle et moi qui te contrôle. Pourquoi n'irais-tu pas dans ton repaire pendant que je continue à marcher pour toi ?

Sans hésitation, je fais le geste requis et le tunnel blanc me conduit jusqu'à mon repaire.

Phoe se tient déjà là, entre un vieux canon et quelque chose qui ressemble à une guillotine. Elle montre la paume de sa main et initie une image de type holographique qui me montre en train de marcher vers la forêt dans le monde réel.

— Ta démarche est bonne, dit-elle en regardant la vidéo.

Elle a raison. Je ressemble à un garde qui marche tranquillement vers la forêt. Les mouvements ne sont ni trop brusques ni trop lents. Les pas de mon corps sous le contrôle de Phoe ne peuvent pas être distingués des miens.

— Tu sais, c'est vraiment bizarre que tu sois ici en train de me parler pendant que tu contrôles mes jambes, dis-je à Phoe.

— Je ne vois pas pourquoi. Je surveille également les interrogatoires de Fiona et Jeremiah, je lis un tas de livres, je recherche tout ce que je peux au sujet du test, j'obtiens des détails de la chasse aux œufs dans la forêt pour faire attention à ne croiser personne et...

— C'est bon, j'ai compris, dis-je en faisant de mon mieux pour ne pas paraître envieux. Tu sais être multitâches.

— Je n'ai pas vraiment besoin d'être multitâches dans le sens 'faire plusieurs choses à la fois'. Étant donné que je pense beaucoup plus vite que les êtres humains, j'accomplis simplement chaque tâche de façon linéaire. Par exemple, je peux finir un livre en une fraction de milliseconde, puis jeter un coup d'œil aux interrogatoires, et tout cela avant que ton cerveau de viande active une seule synapse. Bien sûr, je suis aussi multitâches. Il y a de nombreuses versions de moi...

— Je ne comprends pas, dis-je. Es-tu ici avec moi ou pas ?

Je marche vers elle et je touche son épaule. Ici, dans l'environnement de réalité virtuelle qu'elle a créé pour moi, je porte ma tenue du jour des naissances : un jean et un T-shirt. Je ne porte pas la combinaison du garde et ma main nue sent son épaule sans obstacle. Elle paraît entièrement réelle : douce et chaude au toucher.

— Bien sûr que je suis ici, répond Phoe. Et avant que tu m'insultes en posant la question, je peux te sentir toucher mon épaule.

— Phoe, je...

— Ce n'est pas grave, Theo, dit-elle, et ses yeux bleus percent les miens. Tu as le droit de comprendre ceci. Lorsque je prends cette forme – elle fait courir les bouts de ses doigts le long de son corps –, la partie de moi avec laquelle tu communiques ne fait pas simplement semblant d'avoir ce corps. Cette partie de moi a en fait un corps, ou ce qui s'en rapproche le plus dans le matériau donné. En réalité virtuelle, ce corps que tu vois est l'émulation d'un corps humain. L'émulation, c'est un procédé par lequel je reproduis quelque chose avec autant de détails que possible. Sous cette forme, j'ai des neurones, des dendrites, du sang, un cœur, des nerfs, des hormones, ainsi que des bactéries de l'intestin. S'il est possible de capturer la totalité de l'expérience humaine de façon virtuelle – et je pense que c'est possible – alors je l'ai fait. Tu vois, au minimum, cela me permet de sentir tout ce qu'un être humain peut sentir. Cela me permet d'être ici avec toi, à la fois en termes de sensations et d'émotions.

J'ouvre la bouche pour poser d'autres questions, mais elle ne m'en laisse pas l'occasion.

— Oui, dit-elle, je suis capable de plus que des sensations simplement physiques. Mes émotions sont beaucoup plus profondes et plus nuancées que celle d'un être humain parce que je ne suis pas limitée à ce corps – quelle que soit la complexité de mon cerveau d'émulation. Ma capacité à la compassion est plus élevée et ma compréhension du monde est plus riche.

Elle me regarde dans les yeux.

— Une question que tu dois te poser c'est : es-tu capable d'émotions humaines ? Je sais que tu as senti mon épaule du bout de tes doigts et je sais que ton taux d'ocytocine s'est légèrement élevé quand tu m'as touché, mais est-ce que cela t'a rendu heureux comme le serait un être humain lorsqu'il touche un ami ? Ou bien ta capacité à ressentir ce genre de choses a été détruite par des années de Quiétude et de manipulation de ton cerveau par la société d'Oasis ?

Je la regarde sans comprendre. Elle ne cligne pas des yeux. Elle pense vraiment être plus humaine que moi... elle, une IA.

— C'est le cas, pourtant, dit-elle. Mais tu y viendras. Tu es en chemin pour devenir pleinement humain, toi aussi.

Et avant que je puisse répondre, elle monte sur la pointe des pieds et elle m'embrasse.

CHAPITRE TREIZE

Notre baiser est d'une intensité presque furieuse. La chaleur de son corps appuie contre moi et je ressens le désir de l'attirer plus près, de la toucher et de me débarrasser des vêtements entre nous.

Avant de pouvoir le faire, elle me repousse doucement et dit :

— Minute, papillon. Je crois que tu ne sais pas ce que tu ressens et que tu ne comprends pas ce que tu veux. Jusqu'à ce que ce soit le cas, nous devrions prendre le temps avant que ceci – quoi que ce soit – devienne plus physique.

Je me sens comme une montagne russe désordonnée de besoins et d'émotions avec Phoe en son centre. Ses mots me paraissent lointains, leur sens embrouillé, mais elle a raison. Je ne sais pas grand-chose sur ce que je veux d'elle.

— Regarde, dit-elle en attirant mon attention sur l'hologramme de mon corps qui marche.

Je regarde, alors que je sais qu'elle change simplement de sujet de conversation.

Le moi du monde réel se trouve dans la forêt. Il/je/nous marchons rapidement.

— 'Nous' est le pronom adéquat, dit Phoe qui a retrouvé son calme. Étant donné que nous regardons ton corps, mais que c'est moi qui le contrôle. Je vais le faire marcher jusqu'à la barrière pour toi, d'accord ?

— Très bien. Que faisons-nous pendant ce temps ? m'enquis-je alors que l'image de plus de baisers me traverse l'esprit.

Phoe glousse avec espièglerie et dit :

— Pour commencer, tu peux accepter ton cadeau d'anniversaire.

Elle se tourne pour s'avancer plus loin dans la grotte.

Je la suis.

— Mon cadeau ?

— Ah, c'est vrai. J'oublie tout le temps que le jour des naissances n'est qu'un faible écho des anniversaires anciens. Vois-tu, contrairement à Oasis, où à cause des utérus artificiels et des incubateurs, tout le monde né le même jour, les anciens naissaient au hasard. Ils avaient l'impression d'être spéciaux ce jour-là et ils voulaient des cadeaux pour commémorer...

— J'ai bien conscience de ce qu'est un cadeau d'anniversaire, dis-je lorsque nous nous arrêtons à côté d'une table avec deux chaises. C'est juste que j'ai été pris au dépourvu.

Phoe me fait un grand sourire.

— D'accord. Eh bien, j'ai préparé ceci pour toi.

La table est couverte de toutes les nourritures et boissons anciennes que j'ai goûtées pendant les célébrations des jours de naissance. Il y a plusieurs arômes de soda et de pop-corn et une douzaine d'autres gourmandises. Un grand bol de beignets est posé au centre de la table.

— J'ai dû m'en tenir aux choses que tu as déjà goûtées, sinon j'aurais dû inventer les textures et les goûts, ce que je pourrais faire, si tu le souhaites.

Au lieu de répondre, j'attrape un beignet et je le fourre dans ma bouche. Phoe fait de même. Le goût est identique à mes souvenirs, et je prends le temps d'en profiter.

Une fois que j'ai terminé de mâcher, je dis :

— Merci, c'est fabuleux.

— Tu peux en manger autant que tu veux sans tomber malade, dit-elle en me faisant un clin d'œil. Je ne fais pas d'émulation de *ton* système digestif, alors tu manges du gaz virtuel.

— Alors – je prends un pop-corn dans un sac en papier – si ton corps est une bonne émulation d'un corps humain, peux-tu grossir en mangeant trop de beignets ?

— Theo, Theo, fait-elle, tss-tss. Ce n'est pas galant de demander l'âge d'une dame et encore moins de faire allusion à son poids.

— Ah bon ?

J'attrape un beignet et je lèche le sucre glace qui le recouvre.

— C'était une tradition ancienne, dit Phoe en fourrant démonstrativement plusieurs beignets dans sa bouche.

Elle a dû avaler sans mâcher, car elle continue tout de suite.

— Mais en fait, je te taquinais. Si tu penses que j'ai un gros derrière, dis-le-moi s'il te plaît, car je peux le rétrécir. Ce n'est pas parce que j'essaie de tout imiter à la perfection que je ne peux pas prendre quelques libertés quand j'en ai envie.

J'avale bruyamment une gorgée de soda et je dis :

— Tu peux prendre l'apparence que tu veux ?

Phoe hoche la tête.

— Oui, et surtout je peux prendre l'apparence que toi tu veux.

Et devant mes yeux ébahis, ses yeux passent de leur bleu habituel au vert, avant de redevenir bleus. Au même moment, ses cheveux blonds deviennent roses, puis redeviennent blonds.

— J'ai créé ce visage en étudiant la dilatation de tes pupilles et d'autres indices pendant que tu regardais des films anciens et que tu fixais bêtement ces mannequins dans les magazines. J'ai essayé de correspondre à la femme parfaite pour toi, mais si tu le souhaites, je peux avoir l'air différent, comme ton amie Grace, par exemple – son ton est plus sombre en disant ces mots – ou n'importe qui d'autre.

— Je t'aime comme ceci, dis-je en reposant le grand verre de soda sur la table. S'il te plaît, ne change pas et évite de me manipuler aussi grossièrement à l'avenir. Je n'arrive pas à croire que tu te sois donné l'apparence des filles que je regardais. C'est injuste.

— C'est pour cela que je te l'ai dit.

Phoe tend la main vers le gobelet que je tenais, ses doigts touchant momentanément les miens.

— Je me suis rendu compte que c'était manipulateur et je me suis sentie coupable. Pour ma défense, il fallait que je prenne une apparence, alors pourquoi ne pas la rendre agréable pour toi ?

Elle bat des paupières et ajoute :

— Tu me pardonnes ?

Je regarde ses longs cils et je me demande si elle a emprunté ce maniérisme à un film après avoir vu que cela m'affectait. Malgré mes soupçons, je découvre que je ne peux pas lui en vouloir pendant plus de quelques secondes.

— Bien, dit Phoe en souriant puis en attrapant deux sachets de pop-corn et en m'en tendant un. Regardons des films en attendant que ton corps atteigne sa destination.

Elle marche vers une crevasse de la grotte et je la suis. Quand nous arrivons, je vois que Phoe a réussi à créer un cinéma ancien complet. Nous nous asseyons avec notre pop-corn – à la manière des anciens – et nous regardons quelques films.

Au troisième, je comprends l'objectif de Phoe. Elle me montre des comédies romantiques pour m'apprendre comment les humains font la cour et leur jargon romantique. Cela ne me gêne pas, toutefois. En fait, c'est intéressant. Les anciens avaient une relation très étrange avec l'intimité sexuelle. Ils adoraient clairement l'activité sexuelle, mais ils avaient beaucoup plus de mal à en parler, presque comme s'ils avaient les tabous d'Oasis. Bon nombre d'entre eux allaient jusqu'à utiliser des métaphores sportives au lieu d'en parler directement. Il est vrai que les euphémismes créatifs me mettent beaucoup moins mal à l'aise.

— C'est bon à savoir.

Phoe fait disparaître l'écran de cinéma et se penche vers moi.

— Je suis ravie que tu aies compris mon stratagème.

Elle claque des doigts et les chaises de cinéma disparaissent. Nous sommes assis sur un canapé, entourés par des bougies et par la musique romantique des films que nous avons regardés.

— Pour récompenser ton intelligence, je te laisserai peut-être me convaincre de me peloter.

Ayant vu juste avant ce que cela signifie dans un des films, je tends les mains vers elle, mon cœur battant plus vite que les fois où j'ai failli mourir. Nous y passons ce qui semble être des heures, et à la fin, je comprends mieux ce qui rendait fous les anciens.

* * *

Je remets mes cheveux et mes vêtements en place en retournant vers la partie centrale de la grotte, où j'ai l'impression d'être apparu un mois plus tôt, quand j'étais innocent et pur.

Phoe me suit.

J'atteins l'hologramme et je me regarde dans le monde réel.

— Est-ce la forêt du côté Adulte ?

Il/nous sommes entourés de pins. C'est le crépuscule et je dois supposer que nous avons eu assez de temps pour traverser la forêt de pins des Jeunes, passer la barrière et entrer dans la forêt de l'autre côté.

Phoe humecte ses lèvres. Je me surprends à les regarder. Elles semblent avoir gonflé après ce que nous avons fait.

Elle me voit regarder, fait un clin d'œil et dit :

— En effet. Nous devrions bientôt pouvoir continuer notre quête, sauf si tu préfères rester ici pendant que je conduis moi-même le disque volant...

Je réprime un frisson.

— Un disque volant ? Tu n'as jamais dit que nous devions voler. Ne puis-je pas simplement marcher ?

Phoe fait un geste et deux chaises apparaissent.

— Les Adultes fêtent encore le jour des naissances. C'est une énorme célébration, comme chez les Jeunes. Nos chances de croiser quelqu'un seraient plus grandes à pied.

Je m'assois sur ma chaise et je dis :

— Je pense que le risque en vaut la peine...

— Tu n'as même pas besoin d'avoir conscience d'être en train de voler, me dit Phoe en tirant sa chaise à côté de moi, en s'asseyant et en tapotant mon bras avec compassion. Nous pouvons rester ici et traîner pendant que je – que la partie de moi à l'extérieur – m'occupe de voler.

— Non.

Je remarque que mes pieds pointent dans le sens inverse de l'hologramme, comme si j'avais l'intention de partir en courant, mais je continue :

— Je vais le faire. Je dois surmonter mon vertige.

— Comme tu veux, acquiesce Phoe en croisant les jambes. Tu pourras choisir de me laisser prendre le contrôle quand tu veux.

— Comment avance ton enquête ? dis-je en essayant désespérément de penser à autre chose que mon vertige. Jeremiah interroge-t-il toujours des gens ?

— Non, cela s'est terminé il y a des heures. Fiona et lui sont presque de retour dans la section des Aïeuls. Ils ont volé sur des disques comme le font les autres gardes quand ils voyagent en dehors de la section des Jeunes. Et avant que tu poses la question, ils n'ont pas parlé de toi ni de ton scan neural depuis leur conversation tendue. Je ne sais pas si c'est bon signe, car ils ont très peu parlé. Il est manifeste qu'ils sont déçus par le manque d'informations. Je pense qu'ils évaluent leurs options. Les choses devraient devenir intéressantes une fois que Jeremiah découvrira la vidéo de Fiona, mais ce n'est pas encore le cas. Ce qui me rappelle...

Phoe se frotte les mains d'un air enthousiaste.

— Il y a quelque chose que je ne t'ai pas encore montré.

Je lève un sourcil interrogateur et elle affiche un grand écran devant nous.

Je vois une réunion du Conseil sur l'écran. La pièce semble identique à celle que Phoe m'a montrée plus tôt, lorsque Fiona a essayé de quitter le Conseil.

La caméra fait un gros plan sur Jeremiah qui se tient à côté de Fiona, comme dans les autres vidéos.

Les traits de Jeremiah sont la colère incarnée. Je grimace en me rendant compte que j'ai déjà vu cette expression sur son visage, et je ne me souviens pas exactement quand.

— Lorsqu'il t'a torturé, chuchote Phoe en me frottant l'épaule.

Elle a peut-être raison. Dans ce scénario, sa colère est concentrée sur une nouvelle cible : Fiona.

— Espèce d'infâme connasse, dit Jeremiah avec tant de venin que je m'écarte en m'appuyant contre le dos de ma chaise.

Fiona semble pétrifiée en regardant Jeremiah lever la main. Les autres membres du Conseil sont blancs comme le marbre.

Le dos de la main flétrie de Jeremiah voyage vers la joue droite de Fiona, presque au ralenti.

J'entends un claquement bruyant et Fiona trébuche en arrière, protégeant sa tête avec ses mains.

Je n'arrive pas à croire ce que j'ai vu.

Jeremiah vient de frapper Fiona au visage.

CHAPITRE QUATORZE

L'écran devient noir.

Je reste bouche bée.

Jeremiah a fait beaucoup de choses terribles, mais ceci est au-delà de tout ce que je m'attendais à voir. Il est impensable qu'un Aïeul brise les tabous de la vulgarité et de la violence.

— Tu penses que j'en ai fait trop ? demande Phoe, joignant ses mains par les bouts des doigts.

— Que veux-tu dire ?

Je regarde mon amie avec de grands yeux. Elle semble trop contente d'elle étant donné ce que nous venons de voir.

— Oh, tu pensais que c'était réel ?

Le sourire de Phoe s'élargit.

— C'est une excellente nouvelle. Si tu as pensé que c'était réel, tous les autres le penseront aussi.

Je me gratte la tête.

— Ce n'était pas réel ? Il ne l'a pas giflée ?

— Tu te souviens avoir dit que Fiona pourrait accuser Jeremiah d'avoir falsifié la vidéo que j'ai déterrée ? Celle où elle a failli quitter le Conseil ? J'ai répondu que Jeremiah affirmerait ne pas avoir falsifié la vidéo. Cependant, ta question m'a donné une idée. Puisque je peux le faire, pourquoi ne pas créer une vidéo qui compromet Jeremiah ? Pourquoi ne pas le représenter en train d'agir d'une façon qu'il voudrait faire oublier aux autres ? Et si cette action s'est produite pendant une réunion du Conseil, cela expliquerait où est passé le souvenir de cette réunion.

Elle se penche en avant sur sa chaise et poursuit.

— Alors, c'est ce que j'ai fait. Ce n'était même pas très difficile. D'après ta réaction, j'ai l'impression qu'elle semble assez authentique. Cela devrait vraiment nous aider à les diviser pour mieux les vaincre.

Je regarde Phoe. En secouant la tête, je dis :

— Je suis content que tu sois de mon côté. Si les Aïeuls savaient ce que tu peux faire, je pense qu'ils auraient l'impression d'avoir eu raison de craindre les IA pendant tout ce temps.

— J'utilise mes pouvoirs pour le bien.

Phoe pose les mains derrière sa tête et elle me fait un grand sourire.

— Et j'essaie de m'en servir le moins possible. J'ai pensé que tu t'inquiétais pour Fiona et ce qui allait lui arriver une fois que Jeremiah verrait la vidéo qui la compromet. De cette façon, dès qu'elle aura des problèmes, je peux m'arranger pour qu'elle trouve cette vidéo-ci. Cela lui donnera des munitions contre les accusations de Jeremiah.

— Tant que personne ne se concentre sur nous deux, je trouve que tu as fait ce qu'il fallait, dis-je mentalement.

Puis je me souviens que je peux parler librement dans ma grotte et j'ajoute à haute voix :

— C'est juste un peu perturbant de le voir la gifler de cette façon, c'est tout.

— Dois-je changer cette action ? Je pourrais le montrer en train de vomir et de s'agiter dans la pièce, comme dans une scène de *L'Exorciste.*

Phoe se lève et fait blanchir ses yeux en étendant les bras comme un zombie.

— Je parie que c'est ainsi que la plupart des Aïeuls imaginent la folie.

Je retiens une vague de nausée.

— Non. Ou si tu crées une vidéo de ce genre, s'il te plaît, ne me la montre pas.

— Rabat-joie.

Les yeux de Phoe reviennent à la normale et elle s'assoit.

— Je pense que je vais m'en tenir à cette version de la vidéo. Maintenant, il me reste juste cette dernière chose à te dire...

Elle arrête.

— En fait, puisque tu as parlé de pouvoirs inquiétants et tout ça, cela peut sans doute attendre.

Je fronce les sourcils.

— De quoi s'agit-il ? Pourquoi ai-je l'impression que tu es sur le point de me dire quelque chose que je ne vais vraiment pas aimer ?

Phoe rassemble ses genoux.

— C'est au sujet du test. Je n'ai pas réussi à pirater l'endroit où se déroule le test, ce qui signifie que ma seule façon d'entrer est physique : au moment où tu y accèdes.

— D'accord. N'était-ce pas le plan depuis le début ?

Elle hausse les épaules.

— J'espérais d'abord apprendre quelque chose au sujet du test, dit-elle. Mais je n'ai pas réussi, si ce n'est les instructions que reçoit toute personne sur le point de passer le test.

Je surprends son regard.

— Alors, quel est le problème ? Crache le morceau.

— D'accord, alors voilà, commence Phoe en me jetant un regard gêné. Notre meilleure option est la stratégie du cheval de Troie.

— C'est censé me parler ?

— Les Grecs avaient construit un cheval en bois géant qui abritait des soldats et les Troyens avides l'ont tiré à l'intérieur de leur cité assiégée.

Elle voit que mon regard se perd dans le vide et elle dit :

— Laisse tomber. Oublie les Troyens. Je parle d'un subterfuge où, en te donnant accès au test, ce dernier me permettra également d'y entrer.

— L'idée me paraît très bonne. Qu'est-ce qui ne va pas me plaire ? C'est le test qui devrait avoir un problème avec ton idée, pas moi.

— Eh bien, vois-tu, comme c'est ton esprit qui va entrer dans le test, la porte dérobée, ou le cheval de Troie, ou quel que soit le nom que l'on veut lui donner doit faire partie de ton esprit, dit Phoe. Cela pourrait te déplaire.

Je tourne ma chaise de façon à ce que nous soyons assis l'un à côté de l'autre.

— Quoi ? Explique-moi.

— Ce n'est pas si terrible, dit-elle rapidement. Il faut juste que j'implante un souvenir dans ton esprit. Un souvenir qui ne serait pas désagréable.

Je décale ma chaise pour m'éloigner d'elle.

— Implanter un souvenir ? Tu veux dire que tu vas créer un faux souvenir dans ma tête, un peu comme cette vidéo ?

— Rien d'aussi dérangeant que cette vidéo, mais oui. 'Faux' est aussi négatif. Cela pourrait être une minuscule modification de souvenirs existants.

Quelque chose qui ne t'est pas arrivé, mais qui aurait pu.

Je croise les bras.

— Quel est ce souvenir ?

— Oh, rien de terrible. Tu te souviendras juste avoir accompli une prouesse de mémorisation.

Elle lève la main pour retarder mes questions suivantes.

— Tu te souviendras que tu as mémorisé la constante Pi.

— Tu veux dire Pi, comme dans 3,14 quelque chose ? Le rapport de la circonférence d'un cercle à son diamètre ? Comme dans le cours de l'instructeur George ?

Je fronce les sourcils, un peu perdu.

— Est-ce parce que c'est une lettre grecque comme l'histoire troyenne...

— Non. J'ai choisi Pi parce que certaines personnes prennent le temps de se souvenir de ces chiffres. Et parce que les chiffres de ce nombre sont sans doute aléatoires et qu'ils continuent à l'infini, je peux implanter une très longue suite de chiffres dans ton esprit sans que cela ait l'air suspect, en tout cas pas pour un scan ordinaire comme celui du test. Bien sûr, seules les cent premières décimales dans ta tête correspondront à celles de la fameuse constante. Ensuite, les chiffres ne seront pas de Pi, mais de Phoe.

Elle glousse, contente de sa plaisanterie.

— Ils auront leur propre objectif, qui est de créer un code binaire de lancement diabolique qui va...

— Oui, l'interromps-je. Implante le souvenir si cela signifie que tu arrêtes tes explications.

— D'accord, dit Phoe, puis elle semble se concentrer.

Elle devient momentanément fantomatique, comme elle l'avait fait dans le monde réel une fois que je lui avais obtenu les ressources du zoo. Elle revient ensuite à la normale et dit triomphalement :

— C'est fait.

Je la regarde, surpris. Je ne me sens pas différent.

— Mais tu te souviens avoir mémorisé le nombre Pi ?

Son regard est perçant, comme si elle regardait à l'intérieur de ma tête.

— Remonte dans tes souvenirs, à il y a dix jours, quand tu as fait semblant d'être malade. Tu étais assis dans le bureau de l'infirmière...

— Waouh, dis-je en me levant.

Avec une impression de déjà-vu, je me souviens être assis dans son bureau, où j'ai fait apparaître des rangées et des rangées de chiffres sur mon écran pour les mémoriser.

— Ce que tu as vraiment fait, c'était de jouer aux échecs avec moi sur ton écran, et tu as perdu si souvent que tu as juré de ne plus jamais jouer aux échecs avec moi.

— Tais-toi une seconde, dis-je en levant la voix. Est-ce que tu me joues un tour ?

Maintenant que la sensation étrange a disparu, je suis convaincu d'avoir choisi d'étudier Pi il y a dix jours dans le bureau de l'infirmière. L'idée que j'ai en fait joué aux échecs avec Phoe est si bizarre que je n'arrive pas à m'y faire. Ce n'est simplement pas ce qui est arrivé. J'ai mémorisé ce nombre stupide, mais je ne me l' étais pas rappelé avant qu'elle m'en parle. Ce souvenir ne peut pas être faux.

Phoe se lève et s'avance vers moi.

— Comment pensais-tu qu'un faux souvenir allait fonctionner ? Si tu veux, nous pouvons faire une rapide partie d'échecs. Tu perdras – vite. Tu ne pouvais déjà pas me battre quand je n'avais presque pas de ressources.

— Non merci pour les échecs, et tu as raison. Je suppose que c'est l'impression que laisserait un faux souvenir, comme si j'avais vraiment mémorisé ce nombre.

— S'il te plaît, récite-moi les décimales, dit Phoe en devenant plus sérieuse.

Elle fait apparaître un écran.

— Trois virgule un quatre un...

L'écran de Phoe affiche un grand compteur qui augmente d'un chaque fois que je dis un chiffre.

— C'est ta position dans Pi, explique Phoe. Continue.

Je récite de plus en plus vite. Quand l'écran nous montre que j'ai atteint la centième décimale de Pi, Phoe écoute attentivement et au bout de cent chiffres supplémentaires, elle dit :

— D'accord. Cela a manifestement fonctionné.

— Et maintenant ? J'ai un nouveau talent douteux, et alors ?

— Maintenant, tu retournes dans ton corps et tu vas passer le test.

— Non, je veux dire, dois-je réciter ce nombre quand je suis à l'intérieur du test ? J'ai mal à la gorge après avoir dit les premières centaines de chiffres, et j'aurais probablement...

— Ta gorge n'est pas réelle ici, et elle ne le sera pas non plus pendant le test.

Malgré ces mots, Phoe fait un geste et me tend un verre d'eau. Elle continue une fois que j'ai bu une gorgée.

— Ne t'inquiète pas, tu n'as pas besoin de les réciter. Tu peux penser à ce nombre comme à une petite partie de moi. Cela signifie qu' où que tu ailles, un minuscule fragment de moi te suivra. Une fois que tu seras dans le test, ou dans un autre endroit que je ne peux pas atteindre, ce nombre ouvrira une porte dérobée afin que je te rejoigne.

— D'accord, dis-je en finissant mon eau. Tu m'as fait réfléchir, cependant. Si le test scanne les souvenirs dans mon cerveau, ne va-t-il pas voir mon souvenir de toi ?

— Je doute qu'il te scanne aussi minutieusement. Et même s'il le faisait, je ne pense pas que ça l'intéresserait. Le seul danger de ce scénario serait la révélation de mon existence, mais je doute que le test communique quoi que ce soit d'autre que ton score au monde extérieur. La raison principale pour laquelle j'ai pris la peine de camoufler le nombre dans ta tête en souvenir naturel, c'est parce que le test pourrait avoir un algorithme interne anti-intrusion. Nous ne voulons pas déclencher quelque chose de ce genre en implantant un programme malveillant dans ta tête, mais un souvenir subtil comme celui-ci devrait passer inaperçu.

Je me frotte les yeux.

— Je vois. Je crois que c'est la dernière fois que j'accepte de te laisser trafiquer mes souvenirs. C'est trop bizarre. Je me souviens si clairement d'avoir mémorisé ces chiffres. Même si cela a dû être ennuyeux de perdre aux échecs, c'est vraiment ce qu'il s'est passé, et maintenant cette petite partie de moi a disparu et c'est dérangeant.

— Je comprends, dit Phoe d'un air sincère. Et je ne l'ai fait que parce qu'il le fallait. Aux grands maux, tout ça...

J'essaie de passer outre mon malaise et je demande :

— Alors, et maintenant ?

— Maintenant, nous devons nous diriger vers la section des Aïeuls.

Phoe souligne sa suggestion par le geste des doubles majeurs qu'elle veut que je fasse – sans aucun doute une tentative délibérée pour me choquer et me faire oublier mes angoisses.

En regardant ses doigts tendus, je me rends compte que je suis devenu moins sensible aux tabous de toutes sortes. Le geste n'est rien par rapport à ce que nous avons fait sur ce canapé, et je sais à présent que 'peloter' n'est qu'un mince aperçu des choses que nous pourrions faire un jour. Ce qui est encore plus inimaginable, c'est que je suis impatient d'aller plus loin.

En me rendant compte que Phoe vient sûrement de lire mes pensées, je rougis et je me dépêche de faire le geste nécessaire pour revenir à la réalité.

CHAPITRE QUINZE

Après la blancheur psychédélique habituelle, je suis de retour dans le monde réel.

Je me tiens dans une petite clairière, entouré par la forêt de tous côtés. La nuit est tombée et les premières étoiles sont visibles au-dessus du dôme.

Phoe se tient déjà debout sur un disque, flottant à environ trente centimètres du sol.

Mon propre disque se trouve à côté de mon pied.

Je monte dessus, surpris par mon pantalon et mes bottes blanches de garde, car dans la grotte j'étais vêtu d'un jean et de tennis.

— Tu connais la marche à suivre, dit Phoe en inclinant sa paume vers le haut.

Répondant à son signal, son disque plane un peu plus haut.

J'incline ma main le plus légèrement possible et mon disque se met à flotter.

Phoe se déplace plus vite et en l'espace d'une seconde elle est aussi loin que les cimes des plus grands pins.

— Allez viens, rejoins-moi, dit-elle sous forme de pensée dans ma tête. Ou bien dois-je littéralement te forcer la main ?

J'ajuste ma paume afin que le disque monte plus abruptement tout en faisant également un léger mouvement vers l'avant. La seule raison pour laquelle ma main ne tremble pas, c'est parce que je sais que le moindre mouvement sera traduit par un déplacement du disque, et voler sans heurts est déjà assez terrifiant.

— Voilà, dit Phoe quand je la rattrape. Tu t'en sors beaucoup mieux.

Je baisse les yeux comme si ses paroles m'avaient porté malheur. Les cimes des arbres ressemblent à un solide amas vert et flou, évoquant de l'herbe. Je n'arrive pas à distinguer les espaces effrayants entre les arbres.

— C'est parce que je prends des libertés avec la réalité augmentée, admet Phoe. Sauf si tu as besoin de quelque chose en bas, je me suis dit que je t'épargnerai le pic d'adrénaline en floutant la vue.

— Merci, dis-je en chuchotant. Pouvons-nous voler près des cimes pour l'instant ?

— Bien sûr. Rattrape-moi.

Elle fait un geste qui ressemble à un coup de karaté d'un film d'arts martiaux et son disque avance si vite que selon moi, la seule raison pour laquelle elle ne tombe pas, c'est parce qu'elle est un avatar de réalité augmentée.

— Je simule exactement ce qui arriverait avec le disque, dit-elle d'une voix désincarnée et grincheuse à ma gauche. Si je volais vraiment, cela se passerait exactement comme cela.

Je pousse la paume en avant comme si j'étais sur le point de la plonger dans de l'eau bouillante. Mon disque comprend la commande comme une invitation à voler à au moins seize terrifiants kilomètres-heure.

— Tortue, dit Phoe une fois que je l'ai rattrapée, à quelques mètres du bord de la forêt.

Je marmonne en réponse :

— J'ai un fort instinct de conservation. Est-ce prudent de voler au-dessus de zones plus peuplées ?

— Ça devrait l'être dans trois, deux...

Phoe regarde le ciel étoilé.

— Maintenant.

Je suis son regard.

L'air près du dôme est illuminé par un magnifique spectacle d'aurores boréales.

— J'ai complètement oublié le jour des naissances, dis-je mentalement, incapable d'arracher mon regard aux couleurs ensorcelantes.

— Tu as eu une longue journée, dit Phoe. Je comprends. J'espère que personne ne nous remarquera de cette façon, tant que nous volons dans les zones qui ne contiennent pas d'aurores boréales. Personne ne pourra regarder autre chose dans le ciel, et les taches sombres paraissent encore plus sombres maintenant. En outre, le dessous du disque est peint en noir.

— Cela peut être gênant de continuer à regarder vers le haut pendant que je vole, dis-je en regardant toujours le spectacle.

— Tu n'es pas obligé de fixer les lumières, il te suffit de me suivre.

Elle se remet à voler et dit par-dessus son épaule :

— Je prendrai le chemin que personne ne verra depuis le sol.

— Les aurores boréales sont-elles de la réalité augmentée ? m'enquis-je en dirigeant prudemment mon disque pour la suivre. Je ne me suis jamais posé la question avant, mais je n'ai aucune idée de la façon dont les Adultes créent ce spectacle. Tout ce que je sais, c'est que pour les anciens, voir ceci nécessitait d'aller rendre visite au père Noël et de vouloir voir quelque chose de cool.

— Oui, rendre visite au père Noël, tu as tout juste, glousse Phoe. Mais pour répondre à ta question : oui, c'est de la réalité augmentée, mais les feux d'artifice sont tout à fait réels.

Un grand bruit et une explosion colorée au loin ponctuent ses paroles : les feux d'artifice.

— Super, me dis-je, surtout pour moi-même. Je vais devoir voler entre des projectiles.

— Oh, tu me prends pour une idiote ?

Bien que Phoe l'ait dit dans ma tête, je peux imaginer ses lèvres rouges faisant la moue.

— La plus grande partie de mon attention est concentrée sur la trajectoire des feux d'artifice.

Elle s'arrête soudain et regarde sur la gauche. Je m'arrête également et je regarde ce qui a attiré son attention.

Un garde se trouve à une trentaine de mètres de nous. Il est facile à repérer à cause des aurores et des feux d'artifice. Son uniforme blanc ressemble à un arc-en-ciel de couleurs réfléchies tandis qu'il plane dans les airs sur son disque.

— Merde, d'où il sort ? crié-je mentalement à Phoe.

— Je suis désolée. Il devait voler au-dessus de nous. Je ne peux pas scanner les environs dans les trois dimensions à la fois : les ressources que cela nécessiterait...

— Peu importe. Il ne m'a peut-être pas vu ?

Je subvocalise en refusant de prendre mes désirs pour des réalités.

Quelque chose dans mon casque fait un bruit statique étrange, et j'entends une voix masculine dire :

— Noah ? C'est toi ?

Le garde, qui doit être celui qui parle, avance d'un demi-mètre vers moi.

— Je pensais que tu avais tiré la courte paille et que tu étais de garde en Quiétude aujourd'hui.

Agissant purement sous l'effet de l'adrénaline, je frappe l'air de ma main tendue.

Le disque s'éloigne du garde approchant avec un bruit de sifflement.

— Tu as fait ce qu'il fallait, chuchote Phoe dans ma tête. Notre meilleur plan d'action est de le semer.

Devant moi, le disque de Phoe apparaît, me rappelant qu'elle ne vole pas réellement.

— Suis-moi, dit-elle.

J'essaie d'aller aussi vite.

— Noah ? Où vas-tu ? dit la voix du garde dans mon casque. Tout va bien ?

Je frappe l'air avec ma paume, mon disque avançant de plus en plus vite. Je dis mentalement à Phoe :

— Peux-tu lui faire oublier qu'il m'a vu ?

— Pas une bonne idée. Faire subir l'oubli à un seul garde peut facilement nous faire repérer par l'Émissaire. Et comme il a déjà envoyé un message à ses collègues, il me faudrait leur faire oublier à tous, augmentant le risque.

Elle tourne soudain à gauche et je la suis, criant mentalement :

— Alors j'essaie juste d'aller plus vite qu'eux ?

— Oui, c'est le meilleur recours. Ils ne savent pas qui tu es vraiment. Ils pensent que l'un des leurs agit bizarrement. Si nous les semons, cela ne remontera jamais jusqu'à toi. Une fois que nous aurons terminé le test, je pourrai sans doute les faire oublier d'une façon qui n'alerterait pas l'Émissaire...

Elle s'arrête de parler, puis chuchote :

— Merde, ils sont déjà là.

Deux gardes se trouvent devant nous, le spectacle de flammes se reflétant sur leurs casques d'astronautes.

Nous tournons si soudainement que j'ai de la chance d'avoir mangé de la nourriture virtuelle dans la grotte. Sinon, elle serait remontée dans ma gorge.

Phoe fonce à au moins quatre-vingts kilomètres-heure devant moi. Je la suis, presque à la même allure, mais à mon grand désarroi, elle crie mentalement :

— Ils nous rattrapent. Attention !

Si elle ne m'avait pas prévenu, mes poursuivants auraient sûrement dû me racler de la surface métallique du bâtiment en forme de cône. Le côté de mon disque gratte la pointe métallique de la structure, faisant voler des étincelles, et mon disque tremble violemment. Par une prouesse miraculeuse d'agilité, je parviens à ne pas tomber du disque.

— Si par 'miraculeuse' tu veux dire que j'ai contrôlé ta main juste au bon moment, oui, d'accord, dit Phoe. Attention, là.

Je me baisse instinctivement avant de me rendre compte de la raison.

Une main gantée de blanc glisse sur mon casque.

— 'Instinctivement', bien sûr, murmure Phoe dans mon oreille. Rien à voir avec moi.

— Ne me distrais pas en essayant de t'attribuer le mérite pour tout, lui dis-je mentalement. Attends, pourquoi montes-tu autant ?

Avant de pouvoir hésiter, la paume de ma main s'incline vers le haut et je fais un rapide mouvement de pince, comme si j'essayais d'attraper quelque chose avant que quelqu'un me le prenne. Je ne sais pas si ce mouvement vient de moi ou de l'influence de Phoe, mais je sais que cela a conduit le disque à monter si vite que je ne peux pas m'empêcher de fermer les yeux, horrifié. Quand je les ouvre, je vois le disque de Phoe zigzaguer follement devant moi. Je me rends compte que mon disque fait la même chose et je lutte pour ne pas refermer les yeux.

— Noah, arrête, que fais-tu ? dit une voix dans la radio du casque.

Si mes poursuivants s'inquiètent de mes manœuvres, je pense que je devrais m'inquiéter au moins trois fois plus. Pour ne pas penser à l'angoisse qui s'accumule dans mon ventre, je demande :

— Phoe, comment savent-ils que je suis ce Noah ? Toutes les tenues sont identiques.

Elle claque des doigts et dit :

— Regarde les autres gardes.

Je le fais, et je vois de petites étiquettes avec leurs noms apparaître pour chaque garde sur l'interface de ma visière.

— Vous avez tous une identification radio unique dans ces casques, explique Phoe.

Je regarde à nouveau en arrière et je remarque que les gardes se rassemblent. C'est étrange de voir qu'ils ne s'approchent pas davantage de moi. Ils agissent comme si quelque chose les faisait hésiter.

Quelque chose de lumineux et de bruyant explose à côté de mon épaule droite.

Je suis presque aveuglé par le soudain flash de feu rouge. Puis une explosion verte se produit, suivie par une jaune. Les gardes ont-ils tiré des fusées sur moi ?

Je comprends alors. Il s'agit des feux d'artifice du jour des naissances. Comme pour ponctuer ma pensée, une autre pièce d'artillerie explose à trente centimètres du bas de mon disque. Une autre frappe le disque, l'impact me faisant presque tomber.

— Phoe, tu nous as fait voler directement dans les feux d'artifice ? Tu es folle ?

Une nouvelle explosion surgit à un mètre au-dessus de ma tête et une pluie de petites braises tombe sur moi. Les quelques étincelles qui atterrissent sur mon casque et mes épaules s'éteignent sans causer de dégâts.

— Ce n'est pas vraiment très surprenant, puisque tu portes une combinaison spatiale. Même autrefois, ces choses étaient résistantes au feu. Ce qui est important, c'est que je les ai éloignés de nous.

Phoe regarde derrière nous.

Je suis son regard.

Elle a raison. Les gardes ne sont pas assez suicidaires pour nous poursuivre : avec ou sans combinaisons résistantes au feu. Pendant que je regarde, ils se dispersent, volant dans toutes les directions.

— Mince, je crois qu'ils essaient de former une sphère autour de nous, comme ils l'ont fait avant. Si nous les laissons faire, ils resserreront le périmètre quand le feu d'artifice sera terminé. Il faut les en empêcher.

Phoe guide son disque qui se place juste à côté du mien, puis elle incline la main vers l'avant, à un angle de presque quatre-vingt-dix degrés.

Elle tombe.

J'ai le souffle coupé et je lui envoie frénétiquement ma pensée.

— Phoe, je ne peux pas faire ça. Des projectiles volent vers nous, et...

J'arrête de parler, car, pour la première fois, je sens véritablement l'influence de Phoe sur ma main.

Rien d'autre ne pourrait expliquer sa position, avec la pointe de mes doigts dirigés vers mes orteils.

Mon disque plonge vers le sol. Un feu d'artifice vole vers mon visage. Je fais un écart, ne souhaitant pas apprendre si le casque résiste bien aux impacts. La fusée manque la visière et explose avec un bruit violent.

— Noah, arrête, tu vas te tuer, dit une voix dans mon casque.

Les autres gardes doivent regarder ma descente.

Bien qu'elle soit insensée, l'idée désespérée de Phoe apporte quelque chose : il n'y a pas de gardes sur notre chemin. Ils n'ont pas réussi à me coincer.

— Jusqu'ici, précise Phoe. Nous tournons vers la section des Aïeuls. La barrière devrait nous cacher pendant quelques instants cruciaux.

Cette fois, j'ai l'impression que c'est moi qui ai changé de direction, mais cela pourrait tout aussi bien être mon cerveau qui fabule ce choix. Quelle que soit la cause, ma main se tourne parallèlement au sol. Le disque imite son mouvement et au lieu de tomber, je fonce à présent en avant.

Au loin, les gardes descendent comme des grêlons gigantesques. Le ciel en est rempli. Les feux d'artifice augmentent l'impression que nous sommes entourés par une sorte de force de la nature surréaliste.

Je ne ralentis pas.

Un garde se place directement sur mon chemin, à l'endroit où la forme virtuelle de Phoe vient de passer.

— Plus vite, crie Phoe, et ma main se jette en avant.

Le garde fonce lui aussi plus vite vers moi.

C'est encore comme ce jeu de dégonfle auquel les anciens aimaient jouer, mais dans les airs et non pas sur une surface plane en voiture. Je parie que même eux considéreraient que ce que je fais est fou.

La part rationnelle de moi sait que Phoe doit avoir calculé cette manœuvre avec ses capacités mathématiques super développées d'IA, et que contrairement à ce que pense mon cerveau reptilien, je ne vais pas m'écraser contre ce garde et mourir. Malgré tout, je jurerais que le dessous noir du disque du garde – ou au moins le bord en métal brillant – est sur le point de frapper mon casque.

Sauf que cela n'arrive pas.

Tout ce que je sens, c'est un peu de turbulence quand le garde passe à toute vitesse à côté de moi.

Remerciant les lois aérodynamiques de m'avoir gardé en vie jusque-là, je projette ma paume en avant avec tant de force que l'articulation de mon épaule craque. Je ne sais pas si j'ai fait cette manœuvre parce que Phoe m'y a poussé ou si c'est un tic nerveux.

Tandis que je continue à foncer en avant, des gouttes de sueur tombent dans mes yeux et mon casque m'empêche de les essuyer.

— Je m'en occupe, dit Phoe.

Un souffle d'air chaud chasse l'humidité.

Quand ma vue s'éclaircit, je vois scintiller la barrière au loin. Elle reflète les aurores boréales et les feux d'artifice, et nous nous y dirigeons tout droit.

— Ne regarde pas au-dessus de toi, dit Phoe dans mon esprit.

La meilleure façon de faire lever la tête à quelqu'un, c'est de dire de ne pas le faire.

Je regarde en haut et je regrette de ne pas avoir suivi le conseil de Phoe. Trois gardes sont au-dessus et ils descendent comme des aigles fondant sur une délicieuse proie pelucheuse.

C'est nul de devoir jouer le rôle de cette proie.

Phoe abandonne toute illusion quant à mon libre arbitre. Mon bras s'incline sur le côté et mon disque agit immédiatement de la même façon. C'est un miracle que je ne tombe pas.

— Tes bottes t'attachent au disque grâce à un aimant très puissant, dit Phoe sèchement. C'est le cas pour tous les gardes. Comment penses-tu qu'ils restent dessus en volant sous cet angle ?

Je ne pense pas. Je suis trop occupé à essayer de ne pas avoir une crise cardiaque. Je fais l'équivalent d'un salto sur mon disque, encore et encore.

— En fait, je pense que le terme officiel pour cette manœuvre est le *salto mortale*, dit Phoe gentiment.

Je ne la gronde pas pour son côté Madame je-sais-tout. Je suis terrifié à ce point. Si l'ancien jeu de rugby se passait avec des tacles aériens, alors cela ressemblerait à ceci.

À chaque fois que l'un d'eux me rate, il rejoint les autres à ma poursuite. J'en ai environ quarante sur les talons quand je plonge dans la barrière – avec un autre salto.

Lorsque nous apparaissons du côté des Aïeuls de la barrière, j'ai le moral qui plonge dans les chaussettes, en plus de mon estomac.

Devant moi s'étale un mur impénétrable de gardes.

CHAPITRE SEIZE

C'est pire que ce que tu crois, chuchote Phoe. Ce n'est pas un mur, c'est une demi-sphère. Il y a des gardes au-dessus et au-dessous. Et avant que tu suggères que nous fassions demi-tour, ils font la même chose de l'autre côté.

Je scanne la scène qui confirme les dires de Phoe. Nous sommes encerclés, et les gardes face à nous préparent leurs bâtons incapacitants.

— Tu vas peut-être vouloir fermer les yeux, dit Phoe. Je suis sur le point d'essayer quelque chose d'un peu extrême.

Bien que ce soit tentant, je n'ose pas fermer les yeux. Elle n'a encore jamais traité aucun de ses tours d'extrême.

Les gardes avancent vers moi. La radio du casque s'anime et une voix apaisante dit :

— Détends-toi, Noah. Tu as une sorte de crise. Nous essayons de t'aider...

Je n'entends pas le reste, car Phoe commence ses mouvements 'extrêmes'. Ou plus précisément, j'exécute les mouvements que Phoe veut me faire exécuter. Des manœuvres si insensées que je sais sans l'ombre d'un doute qui contrôle mon corps.

La première manœuvre commence assez innocemment. Je joins les bouts des doigts de la main droite.

— Cela défait l'attirance magnétique du disque, explique Phoe.

Puis la partie insensée commence. Accroupi sur le disque, j'attrape le bord et je tire violemment dessus. Je tombe instantanément, serrant le disque contre ma poitrine comme un bouclier médiéval.

Si ce n'est pas clair : je tombe parce qu'il n'y a plus de disque sous mes pieds.

Tandis que je tombe vers les gardes sous moi, le temps ralentit. J'ai l'opportunité de réfléchir au plan de Phoe, ou à son absence de plan. Espère-t-elle que les gardes, craignant l'impact, me permettront de continuer ma chute mortelle, ou bien que je ne me casserai pas les jambes sur les casques des gardes s'ils ne bougent pas ?

D'un mouvement circulaire du poignet, je jette le disque sous mes pieds. Les aimants font leur travail et je suis une nouvelle fois fixé au disque. Celui-ci s'anime et ralentit ma descente frénétique. Les gardes sous moi ne s'écartent pas, contrairement à ce que je pensais, et je me trouve à soixante centimètres au-dessus de leurs têtes.

J'attrape encore une fois le disque par le bord et j'atterris sur leurs casques glissants. Comme j'avais ralenti, cet atterrissage n'est que légèrement inconfortable. Dès que je le peux, je cours sur les épaules et les têtes des gens, esquivant leurs bâtons incapacitants.

Ma vitesse augmente tandis que je cours. Je pense avoir compris le plan de Phoe. Les gardes ne forment pas une demi-sphère parfaite. Il y a des gardes en bas et des gardes sur les côtés, mais l'endroit où ils se rejoignent présente une faiblesse. Un garde reconnaît notre plan et se dépêche de me barrer la route. Je continue à courir à travers les gardes, évitant leurs mains et leurs bâtons. Le garde intelligent vole vers moi sur son disque.

Lorsque la collision semble inévitable, je ferme presque les yeux. Mon corps se plie au dernier moment et je frappe ses jambes avec le disque comme s'il s'agissait d'une arme.

Le disque touche le garde et celui-ci fait un écart en se tenant les jambes. Cela doit faire très mal d'être frappé au tibia avec un disque en métal.

Sa trajectoire le conduit dans la masse tourbillonnante des gardes au-dessous. Dans un mouvement continu, je descends le disque dans ma main et je saute dessus. Mes pieds s'y connectent et mon bras se jette en avant pour gagner de la vitesse. Je fonce à travers le minuscule espace qui sépare les gardes du haut et du bas, sans doute exactement comme Phoe l'avait prévu.

— Le temps que les gardes se rassemblent, nous avons une avance de quelques précieuses secondes, dit Phoe après être apparue à côté de moi, debout sur son disque illusoire.

Ce n'est que maintenant que je me rends compte qu'elle était absente au cours des dernières secondes.

— J'ai concentré toute mon attention sur le fait de te garder en vie, explique-t-elle. On dirait bien que nous allons pouvoir atteindre notre cible. Tu te souviens du bâtiment noir ?

Phoe montre le nord-est.

— Oui, nous sommes passés à côté l'autre jour, dis-je en subvocalisant.

— C'est là que prend place le test. Nous ne devons pas y aller directement. Tu vois ce bâtiment ?

Elle pointe le doigt légèrement sur la gauche. Un grand bâtiment argenté en forme de tétraèdre surplombe le paysage.

— C'est là que nous nous rendons.

Mon bras tourne dans cette direction, tout comme le disque. Quand je pense ne pas pouvoir aller plus vite, Phoe augmente encore la vitesse. Avant que j'aie le temps d'avoir une attaque, elle augmente encore l'allure.

Tout devient silencieux et je me demande si nous avons atteint la vitesse de la lumière.

— Non, nous n'allons pas si vite. Si c'était le cas, nous pourrions traverser Oasis d'un côté à l'autre vingt-cinq fois en une seconde, explique Phoe sous la forme d'une pensée dans ma tête. Nous voyageons seulement à quelques minables trois cents kilomètres-heure.

Je la soupçonne d'être pédante pour détourner mon attention de ma terreur. Cela ne fonctionne pas. Je ne peux me concentrer que sur la vue du tétraèdre qui s'approche.

— Ferme les yeux, dit Phoe brusquement.

Refusant d'être lâche, je garde les yeux ouverts. Le bâtiment est de plus en plus près. Nous ne ralentissons pas et nous ne changeons pas non plus de direction. Il semblerait que nous soyons en route vers une grande fenêtre près de l'étage supérieur.

Le bâtiment se trouve à quelques mètres.

Le disque ralentit, mais pas assez vite.

J'essaie d'incliner la main, mais elle ne m'écoute pas. Alors, je couvre ma tête avec mes bras au moment où nous traversons la vitre. Des éclats de verre volent tout autour de moi, le bruit est assourdissant.

Avant que je puisse ne serait-ce que respirer, je m'écrase contre le mur opposé et tout l'air quitte mes poumons. Hébété, je remarque de l'argile cassée tout autour de moi. Suis-je dans une sorte de studio d'art ?

J'ai la tête qui tourne, mais je n'ai pas le temps de reprendre mon souffle. Le verre craque sous mes pieds quand je me lève d'un coup et que je fais un geste vers la porte. Quand la porte s'ouvre, je remarque une Aïeule toute fripée recroquevillée dans un coin de la pièce.

— Elle n'est pas blessée, elle a peur, c'est tout, explique Phoe tout en faisant courir mes jambes hors de la pièce vers l'escalier de secours. Nous devons courir jusqu'en bas et nous diriger vers cette structure noire.

Mes pieds frappent le sol au rythme des battements frénétiques de mon cœur tandis que je descends l'escalier. La forme inquiète de Phoe apparaît devant moi. Elle regarde par-dessus mon épaule.

Pendant que je me retourne pour suivre son regard, ma visière passe en vision infrarouge et je vois des formes rouges courir dans l'escalier.

— Des gardes. Ils montent jusqu'ici, siffle Phoe.

Je regarde automatiquement vers le haut, et elle secoue la tête.

— Nous ne pouvons pas revenir en arrière.

Elle a raison. Il y a encore plus de taches rouges qui descendent que celles qui montent.

Je regarde sur le côté et je vois une autre forme rouge dans une des pièces. La forme se dirige vers la sortie.

— S'agit-il d'un des gardes ? Sont-ils passés par une fenêtre ?

— Je ne crois pas, dit Phoe en suivant mon regard. Vas-y et prépare ton bâton incapacitant.

Je remonte l'escalier jusqu'au palier, et de là, j'entre dans le quarante-cinquième étage du bâtiment. Je me dirige vers la porte où bouge la silhouette.

Le contour rouge de chaleur corporelle semble faire un geste. La porte s'ouvre lentement en glissant. Si c'est un garde, je viens de tomber dans ses griffes.

Je prépare le bâton incapacitant et je dis :

— Phoe, comment faut-il éteindre la vision infrarouge ?

Ma vue redevient normale juste au moment où la porte s'ouvre.

Je lève le bras pour étourdir la personne qui sort, mais je m'arrête net. Ce n'est pas une personne –

enfin, c'est clairement une personne, mais il ou elle porte le costume le plus étrange que j'ai jamais vu.

Une créature en peluche violette se tient sur le seuil. Elle ressemble à un croisement entre un dragon et un hippopotame. Le visage de l'hippo-dragon est figé dans un sourire trop amical et ses bras courts couvrent un ventre vert.

— Puis-je vous aider ? demande l'hippo-dragon d'une voix masculine et rauque.

— Le bâton va-t-il fonctionner à travers son costume ? m'enquis-je par la pensée avec autant d'urgence que possible.

— Normalement, oui. Cela fonctionne à travers ses combinaisons, même si je suppose qu'elles conduisent mieux l'électricité. Dis-lui d'enlever sa tête. J'ai éteint la radio dans ton casque afin que les gardes ne puissent pas entendre cet échange.

— Veuillez enlever votre tête, dis-je en adoptant le ton autoritaire et arrogant que j'associe avec les gardes.

— Le casque déguise déjà ta voix, chuchote Phoe. Mais c'était joliment tenté.

L'homme lève les mains jusqu'à sa tête et lève le couvre-chef souriant.

Dès que je vois un mince filet de peau entre le tissu violet, j'y pose le bâton incapacitant et j'appuie sur le bouton.

Le monstre violet tombe, la tête grimaçante roulant sur le côté. L'Aïeul en dessous doit être un des membres les plus jeunes. Ses cheveux commencent tout juste à grisonner.

— Traîne-le à l'intérieur et enlève son costume, ordonne Phoe. Nous n'avons pas beaucoup de temps.

Je tire ma victime à l'intérieur de la pièce. Celle-ci est remplie d'accessoires de crochet et elle a une étrange odeur de renfermé. Je lui retire le costume.

— Faut-il que j'échange mes vêtements avec lui ?

Sous les couleurs vives, l'homme porte une tenue grise monotone qui m'évoque les habits des Jeunes.

— Non, enfile juste le costume de dinosaure.

J'entends une légère trace de rire dans la voix de Phoe.

— Tu devrais pouvoir le porter par-dessus ta tenue de garde.

— C'est n'importe quoi. Pourquoi un Aïeul est-il vêtu de cette façon ?

Je pose les pieds dans le pantalon du costume violet et je le remonte sans difficulté par-dessus mon costume de garde, car il est très large. Je me baisse pour ramasser la tête du monstre et je demande :

— Et comment sais-tu que c'est un dinosaure et non pas un dragon ou un hippopotame ?

— C'est sa tenue pour le défilé du jour des naissances, répond Phoe. Ils en portent tous, dehors. Je pense que cette personne travaille avec de petits enfants et ce costume doit les amuser. Et je sais que c'est un dinosaure parce que je suis pratiquement sûre qu'il s'agit de Barney, un tyrannosaure que les petits Américains anciens regardaient à la télévision. Je te trouverai un épisode dans les archives, un jour. Pour l'instant, s'il te plaît, nous devons nous dépêcher.

J'enfile la tête de dinosaure en grognant au sujet des anciens et de leur obsession avec la violence. Utiliser un tyrannosaure pour divertir les petits ? D'accord, ils lui ont donné une apparence chaleureuse et pelucheuse, mais quand même...

Sortant maladroitement de l'appartement, je me dirige vers les escaliers. Avec la tête du costume, je vois le monde à travers deux petits trous. Je ne peux pas m'imaginer descendre les escaliers de cette façon, mais...

— Non, les gardes sont dans les escaliers. Nous allons prendre l'ascenseur. Par ici.

Phoe longe le couloir.

— Allez, suis-moi, espèce de monstre.

Sans tenir compte de ses moqueries, j'atteins l'ascenseur et je fais le geste d'appel. Étant donné les petits bras des tyrannosaures et le fait que le costume est basé sur leur anatomie, mon geste est maladroit. Malgré tout, l'ascenseur arrive en un instant.

— C'est moi qui ai appelé l'ascenseur, ricane Phoe avant de monter. Peux-tu bouger ta queue ?

La queue traînant derrière moi, j'entre d'un pas lourd dans l'ascenseur et je croise les bras sur mon torse vert. En la voyant encore glousser, je pense avec colère :

— Peux-tu faire descendre ce truc, ou bien allons-nous attendre que les gardes nous rattrapent ?

Sans attendre qu'elle réagisse, j'appuie sur le bouton manuel, mais j'ai des difficultés, car le bras en peluche violette de mon costume n'a que deux doigts géants.

L'ascenseur se ferme et Phoe part d'un gros rire en voyant ma gêne. À mesure que nous approchons du rez-de-chaussée, elle devient plus sérieuse. Quand les portes s'ouvrent, son visage est un masque de concentration.

Deux gardes se tiennent là, leurs têtes casquées inclinées d'une façon qui m'indique qu'ils cherchent à voir l'intérieur de l'ascenseur.

CHAPITRE DIX-SEPT

Ma pression sanguine à son maximum, je leur fais signe de ma patte à deux doigts et je sors pesamment de l'ascenseur comme si l'immeuble m'appartenait.

Je m'attends vraiment à ce qu'ils me demandent d'enlever la tête, mais ils ne le font pas. Au lieu de cela, quand je passe dans le couloir, l'un des gardes dit :

— Amusez-vous bien.

Je refais le ridicule salut de la patte et je suis Phoe qui sort du vestibule.

Bien que mon costume limite sévèrement mes mouvements, je suis ravi de l'anonymat qu'il me confère. Le bâtiment est encerclé par des gardes, mais ils n'accordent aucune attention au dinosaure.

Phoe se dirige vers l'arrière de l'immeuble et je marche derrière elle, en essayant de ne pas regarder bêtement tous les Aïeuls déguisés autour de moi. Phoe avait raison. La meilleure explication pour leurs costumes originaux est une sorte de carnaval. Nous passons à côté d'un Pinocchio, d'un M & M's rouge, et d'une immense foule de rois anciens, comprenant entre autres le Roi de Pique, le Roi Lion et Barack Obama.

Malgré mon anxiété, je ne peux m'empêcher d'envier les Aïeuls. Les Jeunes ne se déguisent jamais ainsi, même pour le jour des naissances.

— C'est pour pouvoir faire sortir les petits le jour des naissances sans que les enfants voient de signes de vieillesse. En outre, si cela peut te consoler, je crois que les Aïeuls envisagent de faire quelque chose du genre pour les Jeunes l'année prochaine. Ils le testent sur eux-mêmes cette année, peut-être pour voir si cela risque de corrompre les Jeunes.

Phoe secoue la tête avant de continuer.

— Je suppose qu'ils ont découvert la seule fête que le jour des naissances ne copie pas déjà : Halloween.

— J'espère que tu as raison pour l'année prochaine, me dis-je en regardant un homme vêtu en Bugs Bunny. Liam adorerait ceci.

— Excuse-moi de te couper, mais voilà notre destination.

Elle hoche la tête en direction du bâtiment noir – ou plutôt, du bâtiment fait de métal de couleur sombre.

— J'entre avec ce costume ?

— Oui, tu le gardes, et si quelqu'un te voit, tu fais semblant d'être entré depuis la rue, dit-elle.

— D'accord.

Je me dirige vers la porte, mais elle se place devant moi avec un regard inquiet. Je m'arrête immédiatement.

— Qu'y a-t-il, Phoe ?

— Une fois que tu seras dedans, je ne pourrai pas te parler librement, dit-elle en se balançant d'un pied sur l'autre. Ce bâtiment est pire que la prison des sorcières. Je ne sais où se trouve la salle du test que grâce au message envoyé à ceux qui passaient le test aujourd'hui.

Elle fait un geste et une carte s'affiche dans ma visière.

— Comme tu peux le voir, tout ce que tu as à faire, c'est de longer deux couloirs et de tourner à gauche. Une fois que tu seras là, il devrait y avoir une façon évidente de lancer le test en posant la main sur un panneau de contrôle. Chuchote 'ôter gant' dans ton casque et il s'enlèvera, même si je ne suis pas sûre que le contact de la peau soit nécessaire. Tu peux gérer cela seul, n'est-ce pas ?

— Ne vais-je pas avoir besoin de toi ? À l'intérieur du test, je veux dire ?

Je fais un pas en arrière et je manque trébucher sur la queue violette de mon costume.

— C'est à cela que sert le Pi cheval de Troie, me rappelle Phoe. Dès que tu seras dans le test, cela me permettra de venir.

— Et qu'en est-il de faire sortir mon corps d'ici pendant le test ? Cela ne fait-il pas partie du plan ?

— Une fois que je serai dans le test, je suis sûre que je pourrai revenir dans ton corps.

— Je suppose.

Je fais un pas hésitant.

— Tu peux le faire, me dit Phoe en se penchant vers moi et en embrassant mon costume ridicule sur la joue. Vas-y avant que les gardes comprennent que tu ne te trouves pas dans le bâtiment en tétraèdre.

L'évocation de mes poursuivants finit par me pousser à agir.

Inspirant profondément, j'entre doucement dans l'immeuble noir.

— Phoe, dis-je par la pensée en traversant le grand hall. Ne peux-tu vraiment pas m'entendre ici ?

Elle ne répond pas, alors je suis la carte dans ma visière.

Je m'engage dans le couloir nord-est et je parviens à faire deux pas traînants avant de pouvoir aller plus loin.

Un garde me barre la route.

— Puis-je vous aider ? demande le garde d'une voix bourrue et hostile.

Un certain nombre de choses se produisent rapidement. Je laisse pendre mon bras droit le long de mon gros corps violet, pendant que sous le costume, je retire mon bras, toujours dans sa tenue de garde, du tissu violet qui l'entoure. Puis j'attrape le bâton incapacitant à ma ceinture et je dis :

— Où suis-je ? J'y vois mal dans ce costume. Pouvez-vous m'aider à enlever cette tête ?

Le garde hausse les épaules et fait un pas vers moi.

Je tends mon bras gauche vers la tête de dinosaure et je fais semblant de tâtonner. Avec ma main droite sous le costume, je lève le bâton jusqu'à mon cou.

Le garde place les mains sur mon couvre-chef violet et tire dessus.

Dès qu'il y a deux centimètres entre les deux morceaux de peau de dinosaure, je touche le garde avec le bâton incapacitant et j'appuie convulsivement sur le bouton.

Le garde s'effondre.

En poussant un soupir de soulagement, je prends son bâton, car deux armes valent mieux qu'une. Ensuite, je retire le reste de mon costume violet, j'arrache la queue et je m'en sers pour attacher les bras du garde dans son dos. Ne sachant pas si cela le maintiendra vraiment, je pose également le couvre-chef de dinosaure sur sa tête, mais devant derrière. De cette façon, il ne verra pas où il se trouve quand il reviendra à lui. Enfin, je déchire le reste du costume et j'attache des morceaux autour des jambes du garde et autour de son torse et de ses épaules. Content de mon travail, je traîne son corps immobile dans un coin du couloir et je le zappe une dernière fois pour faire bonne mesure.

À nouveau libre de mes mouvements, je cours vers ma destination.

Les deux virages suivants se font sans encombre et le troisième devrait être le dernier. D'après ma carte, le test est là, dans une pièce spacieuse.

Je passe le coin.

La salle de test est vide à l'exception de deux choses : un grand mur illuminé sur ma droite et le garde qui se tourne vers moi à ma gauche.

— Bonjour, Ronny, dis-je en utilisant l'étiquette avec son nom dans l'interface de ma visière.

Avant qu'il ait le temps de réagir, je m'avance vers lui.

— Noah ? dit-il en hésitant.

Je m'approche et j'invente :

— Je suis ici pour te remplacer. C'est une petite surprise du jour des naissances.

Je ne sais pas s'il tend la main vers son bâton parce qu'il a entendu dans sa radio que tout le monde poursuivait 'Noah' ou parce que mon improvisation ne ressemblait pas du tout à ce que dirait un garde sain d'esprit, mais le fait est qu'il l'attrape. Je me trouve à un mètre et demi, alors nous sommes hors de portée de nos bâtons respectifs. C'est alors que je me rends compte que je tiens mon bâton supplémentaire, une autre raison à la paranoïa de Ronny.

Je jette ma deuxième arme contre sa tête. Il lève les mains. Si c'est pour attraper le bâton, il échoue. Si c'est pour protéger sa visière, c'est idiot. Ce casque peut facilement supporter l'impact. J'utilise sa distraction temporaire pour lui donner un coup de poing dans le ventre.

Il chancelle en arrière.

Je sors mon deuxième bâton.

Il parvient à sortir le sien.

Nous nous touchons les épaules avec les bâtons comme si nous nous regardions dans un miroir. C'est à celui qui appuiera le premier sur le bouton.

J'appuie juste au moment où je perds connaissance.

* * *

Je me réveille comme après un cauchemar horrible. Où suis-je ? Pourquoi mon lit est-il si inconfortable ?

Puis la réalité de ma situation m'apparaît. Un garde sans connaissance est allongé à mes pieds. Je me trouve dans la salle de test et nous venons de nous électrocuter. Si j'ai repris connaissance, cela signifie que Ronny, le garde, est sur le point de revenir à lui. Cela signifie également que le garde que j'ai abandonné – celui qui est attaché avec le costume de dinosaure – est éveillé et qu'il essaie de se libérer.

Je m'assois et je tends la main vers le bâton à ma droite. Au milieu d'une effervescence de mouvement, Ronny attrape ma cheville et tire. Son autre bras cherche à prendre son propre bâton. Je donne un coup de pied dans son casque et je me roule sur la droite tout en attrapant mon bâton incapacitant. Je bondis sur mes pieds et je le vois faire de même.

Nous tournons lentement l'un autour de l'autre.

Il fond sur moi avec le bâton, visant mon épaule droite. Je bondis sur le côté, son bâton me ratant d'un cheveu, et je contre en laissant tomber mon arme sur son poignet comme s'il s'agissait d'une matraque ancienne.

La manœuvre de force brute fonctionne, et son bâton tombe bruyamment sur le sol. Il le suit des yeux : grossière erreur. Profitant de son manque d'attention, je touche son torse exposé et je lui envoie une belle dose de volts.

Il s'effondre sur le sol.

En soufflant, je traîne son corps jusqu'au mur où se trouve le test. Il y a là un piédestal avec une empreinte en forme de main. Phoe avait dit que je trouverais quelque chose du genre. Je traîne Ronny plus près du panneau de contrôle et je l'électrocute encore une fois pour me donner le maximum de temps en passant le test.

Je pose ma main sur l'empreinte.

Rien ne se produit.

Je chuchote : 'ôter gant' en me souvenant de l'instruction de Phoe.

Le gant se sépare de la combinaison et je le glisse sous ma ceinture. En soufflant profondément, je pose ma paume nue sur le panneau de contrôle.

Un écran géant apparaît en haut du panneau. Sur l'écran s'affichent les mots : *authentification de l'âge.*

Je déglutis. L'idée folle de Phoe de me donner l'âge de quatre-vingt-dix ans est sur le point d'être testée. Après un moment, l'écran devient vert – la couleur universelle pour la confirmation – et un panneau géant glisse hors du mur. Après un examen plus approfondi, je me rends compte qu'il s'agit d'un lit.

Allongez-vous, sujet Theodore, est-il écrit à l'écran. *Une fois que vous serez en position horizontale, initiez le sommeil.*

Je m'attendais à ce que le monde devienne blanc, comme lors de mes voyages en réalité virtuelle et le jeu IRES. Je ne m'attendais pas à faire la sieste. Je n'y peux rien, cependant. Je traîne le pauvre Ronny sous le lit, je monte dessus et je l'électrocute une dernière fois.

Puis je me couche et je serre les muscles des paupières pour initier le sommeil assisté.

CHAPITRE DIX-HUIT

Je me tiens dans un tunnel fait d'un matériau brillant et translucide. On dirait que l'eau reste debout, créant les murs de cet endroit. Le matériau ondule même comme l'eau. Il n'y a pas de ciel. Les parois ne font que monter, apparemment à l'infini, se mêlant à l'horizon du ciel non existant. Il y a également des portes, des portes qui semblent faites de glace. La rangée de portes s'étire à perte de vue dans les deux directions.

— Theo ? dit la pensée de Phoe dans mon esprit.

— Oui, réponds-je mentalement. On dirait que ta ruse avec Pi a fonctionné.

— Oublie ça, pense-t-elle urgemment. Nous devons interrompre ce test.

Cette fois-ci, je subvocalise :

— Pourquoi ?

Sa réponse mentale est inhabituellement sèche.

— Ne subvocalise pas. Aie l'air de choisir une porte.

Je fais ce qu'elle dit. Tournant à droite, je longe le tunnel en regardant les portes identiques.

Je lui envoie mes pensées en essayant de contrôler mon anxiété.

— Que se passe-t-il ? Pourquoi es-tu si effrayée ?

— C'est trop risqué. Je pensais que le test allait impliquer de la réalité virtuelle, pas ceci.

— Que veux-tu dire ? Comment ceci peut-il ne pas être de la RV ? Tu es en train de dire que c'est le monde réel ?

Je regarde les murs d'eau et l'absence de ciel.

— Cet environnement est manifestement faux, dis-je.

— D'accord, je ne veux pas couper les cheveux en quatre au sujet de la terminologie. Tu pourrais appeler cela une sorte de réalité virtuelle, mais ce qui la rend différente, c'est toi. Spécifiquement, la façon dont ton esprit est arrivé ici.

Les pensées de Phoe sont empreintes d'inquiétude.

— Vois-tu, la réalité virtuelle signifie normalement que tes neurones reçoivent de fausses informations entrantes et sortantes par les nanos, un peu comme de la réalité augmentée, mais à l'extrême. C'est ton cerveau de viande qui vit l'expérience. Cet endroit ne fonctionne pas de cette façon.

Son angoisse semble s'intensifier.

— Tes nanos présentent une caractéristique que j'ai remarquée il y a un moment. Ils semblent enregistrer une sorte de cliché de ce qu'il se passe dans ton connectome, qui est une combinaison de tout ce qui dans ton cerveau fait ton identité, depuis tes neurones jusqu'au plus petit neurotransmetteur. Je ne m'étais jamais rendu compte à quel point ce cliché est détaillé, ni qu'il est utilisé dans un but pratique sur Oasis. J'ai supposé que c'était une technologie en sommeil héritée de la Singularité. Le fait que les Aïeuls utilisent cette technologie est hypocrite, mais rétrospectivement, étant donné l'oubli et tout cela, je ne sais pas pourquoi je suis surprise.

— Attends.

Je l'arrête avant qu'elle parte dans une digression sur 'les Aïeuls détestent la technologie et ce sont des hypocrites'.

— Je ne suis pas sûr de te suivre, Phoe. Qu'es-tu en train de me dire ?

— As-tu déjà entendu parler du stockage de l'esprit ? Vous ont-ils fait peur avec un tel concept à l'institut ?

J'essaie de me souvenir d'une telle expression.

— Non.

— D'accord, imagine que quelqu'un prend une personne, la scanne avec la nanotechnologie et crée une imitation parfaite de cette personne à l'intérieur d'un environnement simulé. Cette copie serait indiscernable de l'original, en tout cas pour la conversation et l'expression de ses émotions.

— Un peu comme la façon dont tu fonctionnes ? Ton corps qui me parle, je veux dire ?

Je sens un bloc de glace se former au creux de mon ventre.

— Comme ce que tu as dit dans la grotte ?

— Plus ou moins. Mon autre moi a conçu mon corps. Ce n'est pas la copie de celui de quelqu'un d'autre. Mais le principe est le même : faire fonctionner des neurones imités. L'aspect mécanique du fonctionnement d'un esprit téléchargé est également proche de ce que fait cette version de mon corps...

— Et tu es en train de dire que je suis...

—... une copie, dit-elle dans mon esprit. Ton véritable cerveau dort sur ce lit.

J'examine mes vêtements. Je porte une tenue ancienne : un jean sombre et un T-shirt bleu, mais cela arrive dans la réalité virtuelle normale. Mon processus de pensée est le même. Mes émotions – en particulier la peur qui me domine – semblent réalistes. Plus je pense à l'idée d'être cet écho digital désincarné de moi-même, moins cela fait sens. Je me sens normal. Je suis ici, je respire et j'ai une conversation mentale avec Phoe.

D'accord, je me sens normal selon mes critères un peu spéciaux.

— Je ne veux pas commencer à philosopher, répond Phoe, mais tu ne sentirais pas la différence, car l'émulation créée par le test est parfaite. Tu es toi dans tous les sens du mot, sauf à l'échelle microscopique, car je ne pense pas que cet endroit imite les molécules qui te constituent. D'un autre côté, certaines molécules de ton 'véritable' corps changent d'un jour à l'autre et sont remplacées par des nouvelles. Alors ouais, ce n'est pas parce que tu es une copie que tu es moins réel. C'est une partie du problème.

— D'accord, alors je suis une copie. Ce n'est pas ce à quoi tu t'attendais, j'ai compris, mais quelle est la différence ? Quel est le danger qui t'inquiète tant ?

— Je ne sais même pas par quoi commencer.

Les pensées de Phoe se succèdent plus vite dans mon esprit.

— Tout d'abord, l'état de ton cerveau est plus facile à manipuler ici. Le test peut te faire oublier des choses ou brouiller des souvenirs, ce qui n'est pas le cas de la réalité virtuelle. Je ne sais pas dans quelle mesure je peux te protéger contre cela. Ce qui m'inquiète le plus, c'est que tout ce qu'il t'arrive ici sera réinscrit dans ton cerveau du monde réel par l'interface du test, tout à la fin, avant que tu te réveilles dans le monde réel. Par exemple, si tu as si peur que tu développes un bégaiement permanent, ton cerveau réel sera lui aussi endommagé et tu bégaieras, potentiellement pendant longtemps, si ce n'est pour le reste de ta vie.

— N'est-ce pas ainsi que fonctionne le jeu IRES ? Je suis à peu près certain d'avoir développé une peur des insectes après ce combat avec le scorpion mécanique géant.

— Non. La peur des insectes est une réponse humaine naturelle et quand tu les as vus, tu as simplement appris quelque chose à ton sujet. Ton identité n'a pas été changée. Si tu te cognais et que tu te réveillais amnésique dans l'IRES, tu redeviendrais normal après la fin du jeu. Ce test est différent. Si tu es amnésique et que tu reviens dans ton corps avant que ta mémoire te soit restaurée, la perte sera permanente. Mais ce n'est même pas la différence la plus effrayante entre le test et l'IRES. Si tu meurs ici, cette version de toi sera vraiment morte. Le test ne fait pas de sauvegarde de toi. Si tu meurs, tu te réveilleras dans ton corps, et ce sera comme si cette conversation n'avait jamais eu lieu. La mort signifie qu'aucune information ne sera réécrite dans ton cerveau endormi. Même si tu vivais dans cet endroit pendant trente ans, plus longtemps que ce que tu as vécu à l'extérieur, ces années disparaîtraient. La personne que tu es devenu disparaîtrait.

— Mais je me réveillerais quand même là-bas.

Malgré mes paroles, mon angoisse est croissante.

— Ne serait-ce pas comme une forme d'amnésie ?

— Selon moi, une amnésie irréversible est une forme de mort. Imagine qu'il t'arrive quelque chose dans deux secondes et que tu deviennes une personne différente. Imaginons que tu décides de dédier ta vie à une noble cause, que tu tombes amoureux, ou même que tu deviens malveillant. Tout cela serait effacé si tu...

— Mais il y a toujours ce 'moi' endormi, dis-je avec entêtement. Comment peux-tu dire que je serais mort ?

— Je suppose que nous n'avons pas la même façon d'envisager l'existence. Pour moi, au cœur de notre être nous sommes des schémas de données. Tu es maintenant un nouveau schéma : un schéma qui a vu ces murs d'eau et divergé de la version de toi qui dort. Jusqu'à ce que tes souvenirs soient réinscrits dans ton corps, tu es un nouveau Theo. Si tu meurs, ce sera définitif et je ne sais pas si je considérerais le Theo endormi comme la même personne que toi. Il est toujours quelqu'un qui compte pour moi, tout comme toi, mais vous êtes deux personnes différentes, jusqu'à ce qu'il se souvienne qu'il est toi.

Elle marque une pause.

— Malgré tout, si ta vision de la chose te fait moins peur, j'en suis ravie. Si j'étais toi, je serais pétrifiée. Je souhaiterais quitter cet endroit aussi vite que possible et j'insiste maintenant pour que nous le fassions.

Je m'arrête à côté d'une autre porte à l'apparence glacée.

— D'accord. Comment puis-je m'échapper ?

— Je pense que si tu marches sans ouvrir de portes ou que tu restes assis là en ayant l'air bête, le test finira par te recracher avec un score de zéro. Je pense que c'est ton meilleur recours.

— Mais si je pars, cela ne signifie-t-il pas que tu n'auras pas les ressources dont nous avons besoin ?

J'essuie mes mains trop moites si on considère qu'elles sont virtuelles.

— Et cela n'implique-t-il pas qu'il y a une bonne chance pour que je sois tué dans le monde réel une fois que Jeremiah obtiendra du Conseil qu'ils votent au sujet de mon scan neural ?

— Je ne les laisserai pas faire.

La pensée de Phoe est comme une gifle dans mon cerveau.

— Je sais que tu essaieras de me protéger, mais comment le peux-tu sans trifouiller le cerveau de Jeremiah ? Et si l'Émissaire t'arrête ou découvre ton existence ? Nous ne savons toujours pas ce qu'il est et s'il peut te tuer.

— Je ne pense pas pouvoir être tuée – pas sans détruire le vaisseau. Le pire que puisse me faire l'Émissaire, c'est de me lobotomiser encore une fois en me retirant les ressources que nous avons rassemblées.

— Cela te ferait également oublier beaucoup de choses, n'est-ce pas ? Comme notre amitié ?

Elle ne répond pas, alors j'insiste.

— Cette version de toi ne mourrait-elle pas ? Le danger que je risque en ce moment n'est-il pas moindre ?

— Ma survie est plus nuancée que la tienne, et je suis prête à prendre certains risques pour toi. Pour ce que cela vaut, j'ai pris des précautions en stockant mes souvenirs importants dans différents endroits, y compris la DMZ...

Je fais un pas déterminé vers la porte la plus proche. Il est impensable qu'elle puisse oublier que nous nous sommes embrassés ou une de nos nombreuses conversations.

— Je vois ce que tu as l'intention de faire, Theo, et je te supplie de reconsidérer la chose.

Je donne un 'ton' résolu à mes pensées.

— Donc tu sais à quel point je veux te garder en sécurité. Je vais passer cette porte, alors s'il te plaît, aide-moi juste à fermer ce test.

— Non Theo, c'est encore un autre problème.

Cette fois, Phoe semble au bord des larmes.

— Si c'était de la réalité virtuelle, je n'aurais pas de limites. Mais je n'ai pas vraiment de prise dans ce monde. Je suis restreinte par les ressources que le test t'a allouées, ce qui signifie qu'il n'en reste pas pour une quelconque forme de piratage sophistiqué. Et, comme je le craignais, il y a un algorithme anti-intrusion autour de cet endroit. S'il soupçonne ma présence ou a des doutes quant à ton honnêteté...

Je sais qu'elle essaie de me convaincre de partir, alors je pense :

— Tu devras trouver un moyen. Je vais passer cette porte.

Je fais un autre pas en avant.

— Attends, siffle Phoe. J'ai une idée.

Je m'arrête.

— C'est ce que je pensais. Le moins que tu puisses faire, c'est d'être entièrement sincère avec moi.

— Très bien. Des êtres qui étaient proches ou à égalité du niveau d'intelligence humaine ont créé cet endroit, ce qui signifie qu'il y a pas mal de bugs dans le logiciel. Je pense déjà avoir repéré une vulnérabilité. Quelqu'un a utilisé une petite partie de la mémoire pour stocker de façon permanente le score au test de chaque participant une fois qu'il est envoyé dans le monde réel. Dans les bonnes mains – mes mains –, ce choix de conception pourrait assurer la ruine du système.

— Phoe, si tu t'attends à un éclair de compréhension de ma part, cela n'aura clairement pas lieu, dis-je par la pensée, frustré. Détaille-moi tout comme si j'avais une intelligence 'proche de celle d'un humain'.

— Le concepteur a pensé que les scores ne dépasseraient jamais un certain nombre. Il savait que de nombreuses personnes passeraient le test, alors il a été radin avec l'espace mémoire. Cela signifie que si tu obtenais un score ridiculement élevé dans le test, cela déclenchera une surcharge de la mémoire tampon. C'est quand le système essaie de faire entrer une trop grande valeur dans un espace trop petit. Je pourrais l'exploiter pour faire tomber tout le système.

— Alors je vais faire ce test jusqu'à obtenir le score dont tu as besoin. Ce plan me semble assez sensé.

— Oui, sauf que cet endroit va t'éjecter une fois que tu auras échoué un nombre de fois prédéterminé, probablement une seule. Sinon, tout le monde aurait un score très élevé.

— Pouvons-nous tricher ?

Je touche distraitement un des murs d'eau. Cela ressemble à la gelée sucrée dont m'a parlé Phoe.

— Peux-tu trouver comment je peux atteindre le score maximum ?

— Je peux essayer, répond-elle. Mais comme je te l'ai dit, c'est...

— Bla, bla, bla, trop dangereux. Nous avons déjà établi cela. Je vais le faire quand même, dis-je avec une bravoure que je ne ressens pas.

— Dans ce cas, j'essaierai de t'aider à tricher, pense Phoe gravement. Évidemment.

— Bien. Maintenant, combien de temps cela va-t-il prendre ? Il y a un garde dans le monde réel qui pourrait se réveiller très bientôt de sa sieste forcée.

— Je suis déjà dans ton esprit, alors ouais, je peux te faire sortir du bâtiment. Mais il y a autre chose que tu devrais savoir : autre chose qui rend cet endroit un peu différent. Vois-tu, les esprits digitaux – comme les nôtres maintenant – ne fonctionnent pas aussi lentement que ceux qui sont restreints par la chimie et la chair. Tes processus de pensée à l'intérieur du test sont beaucoup plus rapides que dans le monde réel. En d'autres mots, tu pourras te faire tester longtemps alors que peu de temps subjectif passe dans le monde réel. C'est peut-être pour cela que quelqu'un a choisi d'utiliser cette technologie à la place de la réalité virtuelle.

Je ne peux m'empêcher d'être émerveillé.

— Le temps passe différemment pour moi ? Un peu comme pour toi ?

— Pas à la même vitesse et sans ma réflexion parallèle massive, mais c'est une bonne comparaison.

— D'accord, c'est une bonne nouvelle. J'ai plus de temps ici.

Je caresse la porte des doigts. Comme on pourrait s'y attendre pour un objet fait de glace, la sensation est extrêmement froide, presque à s'en brûler les doigts.

— Tu devrais malgré tout faire sortir la version de moi qui dort de cette pièce.

— Bien sûr, répond Phoe. Et avant que tu poses la question, je te donne ça. Tu peux voir le monde extérieur avec ça.

Une montre-écran familière apparaît à mon poignet.

— Le machin anti-intrusion ne devrait rien remarquer qui soit sur ton corps. Le test n'a pas fabriqué tes habits, mais il les a extraits de tes souvenirs. Tu aurais très facilement pu porter une montre par toi-même.

Je regarde la montre et je vois mon corps sans connaissance déguisé en garde dans le monde réel, et le garde assommé lui aussi près du lit.

— Il, je veux dire toi, enfin, appelons-le Theo le garde, se lève déjà, dit Phoe. À cause de différences temporelles, la tête du garde Theo bouge très lentement sur l'oreiller. Je ne m'inquiéterais pas trop pour le monde extérieur si j'étais toi. Je ne t'ai donné cette montre que pour te tenir informé. Je m'occuperai de ton vrai corps pendant que tu te concentreras sur le test.

— Compris.

Cependant, je ne peux m'empêcher de jeter un coup d'œil à ma montre. Rien n'a changé. Le temps passe vraiment beaucoup plus vite ici.

— Bonne chance.

La pensée de Phoe est chargée d'appréhension.

— J'aimerais pouvoir t'embrasser, ajoute-t-elle.

Sans répondre, je pousse la porte glacée.

Celle-ci s'ouvre comme autrefois.

Je passe la porte et dès que mon corps entier a franchi le seuil, tous mes sens s'éteignent.

CHAPITRE DIX-NEUF

J'ai l'esprit embrouillé. Je n'arrive pas à me souvenir comment je suis arrivé ici. Je sais encore moins ce qu'est 'ici'. Je me trouve à côté de rails de chemin de fer. Quelque chose ne me semble pas logique. J'ai l'impression que c'est la première fois que je vois des rails, mais je suis censé les traiter comme un fait habituel. D'un autre côté, si je n'ai jamais vu des rails avant, comment puis-je savoir de quoi il s'agit ?

— Il te manque plus que ces éléments de base, dit une voix. Je parie que tu ne te souviens même pas de ton nom.

Je regarde autour de moi. La voix était féminine, mais je ne vois pas de femmes dans les environs.

Je me dis que la voix est peut-être une pensée dans mon esprit, même si elle est féminine. Le pire, c'est qu'elle pourrait avoir raison. Je ne me souviens pas de mon nom ni de grand-chose d'autre, d'ailleurs. Le plus étrange, c'est que quelque chose m'empêche de paniquer.

J'entends des cris au loin. Je cours vers le bruit pour voir ce qu'il se passe.

Le sol se met à trembler.

Je continue à courir jusqu'au sommet d'une petite colline. Les rails se séparent en deux voies, un jeu de lignes métalliques parallèles se divisant en deux. Il y a un grand aiguillage : un engin mécanique conçu pour diriger le train à gauche ou à droite. Tout est préparé pour laisser passer le train sur la gauche. Si quelqu'un voulait changer la direction du train vers la droite, il lui faudrait tirer sur la poignée mécanique rouge de l'aiguillage.

— Pour quelqu'un qui n'a jamais vu une voie de chemin de fer, tu en sais beaucoup, intervient la mystérieuse voix féminine sous forme de pensée. C'est étrange, n'est-ce pas ?

Je remets temporairement en question ma santé mentale, mais je suis alors distrait quand je vois l'origine des cris.

Cinq personnes sont ligotées sur la voie de gauche. Elles hurlent de toutes leurs forces. Leurs yeux terrifiés regardent derrière moi.

Le sol tremble de plus en plus fort et un grand bruit de *tatam-tatam* se fait entendre derrière moi.

Avant que je puisse regarder derrière moi, je vois une autre personne attachée sur les rails : sur la voie de droite. Il ne crie pas, mais il semble désemparé.

Le bruit domine tout et je regarde enfin derrière moi.

J'aurais dû le deviner.

C'est un train qui fonce de plus en plus vite sur la voie.

Je comprends un peu tard pourquoi les cinq personnes crient. Elles sont sur le point d'être tuées. Je les regarde, puis je regarde le train. Ensuite, je regarde l'aiguillage à côté de moi.

Je n'ai qu'un instant pour agir.

Ma décision n'est pas rationnelle. Elle est instinctive.

Je tire sur le levier pour sauver les cinq personnes en sachant que je viens de causer la perte de l'homme sur la droite.

Le train passe à côté de moi et s'engage sur la voie de droite. Avant que je puisse être témoin du résultat abominable, mon esprit s'éteint.

* * *

Je suis de retour dans le couloir du test, entouré par les murs d'eau.

Je m'appelle Theo. Évidemment. Comment le test a-t-il pu me faire oublier quelque chose d'aussi élémentaire ?

— Je te l'ai expliqué, le test te perturbe l'esprit, dit Phoe dans ma tête.

Je me frotte les tempes.

— Putain. Ce test est taré.

— Ouais.

S'il est possible de penser d'un ton désapprobateur, c'est ce que Phoe vient de faire.

— Mais pourquoi ?

Je prends le risque de le dire à haute voix. Je me dis qu'une personne normale pourrait le dire après avoir vécu un tel événement.

— Pour voir ton raisonnement moral, pense Phoe, toujours avec dégoût. Du moins, je suppose que c'est le but. Le scénario que tu as vu est ancien. Il s'appelle le dilemme du tramway.

— Comment m'en suis-je sorti ?

— Je pense que tu as fait plaisir aux créateurs du test, répond-elle. Regarde la porte.

La porte n'est plus faite de glace transparente. C'est maintenant un morceau de pierre verte, de la malachite ou du quartz.

— Vert parce que tu as passé ce test, explique Phoe. Bien joué, ajoute-t-elle d'un ton dégoulinant de sarcasme.

— Pourquoi ai-je l'impression que tu désapprouves ?

— Ce n'est pas toi. Je vois simplement ce qui va venir et ce qu'ils veulent que tu fasses pour obtenir un bon score. Ne t'inquiète pas pour mes sentiments. Passe le test suivant. J'essaierai de me débrouiller pour que ton identité ne t'échappe pas comme dans le premier, ou au moins, je ferai en sorte que tu puisses te souvenir de qui je suis quand je te parlerai.

— Bonne idée, dis-je mentalement et je marche vers la porte d'à côté. Souhaite-moi bonne chance.

Elle ne dit rien, alors je passe le seuil et mes pensées s'arrêtent encore une fois, comme si on avait appuyé sur un interrupteur.

* * *

Je me tiens au centre d'un plateau. Des montagnes gigantesques m'entourent, leurs couleurs orange et rouges contrastant avec le lapis-lazuli du ciel de midi. Un filet argenté de rails métalliques traverse les rochers au-dessous. Quelqu'un a découpé la montagne ancienne dans le but de faire de la place pour le transport humain.

Mon pouls s'accélère subitement. Malgré ma mémoire embrouillée, je sais que je suis absolument terrifié par le vide.

Un homme se trouve là. Rectification : peut-être un géant. Il est si grand et ses épaules sont si larges que je me demande s'il n'est pas une statue sculptée dans le rocher. Mais non, il se déplace d'un pied nu sur l'autre, prouvant sa réalité.

Une chose qu'il voit lui déplaît manifestement, car ses bras taillés comme des troncs sont tendus et il serre les poings.

Des cris résonnent au-dessous.

Ce sont des cris familiers, bien que je ne sache pas avec certitude où je les ai entendus avant.

Je cours vers le bord de la falaise, le plus loin possible du grand type. Mon cœur bondit dans ma poitrine quand je baisse les yeux pour voir d'où vient le bruit.

Juste en dessous, une voie de chemin de fer parcourt un passage étroit.

Cinq personnes sont attachées aux rails et elles crient, ce qui est compréhensible.

Puis j'entends le klaxon et je sens les vibrations du train qui arrive.

J'analyse immédiatement la situation.

Le grand type se tient sur une falaise entre les gens qui crient et le train. Il ne reste que quelques instants avant que le train les atteigne.

Je ne sais pas comment, mais je suis absolument certain que ce type est si grand que s'il tombait sur les rails, le train s'arrêterait et les cinq personnes seraient sauvées. Quelqu'un de ma taille se ferait écraser, cependant, et le train continuerait et tuerait les cinq personnes.

Je sais également que je n'ai pas assez de temps pour demander au grand homme de se sacrifier, et je suis sûr qu'il n'en a pas eu l'idée.

Mes choix sont très clairs.

Je pourrais courir vers lui et avant qu'il se rende compte de ma présence, le pousser de la falaise et sauver les personnes au-dessous. Ou alors, je peux ne rien faire.

Je reste figé, révolté que l'idée de pousser cet homme me soit venue à l'esprit. Ce serait mal de le pousser. Il se tient là, regardant l'incident terrible se dérouler. Si je le pousse, mon acte transférera l'horreur vers lui.

— Pousse-le, pense Phoe avec force. Vite.

Je sais que Phoe est une voix à laquelle je dois obéir. Je cours vers le grand homme. Mon passé fait brusquement irruption dans mon esprit. Je me souviens de qui est Phoe, qui je suis, et surtout, ce que je fais ici.

L'homme se tient toujours là tandis que je me rapproche.

Je le bouscule. Il tombe de la falaise comme s'il était vraiment en pierre. Le train crisse au-dessous, mais avant de voir les conséquences de mes actes, ma conscience s'évapore à nouveau.

* * *

Je suis de retour dans le couloir sans fin, entouré par des portes de glace, sauf deux portes à présent faites de pierre verte.

— Tu vois maintenant ? pense Phoe avec agitation.

J'inspire profondément, les images terribles toujours fraîches dans mon esprit.

— Pourquoi m'as-tu dit de pousser ce type ? Je sais que ce n'est pas réel, mais ce n'était pas la bonne chose à faire. Ce n'était pas...

— Ne comprends-tu pas ? En ce qui concerne les concepteurs de ce test, il s'agissait exactement du même choix que pour le premier. Il y avait cinq personnes contre une dans les deux cas. Tu aurais pu ne rien faire. Tu as fini par tuer une personne pour en sauver beaucoup, ce qui est clairement ce que tu devras continuer à faire pour obtenir le meilleur score. Je vais essayer de ne pas gerber pendant ce temps.

Elle a raison pour les nombres, mais quelque chose est différent dans le deuxième scénario. Précipiter quelqu'un vers la mort ne me semble pas bien, alors que ce n'est pas le cas quand il s'agit de changer un aiguillage pour sauver un plus grand nombre de personnes.

Phoe ricane mentalement.

— C'est pour cela que je ne m'appuierai jamais sur le jugement moral humain si ma survie est en jeu. Fais le suivant. J'ai l'impression que les dilemmes moraux vont empirer à partir de là.

Je marche vers la porte à droite de celle que je viens de passer. Avant d'entrer dans la pièce, je jette un coup d'œil à l'écran minuscule de ma montre. Pendant les tests, je n'avais même pas conscience de l'avoir au poignet.

Le garde Theo a tout juste levé sa tête casquée de l'oreiller.

— Waouh, Phoe. Tu ne plaisantais pas. Le temps est vraiment différent entre les deux endroits.

— Ouais, eh bien, pour surcharger la mémoire tampon, nous serons ici pendant un moment, alors tu seras sorti depuis longtemps de ce bâtiment noir quand nous en aurons fini avec le test.

Secouant la tête avec confusion, je passe par la porte glaciale et le monde disparaît encore.

* * *

Cette fois, le scénario est si étrange que je ne peux m'empêcher de me souvenir un peu mieux de mon identité – grâce à Phoe, évidemment. Je suis Theo le Jeune, et non pas Theo le chirurgien, ce que le test voudrait que je croie.

Je me trouve dans une pièce avec cinq de 'mes' patients. Je me 'souviens' qu'il manque un organe vital à chaque patient. Il ne leur reste qu'un jour à vivre. Ils se trouvent dans la même pièce parce qu'ils ont le même type sanguin, ce qui signifie que si un organe d'une personne compatible arrive pour un de ces patients, il pourra être apporté ici tout de suite.

— Ceci n'est pas exact, que ce soit scientifiquement, médicalement ou même historiquement, pense Phoe.

J'ignore sa remarque, car je suis curieux de voir la direction que va prendre le test.

Je sors de la pièce, car je me rappelle devoir faire ma ronde. Je longe le couloir, décidé à aller voir un patient qui se remet d'une opération mineure. Je regarde son dossier médical. Il est venu faire retirer ses amygdales, mais il est à présent prêt à sortir, attendant mon autorisation. Puis quelque chose attire mon regard. Il a le même type sanguin que les cinq patients malheureux. S'il devait donner ses organes, ces cinq personnes survivraient. Bien sûr, il ne le ferait pas de lui-même. Sans ces cinq organes vitaux, il mourrait.

La question pour moi, en tant que chirurgien qui peut sauver ces vies, c'est...

— Non, envoyé-je à Phoe par la pensée. Les créateurs du test ne peuvent pas vouloir cela.

— En matière de nombres, c'est toujours le problème du tramway : cinq contre un, pense Phoe. Nous savons ce que tu dois faire pour avoir un bon score.

Tout en moi se révolte contre cette idée.

— Je ne tuerai pas cette personne innocente pour pouvoir lui voler ses organes. Je refuse. Ce n'est pas juste moralement contestable, c'est dégoûtant et ignoble.

— Ce n'est pas réel, tu te rappelles ? Ce n'est qu'un test.

Je pointe le donneur du doigt.

— Sauf en ce qui concerne le fait de le découper. Même si je sais que ce n'est pas réel, je ne pense pas pouvoir le faire.

— Je peux m'arranger afin que tu n'aies pas conscience de le faire, dit Phoe mentalement. Mais c'est risqué.

— Pourquoi ne pas sauter ce scénario spécifique pour que j'en passe un autre ?

Je repose le dossier médical du patient au pied de son lit.

— Cela pourrait bien devenir encore plus difficile. N'oublie pas que le test a été conçu par des gens qui pensaient que c'était moralement acceptable d'oublier Mason. Pour obtenir le score maximum, soit tu dois combattre ton dégoût, soit nous devons risquer ma solution.

J'imagine faire ce que nécessite le test et je ressens immédiatement de la nausée à cette idée. C'est futile. Si je ne peux même pas imaginer attraper un scalpel, comment pourrais-je l'enfoncer dans le corps de quelqu'un ?

— Alors, laisse-moi prendre le relais, tant pis pour les risques, pense Phoe. L'idée est simple. Je réprime tes pensées conscientes et je fais bouger ton corps, un peu comme ce qu'il se passe dans le monde extérieur.

— Et je ne le verrai pas ? Je n'aurai pas conscience de ce que fait mon corps ?

— Non. Ce sera un trou dans ta mémoire, si c'est la solution que tu choisis.

J'hésite un instant, puis je hoche la tête.

— Très bien, essayons-le avec ce scénario.

— D'accord, répond Phoe.

Mon esprit ne se vide pas, du moins, pas comme lorsque j'entre et que je sors des scénarios de ce test. C'est plutôt comme un trou dans mes souvenirs, comme lorsque je me réveille. La tâche sinistre que Phoe a dû accomplir est comme un cauchemar oublié. Je sais que cela a eu lieu, car c'est la meilleure façon d'expliquer ma situation : je me tiens dans une pièce avec cinq patients qui reprennent connaissance, leurs signes vitaux normaux.

Avant que j'aie le temps de réaliser le fait horrible qu'un homme innocent est mort, le test enregistre mon score et mon cerveau court-circuite encore une fois.

CHAPITRE VINGT

Je suis de retour dans le couloir, à côté de trois misérables portes vertes. Je frissonne à l'idée de ce que pourrait offrir le scénario du test suivant.

Je regarde la multitude de portes restantes des deux côtés.

— Combien de temps vais-je encore devoir continuer ? À quel point mon score doit-il être élevé ?

— Si élevé qu'il vaut mieux que tu n'y penses pas, répond Phoe. Concentrons-nous sur le positif : puisque les concepteurs ne s'attendaient pas à ce que quelqu'un obtienne un score très élevé, je pense qu'ils n'ont pas non plus prévu suffisamment de scénarios uniques. Cela signifie qu'à un moment donné, les tests vont se répéter.

— Comment se fait-il que quelqu'un d'autre ne puisse pas obtenir un score énorme ? Même si ce dernier scénario était dégoûtant, la règle de 'toujours sauver le plus de gens' n'est pas difficile à comprendre et à suivre sans réfléchir. Je suis sûr que certains ont dû le faire.

— Je ne pense pas qu'il n'y aura que des dilemmes moraux ici. Continuons et nous verrons bien.

* * *

Les deux scénarios suivants sont également des dilemmes moraux. Ils figurent un canot de sauvetage et ils ne sont pas aussi dégoûtants que le dernier. Une fois que Phoe m'a dit quoi faire, je décide que je peux les faire seul. Elle prétend que ces scénarios sont également basés sur des classiques anciens, et je la crois sur parole.

Je reconnais le sixième scénario. Il s'appelle le dilemme du prisonnier, et je choisis la coopération avant même que Phoe suggère que c'est le moyen de marquer le point.

Lorsque j'entre dans la septième pièce, les choses sont un peu différentes.

Pour commencer, je me souviens presque de tout ce qui me concerne, mais pas comment je suis arrivé ici, dans la classe de l'instructeur George.

Il n'y a personne d'autre que nous deux.

À l'avant de la pièce se trouvent trois portes étranges.

— Trouve la porte qui mène hors d'ici, et tu pourras sauter les trois cours suivants, Theodore, dit l'instructeur. Allez, vas-y. Au hasard, laquelle de ces portes ouvrirais-tu ? Tu peux choisir maintenant, mais ne l'ouvre pas encore. Je vais te donner la possibilité de modifier ton choix.

J'indique la porte de droite.

— Alors voilà, dit l'instructeur George. Je vais jeter cette pièce.

Il me montre l'artefact ancien comme s'il était normal qu'il en possède une.

— Si la pièce atterrit sur face, j'ouvrirai la porte du milieu et je te montrerai si elle est gagnante. Si c'est le cas, tu n'as pas de chance.

Il jette la pièce en l'air.

— C'est pile, annonce-t-il en ouvrant la porte la plus à gauche.

En indiquant le mur rouge derrière la porte, il dit :

— Cette porte était un choix perdant, alors voici ton choix : souhaites-tu changer ta réponse et passer de la porte de droite à celle du milieu ? Je te permets de changer, si c'est ce que tu choisis.

Je regarde les deux portes. Personne ne se fait tuer cette fois, ce qui est bien, mais je ne comprends pas tout à fait le but de ce qu'il se passe. J'ai une chance sur deux et cela ne change rien si je maintiens mon choix de la porte de droite, puisque je m'y sens attaché.

— Non, Theo, dit mentalement Phoe avec déception. Choisis de changer.

— Je veux changer, dis-je à l'instructeur George.

Dès que je prononce ces mots, je retourne dans le couloir du test.

La porte par laquelle je viens de passer est verte, mais je ne comprends pas pourquoi.

— C'est parce que la chose logique à faire, c'était de changer et de choisir la porte ayant le plus de chances d'être gagnante, explique Phoe.

— De quoi parles-tu ? J'avais une chance sur deux, de toute façon.

— Non, c'était une chance sur trois pour ton premier choix, mais deux chances sur trois dans le cas de cette porte du milieu.

Je fronce les sourcils.

— Mais non.

— Fais-moi confiance, pense Phoe, amusée. Cela s'appelle le problème de Monty Hall, et tu pourras te renseigner là-dessus dans ton temps libre, à supposer que cela t'arrive. Ne t'en veux pas de ne pas comprendre. Ce paradoxe est fait pour être contre-intuitif et je pense que ce sont des problèmes de ce genre qui répondent à ta question sur les scores élevés. Beaucoup de gens se seraient trompés et le test serait terminé.

— D'accord. Je n'ai pas envie d'argumenter. Cela commence à me fatiguer et je veux que ça s'arrête.

— Désolé de te le dire, mais cela va encore durer très, très longtemps.

Phoe marque une pause, puis elle pense pour moi :

— Ce n'est pas trop tard pour abandonner.

— Non, nous continuons comme prévu.

J'avance vers la porte suivante avec détermination.

Le scénario est encore un dilemme moral. C'est une version de la première situation avec le train. La seule différence est que je me souviens avoir vécu dans la même maison que la personne que je dois sacrifier. Il s'appelle John. Je n'ai donc pas envie de changer l'aiguillage, pourtant je le fais. Dans la situation suivante, c'est encore le scénario du train, mais au lieu de John – un inconnu que je connaissais théoriquement – je dois sacrifier Liam. J'ai trop de difficultés à changer l'aiguillage, alors je demande à Phoe de prendre le contrôle de mon corps.

Les scénarios suivants, d'après Phoe, viennent d'un test de Q.I. ancien. Dans chaque cas, je lui dis mentalement ce que je veux faire et elle me dit si j'ai tort afin que je n'échoue pas.

Après ce qui me paraît des heures, je regarde la rangée d'au moins une centaine de portes vertes.

— Ne vais-je pas finir par avoir faim ou soif ?

— Cet endroit a été conçu de façon à ce que tu ne subisses pas le test assez longtemps pour ressentir ces besoins, répond Phoe. Dans ton cas particulier, comme j'ai accès aux ressources allouées par le test pour créer ta copie, je peux ajuster certaines choses afin que tu ne ressentes ni la faim ni la soif. C'est un peu comme le moyen par lequel j'ai pu te donner cette montre.

Je regarde ma main. En ce moment dans le monde réel, Theo a enfin enlevé sa tête de l'oreiller et ses pieds se trouvent sur le sol. En d'autres mots, quelques secondes ont passé dans le monde réel, même si cela fait une éternité que je passe ce test.

— C'est pour cela que je te conseille de ne plus regarder ta montre, dit Phoe. De manière générale, évite toute référence au passage du temps. Tu vas être coincé dans ce test pendant si longtemps qu'il vaut mieux que tu ne fasses pas attention à ce qu'il se passe à l'extérieur. Je peux te rendre plus alerte, mais même moi je ne peux pas t'aider si tu en as assez.

— Plus de coups d'œil à ma montre : check.

Je marche d'un pas confiant vers la porte glacée suivante.

Cette fois, les éléments testant la logique se mêlent aux scénarios de dilemmes moraux. On me montre des portes, et les ouvrir sauve ou tue des gens. Ensuite, d'autres tests sont mélangés.

Je passe test après test pendant ce qui me semble être une semaine. Peut-être est-ce une semaine. Je ne le sais pas, car je refuse de regarder ma montre, comme Phoe l'a suggéré.

À l'itération suivante, je suis confronté au problème du tramway originel : cinq personnes d'un côté, une seule personne de l'autre, et un aiguillage.

— On dirait que le test a fait un tour complet, comme tu l'as prédit.

— Oui, acquiesce Phoe. Mais...

— Est-ce que cela signifie que nous avons bientôt terminé ?

— Je savais que cela allait être ta question suivante. Non, nous sommes très loin d'avoir un score assez élevé pour surcharger la mémoire tampon. Je suis désolée. Le pire, c'est que je ne pense pas pouvoir te convaincre d'abandonner.

— Comment peux-tu en être aussi sûre ? m'enquis-je en sachant très bien qu'elle a raison.

— Je pourrais dire que ce sont tes réponses pendant le scénario des coûts irrécupérables, mais vraiment, c'est parce que je peux lire dans ton esprit entêté.

Au lieu de répondre, je marche vers la porte suivante. Le scénario est celui où je dois pousser un type de la falaise.

Après avoir fait toute la série de tests quelques fois de plus, je me rends compte qu'un mois, peut-être même plusieurs se sont écoulés depuis la dernière fois que j'ai regardé la montre-écran.

Je m'accorde l'acte coupable et je regarde. Le garde Theo marche dehors et il est suivi par des gardes.

— Que s'est-il passé ? Essaient-ils à nouveau de nous attraper ?

— J'ai dû effectuer une tâche supplémentaire, explique Phoe. Ils m'ont rattrapée ensuite. Je suis sur le point de te faire sauter sur un disque. Avec ta peur du vide, il vaut mieux que tu ne regardes pas ta montre pendant un moment.

— Je pourrais être heureux pour le restant de ma vie si je n'avais plus jamais à voler, lui dis-je mentalement. Je vais me concentrer sur les tests, mais je suis loin au-delà de l'ennui.

— Nous n'avons même pas fait un pour cent...

— Je n'abandonnerai pas, dis-je avant qu'elle le suggère. Alors, continuons.

Je fais une série d'au moins une centaine de cycles. La plupart du temps, Phoe doit intervenir dans les scénarios les plus macabres comme avant, mais quand il s'agit des tests de logique, je les fais seul, car j'ai appris toutes les réponses.

Une fois que j'ai encore repoussé le type de la falaise et que je retourne dans le couloir, j'envoie une pensée à Phoe.

— Je ne veux plus revoir cette salle d'hôpital. Peux-tu prendre le relais dans mon esprit à partir d'ici ?

— Je le peux, mais ce serait moins risqué de...

— Je pense que cela en vaut la peine, dis-je avec lassitude. Tu as déjà pris le relais très souvent et il ne s'est rien passé. C'est juste que je suis tellement...

Phoe doit prendre le contrôle, car mon esprit se vide et je me trouve à côté d'une porte verte.

Je souris.

— Waouh, c'était tellement plus facile. Peux-tu s'il te plaît, s'il te plaît, s'il te plaît en faire d'autres ? Si je vis encore...

— Très bien, pense Phoe avant que j'aie le temps de finir, et je perds encore une fois connaissance.

Quand je reviens à moi, je me tiens à côté d'une autre porte verte.

Je regarde sur ma gauche et je dois me frotter les yeux d'étonnement. La rangée de portes vertes atteint l'horizon, tout comme les portes glacées sur ma droite.

— Combien de tests as-tu passés sans moi ? m'enquis-je avec reconnaissance.

— Beaucoup trop, répond-elle d'un ton maussade.

Je m'attends à ce qu'elle me demande si je veux abandonner, mais elle ne le fait pas.

— Tu peux recommencer ? S'il te plaît, je te serais éternellement...

Mon esprit s'obscurcit à nouveau.

Cette fois je reviens à moi sur la falaise. Le type géant se trouve là, alors je suppose que je suis sur le point d'entendre le train et les cris.

— Je me suis dit que tu voudrais avoir l'honneur, dit Phoe d'un ton ravi. C'est le dernier scénario. Une fois que tu l'auras poussé, le score atteindra enfin le nombre nécessaire. De là, je m'occuperai du reste.

Je ressens une énorme vague de gratitude pour Phoe qui m'a épargné le besoin de passer ces tests pendant les mois ou les années qu'il me restait. Je ne voulais pas admettre à quel point j'avais souhaité que cette épreuve se termine.

Sur un coup de tête, je lève l'écran de la montre vers mon visage en me demandant vers quoi je suis sur le point de retourner, et mes entrailles se liquéfient.

Mon corps dans le monde réel tombe. Le garde Theo est figé au milieu d'une chute dans la forêt tandis qu'il tient le disque contre son torse.

La pensée de Phoe me parvient, elle est sur la défensive.

— Tout est sous contrôle. Je t'ai averti de ne pas regarder ce fichu écran.

— Tu veux dire que je vais faire une chute mortelle après tout ça ? ne puis-je m'empêcher de subvocaliser. C'est ce que tu veux dire par 'sous contrôle' ?

— Il y avait des gardes qui poursuivaient ton corps, alors cette manœuvre n'a pas pu être évitée. Dès que le test sera terminé, j'utiliserai tes muscles pour résoudre la situation, ou si tu préfères, je peux faire ce que j'ai fait ici : contrôler ton corps sans même que tu en sois conscient. De cette façon, tu ne reprendras connaissance qu'une fois que j'aurais pris soin de ne pas te faire écraser au sol. Je peux même te faire reprendre connaissance une fois qu'il n'y aura plus besoin de voler.

Je grommelle mentalement.

— Ou bien je pourrais ne plus jamais revenir à moi, si tu me fais mourir.

Au prix d'un effort, j'arrache mon regard à l'image effrayante de l'écran et à ce moment-là, quelque chose attire mon attention.

C'est le dos très familier du type qui est sur le point d'être poussé de la falaise. Contrairement aux milliers de fois précédentes que nous avons parcouru ce scénario, il agit différemment. Le géant se tourne vers moi.

Stupéfait, je le regarde de face. On dirait qu'il est fait d'argile fondue – à supposer que quelqu'un s'est servi de ce matériau pour créer un monstre de cauchemar.

Tandis que j'écarquille les yeux sans comprendre, la créature pointe un doigt géant vers moi et ouvre sa mâchoire gigantesque.

Je m'attends presque à ce qu'il lance des projectiles par le trou béant de sa bouche, mais à la place, j'entends une voix tonitruante dire : 'Intrus'.

Sa gorge n'était manifestement pas créée pour parler, ce qui explique le message laconique.

— Putain, dit Phoe à haute voix. C'est l'algorithme anti-intrusion.

CHAPITRE VINGT ET UN

C'est de ma faute, je n'aurais pas dû subvocaliser tout à l'heure. Et j'aurais dû rester conscient pour les tests au lieu de...

— Tais-toi et concentre-toi sur cette menace, dit Phoe d'un ton sec.

Le géant s'avance vers moi. Ses mouvements font trembler le sol sous mes pieds.

Je fais deux pas hésitants en arrière, puis encore d'autres. Lorsque mon dos se trouve aux portes de la falaise, j'entends le train au-dessous.

— Merde, dis-je à Phoe par la pensée. Quand ce train touchera les cinq personnes, j'échouerai le scénario et tout ce travail sera pour rien.

— Commençons par ça, alors. Fais demi-tour et saute.

Avant d'avoir le temps d'exprimer mon incrédulité, je me tourne et je saute. Pendant une seconde, en apesanteur, je ne sais pas si j'ai sauté parce que Phoe a pris le contrôle de ma volonté ou si c'est parce que je lui fais à présent confiance au point de la folie. Avant que je tombe, un disque se matérialise sous mes pieds. Mes chaussures se transforment en bottes blanches de garde et je me connecte au disque. On dirait que Phoe veut s'assurer que je suis magnétiquement attaché au disque pour permettre des trajectoires de vol plus extravagantes.

— Je peux te donner des choses que tu as croisées dans le passé, explique-t-elle tandis que je fonce vers le bas, en direction des gens qui crient. C'est comme la façon dont j'ai pu te donner la montre.

Je fais de mon mieux pour ne pas penser à la descente ou au fait que mon double dans le monde réel se trouve dans une situation pire que celle-ci, et je regarde en arrière, vers le sommet de la falaise.

Je le regrette immédiatement.

Le géant vole derrière moi. Son disque est une copie du mien, mais étant donné sa taille, je me demande s'il pourrait le porter dans le monde réel.

En regardant devant moi – ou en bas plutôt, si je voulais pinailler –, je remarque que le sol s'approche plus vite que je ne l'avais anticipé. Je me raidis et une sueur froide coule le long de mon dos. Quand nous nous trouvons environ à deux mètres de nous écraser sur la voie de chemin de fer, j'entends un rugissement sur ma droite.

Je me tourne vers le bruit en pensant que mon poursuivant géant a déjà atterri, mais c'est pire. Le train se trouve à quelques secondes de nous écrabouiller.

Les battements de mon cœur couvrent presque le bruit du train. Pendant ce que je pense être mes derniers instants dans le test, je me concentre sur les objectifs de départ : les cinq personnes malheureuses attachées aux rails. Je remarque des détails à leur sujet que je n'avais pas vu avant, comme le fait qu'ils sont attachés ensemble avec la même corde épaisse.

— On saute, m'informe Phoe quand mon disque se trouve à environ soixante centimètres du sol.

Une série d'actions se passe si vite que j'ai du mal à tout suivre, bien qu'elles émanent de moi. Je rassemble mes doigts pour désactiver l'aimant et je saute du disque. Puis j'attrape le disque par son rebord et je me précipite vers les futures victimes. Je ne peux m'empêcher de remarquer la poignée sur le dessous du disque. C'est la première fois que je la vois. Le disque ressemble à un bouclier ancien, avec cette poignée.

— J'ai un peu improvisé, explique Phoe.

Le train s'approche.

Je m'arrête à côté des personnes attachées et je parviens à attraper deux bouts de la corde qui les lie. Je les noue fermement à la poignée de mon bouclier.

Le train est tout près et le bruit fait claquer mes dents.

Je fais planer le disque au-dessus des cinq personnes, la poignée vers le bas. D'un mouvement continu, je saute sur le disque et dès que mes pieds se connectent dessus, je pointe la main vers le ciel.

Avec cinq personnes attachées au fond du disque, celui-ci n'avance pas aussi vite que d'habitude, mais il bouge. Quelqu'un au-dessous de moi crie quand la cheminée du train passe à toute vitesse.

Derrière moi, j'entends ce qui ressemble au mélange d'un rire hystérique et d'un tremblement de terre de magnitude 9.

Je risque un coup d'œil en arrière et je vois que le géant se trouve environ à vingt mètres de nous.

— J'espérais que tu ferais cela. Maintenant, tu ne peux plus t'échapper.

Sa voix est comme une collision de plaques tectoniques.

Pour illustrer ses mots, il lève ses bras immenses vers le ciel et la foudre tombe à quatre centimètres de mon épaule droite.

— Il a peut-être raison, me chuchote Phoe à l'oreille. J'espérais que sauver ces gens permettrait de passer le test, mais nous avons raté une étape : il doit être tué. Je parie que cet enfoiré ne le savait pas avant que cela se produise, mais...

— Alors, tuons-le, dis-je mentalement, désespéré. Cela nous fera sortir.

— Tu peux essayer, tonne le géant qui fait un mouvement des bras et crée deux tornades gigantesques au loin. Mais tu vas échouer.

Pour ponctuer ces mots, il fait un geste exagéré vers la plus haute montagne et son sommet explose en une éruption volcanique sauvage, crachant de la lave, de la fumée et des débris tout autour. Une partie des roches volcaniques s'envole dans les tornades près de là, leur couleur blanche comme les nuages devenant d'un noir sombre.

Je hurle pendant que je m'éloigne sur mon disque :

— Il est trop puissant et il peut lire dans mes pensées. Comment peut-il lire dans mes pensées ?

Avant que Phoe puisse répondre, je regarde derrière moi. La silhouette du géant scintille et se déforme pendant que son disque approche. Mes passagers crient sous moi, leur poids ralentissant mon disque.

— Oh non. Il accède aux ressources que le test réserve pour t'émuler.

Je n'ai encore jamais entendu Phoe aussi inquiète.

— Il vient de faire un scan préliminaire de tes souvenirs et il modifie sa forme en réaction.

— Je serai ton pire cauchemar, crie une voix familière derrière moi.

— Et moi, je te ferai regretter d'être en vie, hurle une voix différente et pourtant également familière.

Je regarde encore une fois en arrière et mon estomac se noue. Le géant a disparu – ou, plus précisément, il a été remplacé par une créature plus sauvage et terrifiante. Ses bras semblent faits de viande brûlée et elle possède deux têtes. Les visages sur ces têtes expliquent pourquoi les voix m'étaient familières. L'une est le visage aux cheveux blancs de Jeremiah, et l'autre porte le rictus canin de la deuxième personne que j'aime le moins sur Oasis : Owen. Sous les lésions et les furoncles de ce double cou horriblement tordu, l'être scintille comme si son corps était fait de petites particules qui se déplacent.

— Des insectes, dit Jeremiah avec une malveillance extrême, même pour un homme qui m'a déjà torturé.

— Des mille-pattes, des asticots, des sauterelles, des taons, ajoute Owen de sa voix de hyène si particulière – une voix à présent déformée par la même malveillance inquiétante. J'ai tout ce à quoi tu pourrais penser.

— Merde. Je savais qu'il y aurait des problèmes, mais je ne pensais pas qu'ils seraient aussi nombreux, dit Phoe dont la voix mentale couvre le reste de ce que la chose Jeremiah-Owen a pu dire pour m'effrayer. Ce n'est pas bon, Theo. Si je lui permets de continuer à utiliser tes ressources, il connaîtra tous tes mouvements avant que tu les fasses. Il se servira de tes pires peurs, comme ce qu'il a déjà commencé à faire. Nous allons perdre dans quelques minutes, peut-être quelques secondes.

Avant que j'aie le temps de paniquer complètement, elle dit :

— Je veux faire quelque chose, mais il faut que tu sois d'accord. Comme une part de lui se trouve dans les ressources qui te sont allouées, je peux l'y combattre au niveau algorithmique, mais cela consumera ma maigre part de ces mêmes ressources. Cela signifie que tu devras t'envoler d'ici et découvrir comment le tuer par toi-même. Ce que j'espère, c'est qu'en luttant contre moi sur ce deuxième front, il disposera de moins de contrôle sur l'environnement dans lequel il évolue.

Chassant ma panique, j'examine mon ennemi tandis que nous fonçons à travers le ciel. Le visage de Jeremiah semble inquiet, prouvant que la créature peut lire dans mon esprit et sait ce que Phoe a suggéré. Il gesticule des mains et deux choses se produisent en même temps : les tornades avancent plus vite vers moi et des créatures à plusieurs bras ressemblant à un croisement entre des serpents et des araignées grouillent dans le ravin le plus proche. Des milliers et des milliers de choses bizarroïdes apparaissent, chacune tenant diverses armes dans ses nombreux appendices.

Ma respiration frise l'hyperventilation pendant que je me concentre droit devant moi.

— Ce n'est pas un vrai choix, Phoe, parviens-je à dire à voix haute. Fais ce que tu as à faire. Donne-moi juste de quoi me battre avant de disparaître.

Avant même que j'ai fini de parler, un objet apparaît dans ma main gauche : une épée qui ressemble à un éclair.

— Apparemment je n'avais pas besoin de voir l'objet dans la réalité pour que tu puisses le puiser dans mes souvenirs, dis-je mentalement à Phoe, mais elle ne répond pas. Sa bataille abstraite avec le machin anti-intrusion – Jeremiah-Owen – doit avoir commencé.

Je jette un coup d'œil vers mon poursuivant pour voir s'il y a eu un changement perceptible. Le visage d'Owen, que je connais le mieux, est comme il était il y a longtemps, quand nous étions petits et que Liam avait arraché une grosse touffe de cheveux de la future brute. Cette expression de visage, ainsi que le fait qu'il n'agite pas les bras pour faire surgir de nouvelles forces de la nature, est bon signe.

Malheureusement, les tornades approchent, tout comme mon terrible ennemi à deux têtes. Les gens accrochés à mon disque crient encore une fois et je me rends compte que je dois lâcher du poids pour augmenter ma vitesse.

Je fais une embardée et je vole vers le ravin le plus proche, ignorant les cris gutturaux du 'peuple' araignée-serpent créé par Jeremiah-Owen. Pour garder mes passagers en vie, je dois m'approcher suffisamment du ravin avant de les laisser tomber.

C'est ma première erreur, car même voler à deux mètres au-dessus du sol et des créatures est trop bas pour ma propre sûreté. Dans un tourbillon de peau visqueuse, une grosse araignée-serpent bondit et quelques-uns de ses amis plus petits la suivent.

En un éclair, je jauge l'abomination. Elle a huit pattes comme une araignée, avec deux pattes arrière plus longues servant de jambes de fortune, tandis que les six pattes avant sont plus comme des bras. Sa peau semble gluante comme celle d'un serpent, mais sa tête ressemble à un membre typique de la famille des arachnides. La créature racle le côté du disque avec sa mandibule, causant le bruit désagréable des dents contre le métal. Les plus petits hybrides s'accrochent à mes passagers, dont les voix sont enrouées à force de crier.

— Ne tuez pas ces cinq pigeons, ordonne de loin la tête de Jeremiah à l'équipe d'araignées-serpents. Notre invité s'échapperait.

Il a raison. Si ces cinq personnes meurent à cause de moi, j'échouerai le test, mais au moins je serais sorti d'ici. Et si l'échec de cet unique scénario suffisait à me faire éjecter complètement du test ? Alors, je n'aurais rien accompli. Je m'assois sur le disque en grinçant des dents. En balançant soigneusement le bras, j'utilise mon épée pour couper la corde reliant la cargaison de gens effrayés à mon disque.

Avec un dernier cri perçant, ils tombent dans les tentacules presque caressants des araignées-serpents. Les monstres se font passer les gens des uns aux autres, comme le faisaient les anciens quand ils sautaient de la scène dans les concerts de rock. Les cinq personnes finissent par arriver jusqu'à la créature Jeremiah-Owen, qui les attrape par la corde et s'envole. Je suppose qu'il les conduit dans un endroit sûr, car il ne veut pas encore que le test se termine.

Je regarde en bas, réfléchissant à ce que je vais faire, et je me rends compte de la deuxième raison qui fait que me rapprocher du ravin était une erreur potentiellement fatale.

Des arcs et des flèches font partie des nombreuses armes utilisées par les abominations grouillantes. Leurs arcs sont levés dans ma direction et la lumière du soleil brille sur une multitude de flèches à la pointe métallique.

— Au moins, j'ai regardé, dis-je mentalement à Phoe, par habitude.

Réfrénant ma peur du vide, je pointe la main directement vers le ciel en faisant un mouvement de pompage.

Quand le disque me propulse vers le haut, j'entends le sifflement de milliers de flèches. Comme si une cascade géante me poursuivait. Ma respiration laborieuse couvre le bruit tandis que j'augmente ma célérité d'un autre mouvement brusque de la main.

Malgré la vitesse qui a rejeté ma tête en arrière, les flèches sont plus rapides. Environ une centaine passe à côté de moi de chaque côté et j'entends des douzaines d'entre elles frapper le dessous du disque avec un claquement bruyant de métal contre métal.

Et juste au moment où je pense y avoir échappé, je suis traversé par une douleur fulgurante.

CHAPITRE VINGT-DEUX

Mes yeux larmoient et un cri terrible s'échappe de ma gorge. Au prix d'un effort inhumain, je parviens à ne pas me toucher la tête, sachant que si je le fais avec ma main gauche, cela me coûtera mon épée, et le faire avec ma main droite fera tomber brusquement le disque.

L'esprit embrouillé par la douleur, je comprends ce qui a dû se passer. Une flèche a frappé mon oreille. Je n'ai pas de miroir pour vérifier, mais étant donné la douleur, je dois supposer que la flèche a arraché un morceau de mon oreille, si ce n'est l'oreille entière. Je lutte contre l'instinct de mon corps qui est de se mettre en état de choc, car cela me ferait tomber tout droit dans la horde de monstres au-dessous.

Les flèches qui me ratent volent haut dans le ciel, cachant le soleil et obscurcissant le monde au-dessus de moi, une impression accrue par ma douleur. Quand elles commencent à retomber, je comprends le nouveau danger : je dois faire attention à ce que les flèches ne me transforment pas en porc-épic en redescendant.

Ma main gauche serre l'épée à mort – c'est plutôt moi qui suis presque mort. Avec ma main droite, je fais un mouvement comme pour essayer de toucher mon coude droit, ce qui est plus impossible que de le lécher ou de le toucher avec mon nez. Ce geste impossible se traduit par un demi-salto si soudain et violent que j'aurais vomi si j'avais eu la moindre nourriture dans le ventre.

Le sang se précipite vers ma tête tandis que je vole à l'envers. Les flèches descendent avec un bruit de grêle qui frappe le dessous du disque. Tandis que les flèches continuent leur chute, les araignées-serpents lèvent une mer de boucliers pour se protéger. Le train rugit au loin. Je suppose que la voie au-dessous est toujours fonctionnelle.

Mon sang lutte contre la gravité en essayant de quitter mon visage. Posant leurs boucliers, les araignées-serpents lèvent à nouveau leurs arcs. Je vois très clairement chacune d'entre elles me viser.

Le grondement du train devient plus bruyant : trop bruyant, étant donné notre distance par rapport à la voie.

Les archers cauchemardesques décochent leurs flèches et envoient une autre salve de missiles en bois vers moi.

Je me prépare à inverser ma manœuvre précédente lorsque le bruit du train devient tonitruant et je comprends enfin : ce n'est pas le train, c'est la première des tornades.

Avec un sursaut brusque, je suis aspiré par le tourbillon, mon disque et moi tournoyons comme une feuille kamikaze. Une moitié des flèches est aspirée, l'autre est dispersée par la force du vent.

Je vois le monde par petites tranches : un aperçu des araignées-serpents volant et criant à l'intérieur d'un autre tourbillon – celui qui est sur le point d'entrer en collision avec le mien ; Jeremiah-Owen me regardant en sécurité depuis son disque alors qu'il s'écarte du passage des forces qu'il a déchaînées ; et dans ma vision périphérique, je vois un wagon de train en métal ainsi que des rails arrachés et des rochers faisant deux fois ma taille, tournant tous autour du cercle mortel.

Le bruit est totalement assourdissant et les rotations constantes me donnent envie de vomir.

Les articulations de mes mains sont blanches à force de m'agripper à mon épée en forme d'éclair. La seule raison pour laquelle je ne la lâche pas, c'est ma crainte que le vent la plonge directement en moi.

Tout mon monde devient un jeu où il s'agit d'éviter des débris gigantesques et mortels. Sans mes chaussures magnétiques, cela ferait longtemps que j'aurais été séparé du disque. Là, j'y suis collé, mais il me fait faire des écarts violents à cause de sa forme et de sa capacité à voler.

J'évite une pierre de la taille de ma tête, mais une flèche brisée passe à toute vitesse et entaille ma cuisse gauche. Je serre la blessure sanglante quand une douleur brûlante explose dans le muscle de mon mollet droit. Je tords mon corps et je fais tournoyer l'épée, puis je regarde ma jambe. Une araignée-serpent a mordu ma chair, mais à présent l'épée est enfoncée dans son œil. Je pense qu'elle crie, mais c'est impossible à entendre par-dessus le bruit de la tornade. Lorsqu'elle ouvre ses mandibules, mon mollet est libéré et nous volons instantanément dans des directions différentes.

La seconde d'après, un morceau de rail manque ma tête à quatre centimètres près et j'oublie toute ma douleur et mes blessures qui se multiplient.

Je dois sortir de cette tornade, sinon je vais mourir.

Dans une tentative désespérée pour contrôler mon destin, je tiens ma main à plat et donc le disque également. Tous mes efforts sont requis pour me faire voler en position debout. Lorsque j'y parviens – et par cela, je veux dire lorsque ma main ne s'agite plus violemment et qu'elle est seulement traversée par quelques tremblements –, je fais un geste vers l'avant.

Je parie qu'un ancien surfeur se serait senti comme moi s'il avait essayé de prendre un tsunami. Cependant, je finis par arriver à chevaucher le vent et je monte et m'éloigne de l'œil de la tornade. Ce n'est que lorsque j'atteins le bord du tunnel venteux que je me rends compte de mauvais calcul. Quand je tournais à l'intérieur du tourbillon, sa force centrifuge – ou quel que soit le terme adapté – a augmenté ma vitesse. Cela devient particulièrement clair lorsque je sors de l'affreux tunnel et que je suis propulsé vers le ravin à la vitesse d'une balle trop zélée.

Des flèches volent vers moi. Pas en formation de nuage comme avant, il ne s'agit que de quelques flèches égarées. Au-dessous, je vois que je m'approche du ravin. Je serre très fort le poing : c'est le geste d'arrêt que Phoe m'a appris. Des étincelles volent quand le bord du disque entre en contact avec le rocher.

Si Phoe n'était pas si occupée, je l'aurais soupçonnée d'avoir initié mon mouvement suivant. Je serre tous les doigts de la main droite ensemble tout en laissant tomber mon épée. L'attraction magnétique du disque disparaît et l'inertie de l'impact me fait glisser et tomber sur le côté. Je roule et je m'érafle la peau des mains et des bras en essayant de ne pas être emporté vers l'avant par ma vitesse. Je me rends compte que si je n'avais pas été séparé du disque, le choc de la collision aurait pu me casser les jambes. Si je n'avais pas lâché l'épée, j'aurais sans doute été transpercé comme une brochette humaine pendant cette dégringolade déjà désagréable.

Je finis par m'arrêter. Le sang bat dans mes tempes et j'ai l'impression que mon corps est passé dans un hachoir à viande ancien. Je suis tenté à l'idée de rester allongé là et de laisser quelque chose me tuer, mais je ne peux pas me laisser faire.

Je me remets debout tant bien que mal et je regarde autour de moi.

Le disque se trouve à plus de trois mètres de moi, ce qui signifie que ma dégringolade était plus longue que je ne le pensais.

Malheureusement, un petit groupe d'araignées-serpents se trouve à une dizaine de mètres et elles courent vers moi. La tornade leur a fait de l'effet également. Elles ne possèdent pas leurs armes habituelles, leurs boucliers ont disparu et elles semblent désemparées. D'un autre côté, je ne sais pas du tout à quoi ressemblent ces choses quand elles sont agréables et calmes.

Jeremiah-Owen vole vers moi. Il se trouve près de la fumée du volcan qu'il a déchaîné.

Je souhaite très fort que le volcan explose encore, mais celui-ci m'ignore.

Au moins les tornades s'éloignent-elles de nous, même si c'était mieux si l'une d'entre elles emportait Jeremiah-Owen avec elle.

Je fais ce qui s'approche le plus possible d'un sprint dans mon état, réprimant un cri chaque fois que je fais un pas avec ma jambe droite blessée. Pour couronner le tout, le sang coule de la morsure de mon mollet et des millions de coupures partout sur mon corps. En outre, la douleur de ce qui était autrefois mon oreille ne fait qu'augmenter.

La personne serpent la plus rapide ne se trouve qu'à soixante centimètres de moi lorsque j'atteins le disque, l'attrapant par la poignée que Phoe avait créée pour y attacher la corde.

Le peuple serpent s'arrête et bande ses arcs.

Je lève encore une fois le disque comme un bouclier médiéval.

Deux flèches le frappent et tombent inoffensivement sur le sol. Les autres flèches passent au-dessus de moi.

Je n'ai pas le temps de me réjouir de ne pas avoir été touché, car le premier attaquant est déjà là, son haleine étant pire que le tas de matière fécale de la farce d'Owen. Sans vraiment réfléchir, je frappe la tête de l'araignée-serpent avec le disque. L'impact du métal contre la mandibule envoie une onde de choc douloureuse dans mon bras droit. Mon attaquant trébuche en arrière, me laissant le temps d'attraper mon épée sur le sol.

En voyant mon arme, le monstre blessé prépare sa lame incurvée.

Je bloque son coup sur mon bouclier improvisé et j'abats mon épée sur son poignet.

La bonne nouvelle, c'est qu'il manque à présent un bras à l'araignée-serpent. La mauvaise, c'est qu'il lui en reste cinq. Le pire est que l'un de ses bras essaie d'attraper l'épée qui tombe.

Dans un tourbillon de mouvement, je frappe ce bras avec mon bouclier. Je ne peux pas le laisser attraper l'arme. Puis, tirant profit de l'étourdissement momentané de la créature, je lui coupe la tête. Une fontaine de sang bleu pâle s'échappe de son cou. Je suppose qu'en cela les créatures sont plus proches des araignées que des serpents, puisque le sang d'un serpent serait rouge.

Son corps frappe le sol, révélant deux de ses cousins sur le point de me rattraper. Derrière ces deux-là, je vois quelque chose qui me fait réfléchir.

Un nuage d'insectes – je pense qu'il s'agit de sauterelles – s'écoule du corps infesté d'insectes de Jeremiah-Owen. L'homme – et j'utilise ce terme avec des pincettes – vole parallèlement au fond du ravin. À l'endroit où passent ses insectes, les araignées-serpents restantes hurlent comme des banshees enragées. Super. Il ne doit pas s'agir de véritables sauterelles : d'après ce que j'ai lu, c'étaient des herbivores et celles-ci sont manifestement des mangeuses de chair.

— Tu vois, Question-Odore, nous te maintenons envie, dit la tête de la créature anti intrusion ressemblant à Owen voix si forte qu'elle couvre même les hurlements à la mort des victimes des criquets.

— Afin que nous puissions faire ce que nous avons décidé, intervient la tête de Jeremiah tout aussi fort. Puis il pourra sortir et mourir.

— Bien sûr, acquiesce Owen. Et quelle idée de génie nous avons eue, même si c'est nous qui le disons...

J'ignore le reste de leur conversation insensée, car les deux attaquants à huit pattes se trouvent juste devant moi. Le plus gros fait tomber sa lame incurvée vers mon flanc.

Je lève mon disque bouclier pour absorber le coup.

Le plus petit attaquant me donne un coup d'épée. Je pare avec la mienne.

Je sais que je dois faire quelque chose pour tourner la situation en ma faveur. J'arrive à peine à combattre une de ces choses, alors deux me tueront deux fois plus vite.

La grande araignée-serpent vise mes jambes tandis que la petite frappe mon épaule gauche.

Je saute. L'épée de mon plus gros ennemi découpe une fine entaille dans ma botte blanche de garde. Simultanément, je frappe mon disque contre le visage de la grosse créature et je fais claquer mon épée contre la lame de la petite.

Le plus gros ennemi est sonné, mais le plus petit parvient à attraper mon poignet gauche avec un de ses membres.

Même si je l'ai décrite comme étant petite, c'était uniquement par comparaison avec sa cousine assommée. Par rapport à moi, la chose est immense. Mon poignet est serré comme dans un étau.

Avec toute la force qu'il me reste, j'abats mon bouclier sur son bras. Dès que sa prise se relâche, je fais pivoter mon poignet tout en coupant un des bras dans une éclaboussure de sang bleu.

Je vois un mouvement du coin de l'œil et je lève instinctivement mon bouclier. Il s'avère que c'est le gros adversaire. Il s'est manifestement remis. Espérant l'avoir sonné quand je l'ai bloqué, je frappe avec mon épée. Il attrape ma lame avec deux de ses mains. Des traits de sang bleu apparaissent sur les paumes de la créature, mais elle ne lâche pas. La plus petite créature profite de l'instant et se laisse tomber sur ses jambes restantes avant de me donner un coup de pied avec ses membres arrière. Elle me frappe dans le torse et l'impact est si puissant que je vole en arrière, atterrissant douloureusement sur le dos. La douleur me submerge et me force à laisser tomber à la fois l'épée et le disque.

Les créatures s'approchent de moi, leurs yeux verts reptiliens brillant de menace.

Je roule jusqu'à l'endroit où j'ai fait tomber le disque et je saute dessus en me relevant aussi vite que possible. La poussée d'adrénaline me fait oublier mes blessures.

La plus petite araignée serpent attrape l'arc sur son épaule et tend le bras pour prendre une flèche.

La plus grande lance son épée sur moi.

J'essaie de me baisser pour éviter le projectile, mais je sens une douleur brûlante sur le côté de la tête. L'épée tombe avec fracas loin derrière moi, alors je suppose qu'elle m'a seulement égratigné la tête, bien que j'ai l'impression d'avoir été scalpé.

À travers ma douleur et comme au ralenti, je regarde la plus petite araignée-serpent bander son arc en visant mon ventre.

Elle n'a pas le temps de décocher sa flèche.

La petite araignée-serpent hurle et sa camarade plus large la rejoint bientôt.

Il suffit de quelques secondes aux sauterelles qui ne laissent aucune trace de mes attaquants quand elles s'envolent. J'utilise ces secondes pour ramasser mon épée sur le sol, mais je n'ai pas le temps d'activer mon disque.

Une nuée d'insectes – le terme approprié étant peut-être 'fléau' – vole vers moi.

Leur bourdonnement résonne dans le métal du disque sous mes pieds. Ils forment un cercle autour de moi, obscurcissant le ciel.

Une grande sauterelle, peut-être la meneuse, fonce vers moi et me mord la joue.

Écœuré et terrifié, je cherche à l'écraser avec mon épée.

Les autres insectes crissent avec excitation.

Mon épée manque le minuscule attaquant et ses amis comprennent que je suis mangeable et inoffensif.

Ils foncent tous ensemble vers moi.

CHAPITRE VINGT-TROIS

Arrêtez-vous, mes petits, tonne la tête de Jeremiah.

Les sauterelles s'arrêtent à deux centimètres de ma peau. Leurs mandibules cliquettent en une cacophonie collective de frustration affamée.

— Ouais, acquiesce la tête d'Owen. Ce serait drôle de vous voir manger cet intrus vivant, mais lui permettre de mourir signifie que sa personnalité dans le monde réel ne se souviendra de rien.

— Effectivement, c'est pourquoi nous avons une idée plus permanente dans la tête, dit Jeremiah.

— Les têtes, corrige celle d'Owen. C'est au pluriel.

— Nous faisons partie de la même entité, alors c'est au singulier, répond la tête de Jeremiah, mais il ne semble pas entièrement sûr de lui.

— Mais tu as dit que *nous* avions quelque chose en tête, objecte Owen.

— C'est hors sujet, dit impatiemment la tête de Jeremiah. Faites de la place pour vos amis, ajoute-t-il sévèrement en s'adressant sans doute aux sauterelles.

Les sauterelles forment une petite ouverture dans leur nuée.

Un nouveau type de bourdonnement se fait entendre au loin et au bout de quelques instants l'intérieur du cercle de sauterelles est rempli de mouches.

— Faites votre travail, dit la tête d'Owen de sa voix de hyène excitée.

Je comprends qu'il parlait aux mouches, car elles m'attaquent.

Lorsqu'elles atterrissent sur moi, je ne ressens aucune douleur. Les brûlures de mes blessures masquent peut-être les dégâts qu'elles m'infligent. Cependant, je suis pris de panique et de dégoût lorsque je sens une douzaine de mouches s'insinuer dans mon oreille douloureuse.

Je tends la main, paume vers le haut, et j'active mon disque. Dès que je flotte, je tourne ma main dans des directions au hasard. Tandis que je traverse le nuage de sauterelles, je balance mon épée autour de moi pour libérer la voie.

Les sauterelles ne peuvent pas me garder piégé sans me manger, alors je m'extrais de leur muraille et je sors de l'autre côté dans une explosion de bourdonnement furieux. Les sauterelles ne me poursuivent pas en masse.

Je vole précipitamment vers le volcan. Dans un livre ancien, j'avais lu quelque chose au sujet des insectes, en particulier les abeilles, n'aimant pas la fumée. Comme la montagne ardente crache toujours de la fumée, la destination me paraît bonne.

Même avant d'entrer dans la zone enfumée, le nombre de mouches sur mon corps diminue grandement. Elles ont des difficultés à voler aussi vite que moi.

Rendu fou par les quelques mouches qui rampent encore dans ma tête, j'augmente ma vitesse. Si la fumée ne m'en débarrasse pas, il faudra que j'enfonce l'épée dans mon oreille.

Lorsque je suis enveloppé par la fumée, les mouches dans mon oreille sortent enfin en bourdonnant bruyamment.

Les sauterelles ne veulent pas non plus me poursuivre dans la fumée. Je respire avec soulagement, mais la sensation ne dure pas longtemps. Les insectes ont une bonne raison de ne pas m'avoir suivi ici. Je fais de mon mieux pour évacuer toute la fumée que j'ai inhalée en toussant. Mes yeux se mettent à larmoyer tandis que je lutte contre le tournis.

— C'est fait, dit Jeremiah près de moi.

À travers la fumée, j'aperçois mon adversaire à deux têtes et je vois encore une fois son corps couvert d'insectes. Il m'a suivi ici. En regardant le mélange répugnant d'insectes, je trouve une des rares raisons d'être reconnaissant de vivre sur Oasis : ces créatures sont absentes de notre petit habitat.

Heureusement, la fumée force les petites bêtes à se cacher dans les plis du torse de Jeremiah-Owen. Malheureusement, cette même fumée menace ma survie. Pire encore, mon ennemi tient une épée incurvée qui devait appartenir à une des araignées-serpents.

— Il ne comprend pas. Il pense sans doute qu'il est sorti d'affaire, se plaint la tête d'Owen de façon irritante. Nous devrions lui dire.

— C'est vrai, répond la tête de Jeremiah.

Puis, en se tournant vers moi, il ajoute :

— Les mouches avec lesquelles tu es entré en contact sont notre interprétation de la variété hypoderme. Si ce n'est pas clair, elles ont pondu partout sur ton corps.

Mes pieds et mes mains se glacent, et de la bile me monte à la gorge.

— C'est ça, dit Owen. Contrairement à la dermatobia hominis normale, les larves de ces beautés ne mettent que quelques secondes à se former et elles se réveillent avec un appétit vorace.

La révulsion et l'horreur m'empêchent momentanément de parler.

— Je crois qu'il commence à comprendre, dit la tête d'Owen. Mais pas entièrement, je pense.

Mon corps se met à gratter partout, mais la réaction pourrait être psychosomatique.

— Je serai ravi de te l'expliquer, intervient la tête de Jeremiah. Ne t'inquiète pas, elles ne s'étaleront pas partout dans ton corps. Nous leur avons donné une tâche bien précise. Elles doivent manger des zones spécifiques de ton cerveau. Les dégâts resteront avec toi quand tu sortiras du test. C'est ainsi que fonctionne la synchronisation entre ton état actuel et tes neurones physiques.

Bien que j'ai entendu ces paroles, elles sont si terrifiantes que je ne veux pas accepter leur signification.

La tête d'Owen ajoute avec excitation :

— En ce moment même, elles croquent les parties de ton cerveau responsables de la reconnaissance des visages, en commençant par le gyrus fusiforme. Et avant que tu poses la question, tu ne les sentiras pas le faire. Malheureusement, le cerveau humain ne possède pas de récepteurs de la douleur, mais soit assuré qu'elles...

Je n'attends pas qu'il ait terminé. Malgré ses affirmations, je sens quelque chose bouger dans ma tête. Avec un rugissement bestial violent, je pointe la main vers la créature à deux têtes et je propulse mon disque en avant.

Mon plan est simple : je dois tuer Jeremiah-Owen avant que mon cerveau soit irrémédiablement endommagé. Si je le tue, le test sera enregistré comme un succès.

— Il veut que nous nous amusions en attendant que les dégâts se répandent, dit la tête d'Owen en gloussant et le monstre à deux têtes vole vers moi sur son disque. La traînée de fumée et d'insectes derrière la créature la fait ressembler à une comète cauchemardesque.

Tandis que nous nous approchons l'un de l'autre, je me concentre sur la trajectoire de son épée.

Lorsque nous sommes presque à distance de frappe, je m'attends à ce qu'il s'arrête, mais il ne le fait pas, alors je ne prends pas la peine de freiner non plus. Apparemment, ce sera une version volante surréaliste d'une joute à l'ancienne.

Pendant la fraction de seconde durant laquelle nous passons d'un à côté de l'autre, je cherche une ouverture.

Seuls les deux cous, les mains et les pieds de la créature semblent assez humains pour pouvoir être blessés. Le bras droit contrôle sa trajectoire, alors je le frappe. Ma lame touche quelque chose de mou, suivie par un claquement de métal contre métal quand nous nous dépassons à toute vitesse.

— Ça fait mal, gémit la tête d'Owen quand je me tourne.

Une traînée de sang tache le poignet de Jeremiah-Owen, mais la blessure n'est pas assez grave pour l'empêcher de contrôler son disque. Mon adversaire tourne prudemment autour de moi et gesticule, envoyant des gouttelettes de sang dans tous les sens. Je fais un écart et je propulse mon disque en avant, mon épée prête à frapper. Nos épées se rencontrent avec un ricochet douloureux, mais aucun de nous ne blesse l'autre.

Bien que je n'aie pas touché Jeremiah-Owen, j'ai appris quelque chose d'important : mon ennemi ne peut pas tourner son disque aussi brusquement que moi. C'est sans doute parce qu'il est pied nu, sans l'aide magnétique dont je dispose. Je penche la main sur le côté, ce qui me fait voler avec le corps parallèle au sol.

Je passe à toute vitesse à côté de mon adversaire et je frappe son épaule gauche, tuant un certain nombre d'insectes, apparemment sans endommager leur hôte. Le principal, c'est que je m'en sors indemne, ce qui prouve que voler sur le côté est bien une stratégie prometteuse.

Je suis soudain frappé par une nausée et un tournis extrêmes. Ai-je inhalé trop de fumée ? Suis-je sur le point de m'évanouir ? Faudrait-il que je m'éloigne du volcan ?

Je regarde mon adversaire et mon estomac se remplit de plomb.

Les deux têtes ne me sont pas familières.

Non, ce n'est pas vrai. Je ne reconnais pas leurs visages.

— C'est arrivé, n'est-ce pas ? dit la tête aux cheveux gris avec la voix de Jeremiah. Tu ne peux pas me reconnaître, hein ?

Je passe d'un visage inconnu à l'autre. Ce n'est pas comme regarder des visages de gens dont je ne connais pas les noms. C'est comme si leurs visages étaient illusoires et flous. Les traits ne s'assemblent pas pour former un visage, et je ne peux ainsi pas les reconnaître en tant que visage. Je sais que le cercle rond avec la peau tannée et les cheveux blancs est la tête de Jeremiah et que l'autre est celle d'Owen, mais ce n'est pas ce que je vois quand je les regarde.

Le contrôle qu'avait Phoe sur l'algorithme anti-intrusion a-t-il échoué ? A-t-il simplement modifié les visages pour m'inquiéter ? Cela ne me paraît pas probable, car si la chose pouvait changer de forme, elle changerait d'abord notre environnement pour déchaîner de nouvelles forces élémentaires contre moi. Il ne reste donc que l'explication qu'il m'a donnée.

Une partie de mon esprit est à présent endommagée et je ne pourrai plus reconnaître les visages, même en dehors du test.

Ce concept est aussi étrange qu'il est terrifiant. J'imagine ce que cela donnerait de me promener à l'institut et de ne reconnaître aucun des Jeunes. Mes connaissances me trouveraient impoli. Lorsqu'elles me parleraient, je ne saurais pas à qui je m'adresse. Abattu, je me dis que je ne pourrai plus reconnaître Liam et Phoe. L'idée de ne plus avoir le plaisir de regarder le visage de Phoe est...

— Maintenant que tu sais ce que nos larves peuvent faire, laisse-moi te dire comment tu vas mourir, dit Jeremiah d'un ton réjoui. Vois-tu, dans ton esprit, nous avons vu ton état dans le monde extérieur. Tu es en train de tomber et il te faudra agir rapidement avec tes mains pour te sauver.

— Laisse-moi lui dire la meilleure partie, l'interrompt Owen avec enthousiasme. Nos petits amis affamés mangent en ce moment les parties de ton cerveau qui contrôlent tes bras...

—... Alors tu mourras dans les secondes qui suivront ton retour dans le monde réel, poursuit Jeremiah. Tu essaieras de te servir de tes mains pour t'empêcher de tomber et tu échoueras.

— Même ton amie ne pourra pas bouger tes bras si ton cortex moteur est endommagé. Elle ne peut travailler qu'avec ce qui est déjà là, termine Owen.

Essayant de retenir ma terreur, je regarde ma montre-écran. Mon corps à l'extérieur est en train de tomber. Si Jeremiah-Owen dit la vérité, je ne survivrai pas à cette chute.

L'écran devient blanc et les mots de Phoe apparaissent : *ta seule chance est de le tuer avant que les larves fassent ce qu'il dit. Je suis désolée de ne pas pouvoir t'aider. Si je lâche de mon côté, l'algorithme anti-intrusion deviendra à nouveau terriblement puissant, ce qui empirera une situation déjà mauvaise.*

Je lève les yeux. Les muscles de ma mâchoire sont comme des ressorts tendus.

Le fait de savoir que je suis sur le point de mourir dans la réalité éveille en moi quelque chose de primitif et de laid. Je crie et je dirige mon disque vers l'épicentre de ma haine croissante : la chose à deux têtes que j'aimerais réduire en bouillie.

Comme un virtuose de l'aviation, je fais une embardée sur la gauche et sur la droite en approchant de Jeremiah-Owen. Je reste couché sur le côté pour que mon adversaire ait des difficultés à me toucher. D'un mouvement rapide, il fait tourner son bras droit, prêt à frapper. Il vise ma cheville. Je laisse son épée toucher ma chair et je canalise la douleur et l'adrénaline qui en résultent dans mon attaque. Mon épée entaille son poignet droit, crissant contre l'os, et ressort par l'autre côté.

Les deux têtes hurlent de douleur et quand je m'éloigne en volant, je regarde la main coupée plonger dans les profondeurs du volcan.

Mon adversaire a deux possibilités : il peut lâcher son arme et fuir – en supposant qu'il sait utiliser sa main gauche pour contrôler le disque – ou il peut rester sur ses positions et me combattre pendant que je tourne autour de lui. Je ne le laisse pas choisir l'option lâche. Serrant les dents contre la douleur terrible dans mon mollet, je monte, puis je redescends en fondant sur Jeremiah-Owen, l'épée levée au-dessus de ma tête.

Je ressens une excitation sanguinaire quand mon épée s'enfonce profondément dans le cou de mon ennemi. Les deux bouches crient, mais la plus jeune finit par se taire en gargouillant. Avec une satisfaction sinistre, je me rends compte que je l'ai coupée. La tête d'Owen frappe le disque en métal, roule et tombe au fond du volcan au-dessous. Une fontaine de sang rouge gicle du moignon de son cou.

Ma joie à la vue du sang et des cris de Jeremiah effraie la partie de moi ayant toujours été couvée par Oasis, mais l'ancien sauvage en moi se réjouit de savoir que je suis sur le point de tuer mon ennemi. Tout ce qu'il me reste à faire, c'est de couper une tête de plus.

Je suis encore une fois frappé par une vague de nausée.

J'essaie de tourner mon poignet droit sur le côté.

Mon bras ne réagit pas. Les larves doivent déjà avoir endommagé la partie de mon cerveau qui le contrôle.

Je teste frénétiquement ma main gauche. C'est encore moi qui la contrôle.

Le temps ralentit. En dépassant la vitesse de la pensée, je formule un plan vraiment désespéré. Ne laissant pas le temps à mon côté rationnel d'émettre des objections, je lâche l'épée de ma main gauche pour diriger le disque.

Rien ne se produit. Le contrôle du disque doit être lié à la main droite, ce qui semble logique. Sinon, comment le disque saurait-il à quelle main il doit obéir ? Ajustant mon plan, j'attrape ma main droite avec la gauche et je la pointe vers le monstre à une tête.

Agitant la main droite avec l'aide de la gauche, je me propulse en avant.

La tête de Jeremiah arrête de crier.

Il prépare maladroitement son épée.

J'augmente ma vitesse.

Bien que je ne reconnaisse pas le visage de Jeremiah en tant qu'entité, je reconnais ses traits individuels. Ses yeux avec leurs pupilles dilatées se démarquent.

Je lève les bras et je le tamponne, ne tenant pas compte de son épée. Celle-ci plonge dans mon flanc, et avec elle un froid insupportable.

Il n'y a pas de douleur, mais je sais qu'elle va arriver, alors je me dépêche. Je serre mon ennemi dans mes bras, enfonçant son épée plus profondément en moi. Mes mains se rejoignent derrière son dos et j'utilise ma main gauche pour rassembler tous les doigts de ma main droite dans le geste de désactivation de l'aimant.

Lorsque mes doigts se rassemblent, la douleur de l'épée qui m'empale s'étend dans mon corps avec l'intensité de la tornade à laquelle j'ai échappé.

Avant que la douleur me fasse perdre ma volonté, je serre les mains et je saute de mon disque en poussant puissamment sur mes pieds.

Je plonge comme une pierre, emportant mon ennemi avec moi. Nos disques planent sereinement au-dessus de nous pendant que nous tombons.

La douleur se fait véritablement sentir et je crie, tandis que ma vue se trouble.

La tête de Jeremiah crie plus fort que moi. Ses insectes se séparent de son torse et me piquent où ils peuvent.

Je crois que je réponds par un rire hystérique, mais peut-être est-ce un cri d'aliéné. Ils peuvent me piquer autant qu'ils veulent. Mon travail macabre est terminé. Nous tombons dans la lave bouillante.

Je ne sais pas si la chaleur que je ressens vient de la lave ou du poison des multiples piqûres d'insectes. Je suis sur le point de perdre connaissance à cause de mes souffrances, mais je ne sombre pas dans l'inconscience.

Le nombre de pensées qui me traversent l'esprit pendant une chute qui ne dure qu'un battement de cœur est incroyable. Je vais accomplir mon objectif : tuer la créature Jeremiah-Owen et obtenir ce dernier point pour mon test. Je comprends également le coût de la chose : je suis sur le point de mourir. Ce moi. Le moi du test. Le moi qui a été changé par ce test. Le moi qui est capable de ce genre de sacrifice : un acte que mon moi de l'extérieur pourrait ne même pas comprendre sans tous ces souvenirs. Le moi qui a si peur d'être oublié, de cesser d'exister...

Le monstre hurlant avec la voix de Jeremiah s'enflamme soudain dans mes bras. Le monde devient feu. La brûlure est insupportable. J'essaie encore de crier, mais nous sommes si près de la lave que le monde s'éteint dans les flammes.

CHAPITRE VINGT-QUATRE

Je tombe.

Au lieu de me réveiller dans le lit au cœur du bâtiment noir, je me trouve dans le ciel au-dessus de la forêt de pins.

Je serre un disque volant contre ma poitrine. Mes poignets se tournent pour effectuer un lancer qui m'est trop familier. Je l'ai déjà fait la dernière fois que Phoe a choisi de me faire tomber en serrant le disque dans mes bras.

Comme la dernière fois, le disque se trouve instantanément sous mes pieds et je m'éloigne en volant de la douzaine de gardes qui me poursuit. Grâce à ma chute, j'ai une bonne avance sur eux : ce qui était l'objectif de la situation insensée que je viens de vivre.

Maintenant que je ne suis plus en apesanteur, des questions m'assaillent : pourquoi suis-je ici ? Où est 'ici' ? Suis-je à l'intérieur du test ? La dernière chose dont je me souviens, c'est de m'être couché pour dormir et lancer le test.

Quelque chose se matérialise devant moi. C'est un être de lumière et de pouvoir, comme un ange ou une divinité. J'ai déjà vu une telle scène trop belle pour les yeux d'un mortel une fois auparavant, dans ma grotte quand Phoe a obtenu les ressources du jeu IRES. Elle a la même apparence maintenant, seulement nous sommes ici dans le monde réel – il me semble.

— Oups, tonne-t-elle de sa voix trop sacrée pour les oreilles humaines. C'est un accident.

D'une voix normale, elle ajoute :

— Je viens juste d'obtenir les ressources du test. C'est magnifique, Theo. Je ne sais pas comment je pourrai un jour te remercier.

Elle a repris son apparence normale et le sens de ses paroles infuse dans mon cerveau embrumé par l'adrénaline.

— Le test est terminé ?

J'inspire lentement pour calmer mon pouls trop rapide.

— Comment ? Tu es sûr que ce n'est pas ça, maintenant ? Est-ce comme dans le jeu IRES qui cherchait à me faire croire que j'étais dans la réalité ?

— Le test ne fonctionne pas de cette façon, et je te l'ai dit avant que tu commences, dit Phoe rapidement. Va dans ta grotte. Je gérerai les gardes sans que tu sois conscient. Je t'expliquerai tout là-bas.

Je montre mes deux majeurs à mes poursuivants et un tunnel blanc me conduit jusqu'à notre repaire de réalité virtuelle préféré. J'apparais entre le squelette d'un dinosaure et un ours en peluche géant avec un seul œil.

Phoe fait un signe de la main et la zone est dégagée. Un fauteuil confortable apparaît et je m'y assois avec plaisir. Phoe choisit de s'asseoir sur sa propre chaise en face de moi.

Entre nous, sur l'écran holographique dont se sert Phoe pour montrer le monde extérieur, je regarde Theo le garde s'éloigner en volant de sa douzaine de poursuivants.

— Le test a eu lieu, Theo, commence Phoe. Et maintenant qu'il est terminé, je suis en bonne position pour essayer de réparer certaines choses. Pendant que nous attendons, laisse-moi te raconter ce qui est arrivé.

Elle me parle alors du test : des dilemmes éthiques et logiques, de la bataille avec le protecteur du genre antivirus et la façon horrible dont j'ai perdu tout souvenir de ces épreuves.

— Je n'arrive pas à croire que j'ai pu perdre la capacité à reconnaître des visages et à contrôler mes bras, lui dis-je en chuchotant. Cette créature disait-elle la vérité ?

— Oui. Tu serais sans doute mort si tu ne t'étais pas tué dans le test. Si le test avait été réinscrit dans ta conscience actuelle, les dégâts dans tes zones motrices nous auraient empêchés, toi et moi, de gérer ta chute au moment critique. Bien sûr, si tu avais survécu, les dégâts dont tu aurais souffert dans le test auraient pu ne pas être permanents. Pour commencer, tu aurais pu récupérer une partie de tes fonctions grâce à la neuroplasticité naturelle qui permet à de nouvelles zones du cerveau de prendre soin des zones endommagées. En outre, j'aurais pu utiliser tes nanocytes pour compenser...

— Ça suffit.

Je pose ma main sur la sienne et je l'y laisse. J'ai une douleur dans la poitrine. J'ai été si près de mourir. Une partie de moi est en fait morte : le Theo du test dont je ne me souviens pas.

Phoe me regarde, les yeux pleins de tristesse.

— Je t'ai prévenu dans le test, mais tu n'as pas voulu écouter.

— Je suis certain que j'avais de bonnes raisons, dis-je en hésitant. Même si c'est difficile de croire que j'aurais pu faire quelque chose de si...

— Tu l'as fait pour moi et je n'aurais jamais dû l'autoriser.

Phoe tourne sa main pour attraper la mienne et elle serre ma paume.

— Je suis vraiment désolée.

Maintenant, je me sens mal de l'avoir troublée.

— Écoute, Phoe, je vais bien, dis-je. Tu as obtenu les ressources dont tu avais besoin. Il ne s'agit que de quelques souvenirs. Et puis, si cela t'inquiète tellement, ne peux-tu pas implanter ces souvenirs dans ma tête comme tu l'as fait avec ton Pi cheval de Troie ?

— Non, ce ne serait pas pareil, car je ne peux pas te donner les souvenirs exacts que tu as perdus, dit-elle.

— Et je ne veux pas vraiment me souvenir de la douleur que mon alter ego du test a dû traverser, réponds-je en marmonnant.

Nous restons assis en silence pendant quelques minutes, ne faisant que nous regarder. Finalement, je dis :

— Bon, ce qui est fait est fait. L'essentiel, c'est que tu aies obtenu les ressources, n'est-ce pas ?

— Oui. Une fois que ton score a été envoyé, le système du test a essayé de stocker de façon permanente cette donnée trop grande dans une variable beaucoup trop petite. La mémoire tampon a été surchargée, comme je l'avais espéré, et cela m'a permis d'injecter mon propre code et de fermer tout le système. Je le remettrai en route pendant une journée l'année prochaine, afin que les Aïeuls en devenir puissent passer le test pour le jour des naissances sans que personne ne s'aperçoive de rien.

Je vois l'excitation danser dans ses yeux lorsqu'elle ajoute :

— Tu n'as aucune idée de ce dont je suis capable maintenant. Le test était glouton en ressources. Beaucoup plus que je ne l'aurais cru. Mes nouvelles capacités sont...

Je désigne l'hologramme.

— Alors pourquoi les gardes me poursuivent-ils toujours ? Ne peux-tu pas utiliser tes super ressources pour contrôler ces types sans que l'Émissaire l'apprenne ? D'ailleurs, as-tu appris ce qu'est cet Émissaire ?

Phoe se gratte la tête et répond :

— J'attends le moment opportun pour m'occuper des gardes. Un oubli est sur le point d'avoir lieu, et lorsque ce sera le cas, je le détournerai afin que les bonnes personnes oublient tout ce qui est en rapport avec nos mésaventures de la journée. Comme cela semblera faire partie d'un oubli autorisé, l'Émissaire ne sera pas mis au courant.

— Mais qui a été oublié...

Elle me fait signe de me taire et fait un geste vers l'hologramme, qui devient plus lumineux.

Theo le garde descend rapidement, tandis que l'équipe de gardes qui le suit s'arrête soudain dans les airs.

— C'est l'oubli qui se produit. Ils ne se souviennent plus de ce qu'ils font là, explique Phoe d'un air satisfait. J'ai besoin que tu t'occupes d'un dernier détail avant de te donner toutes les réponses. Même avec mes ressources prodigieuses, je ne peux pas contrôler ton corps dans ce bâtiment.

Dans l'hologramme, mon corps dans le monde réel vient d'atterrir à côté du bâtiment de Quiétude.

— Fais le geste pour y retourner, ordonne Phoe. Nous n'avons pas beaucoup de temps pour l'oubli.

Je fais ce qu'elle dit et après un tourbillon de blanc, je me trouve debout à côté des portes grises de la prison des sorcières.

— Maintenant, vas-y. Sors le garde piégé de là et rends-lui son uniforme, chuchote Phoe. Les réponses arrivent.

— Très bien, dis-je mentalement en marchant dans le couloir.

Il me faut quelques minutes pour parvenir à la pièce en question.

L'écran fantomatique de Phoe n'est pas visible, mais la porte s'ouvre à mes ordres. Elle doit avoir déjà défait ce qu'elle avait fait pour coincer la porte.

— Enfin, dit le garde. Il y a eu une terrible...

Lorsqu'il me voit préparer le bâton incapacitant, il écarquille les yeux et se tait pendant une seconde. Puis il dit en serrant les dents :

— *Toi*. Tu ne t'en sortiras pas sans...

— La ferme, Noah, dis-je en le zappant.

Comme aucun écran de Phoe n'apparaît pour me dire où je dois aller, je traîne ma victime dans la direction d'où je viens. Je ne croise personne en chemin, ce qui doit être normal étant donné l'heure de la journée. Sinon, je serais sans doute en train de traîner d'autres corps.

— Échange tes vêtements avec lui, dit Phoe quand je sors du bâtiment. Dépêche-toi. Moins j'ai de vidéosurveillance à effacer, mieux ce sera.

Mon casque s'ouvre, ainsi que le reste du costume.

J'enlève tout. Phoe me regarde avec fascination. Je grommelle en enfilant rapidement mon pantalon bleu du jour des naissances.

— Tu avais simplement envie de me voir nu.

Elle ricane et dit :

— J'ai déjà vu ton bazar. Maintenant, retourne dans ton repaire et je te montrerai peut-être le mien pour me faire pardonner.

Je rougis – et pas à cause du geste obscène que je dois effectuer.

Après encore un passage blanc psychédélique, je me tiens entre un aquarium à requins et une pile de dynamite loin au fond de ma grotte.

Nous retournons à nos fauteuils confortables et nous nous asseyons.

Sur le même affichage holographique, je me regarde marcher quelque part, manifestement sous le contrôle de Phoe.

— Nous marchons vers ta chambre, répond-elle avant que j'aie le temps de poser la question. Je veux que tu te couches tôt aujourd'hui.

— Mais que...

— Noah a déjà oublié que tu l'as attaqué.

— Et...

— Tu n'as plus d'ennuis, dit Phoe.

— Et pour...

— C'est compliqué, dit-elle. Comme j'ai commencé à te le dire, la seule chose que je ne peux pas faire, c'est outrepasser ce fichu pare-feu. Malgré tout, je pense savoir à peu près ce qu'est l'Émissaire, mais je ne veux pas te le dire avant d'avoir des preuves que je vais obtenir dans quelques minutes. Pour l'instant, il te faut encore faire du rattrapage, car tu ne sais pas ce qu'il s'est passé dans le monde réel pendant le test. À cause de différences temporelles, il ne s'est pas écoulé beaucoup de temps, mais il y a eu beaucoup d'événements.

— Ah, d'accord, nous étions...

—... pourchassés par des gardes pour une bonne raison.

Phoe croise les jambes, me surprend en train de la regarder et me fait un clin d'œil malicieux.

— Comment...

— Le temps subjectif dans le test était de nombreuses, très nombreuses années, même si ton pauvre esprit dans le test n'en a pas eu connaissance une fois que j'ai commencé à passer les tests pour lui. Ici, il s'est écoulé moins d'une heure.

— Attends, dis-je. Comment savais-tu que j'allais te poser cette question ? Tu finis mes pensées avant même que je les exprime ? J'ai remarqué...

— Oui, c'est ce que je fais.

Phoe parle si vite que je n'arrive pas à la suivre.

— Prédire la plupart de tes pensées est trivial pour moi, étant donné mes nouvelles ressources. J'ai la bande passante pour...

— Peux-tu s'il te plaît arrêter ? C'est perturbant.

Je me frotte les tempes en me demandant si elle sait ce que je veux dire ensuite.

— J'ai l'impression de ne pas avoir le choix de ce que je vais dire ou penser.

— D'accord, dit Phoe en parlant à vitesse normale. Je pensais simplement accélérer notre communication parce que tu meurs d'envie de tout savoir. En outre, le fait même que tu m'aies demandé d'arrêter de faire quelque chose prouve que je n'ai pas anticipé ta réaction, sinon je n'aurais pas commencé à terminer tes phrases. Quoi qu'il en soit, je vois aussi que tu n'as pas envie de parler de libre arbitre.

Je me gratte le nez, je fronce les sourcils et je dis :

— Laisse-moi finir mes pensées.

— D'accord, dit-elle.

— Maintenant, réponds à une de mes questions, s'il te plaît.

Elle se lève et se met à faire les cent pas.

— D'accord. J'essaie de décider par où commencer.

— Pourquoi pas par le début ? ne puis-je m'empêcher de dire sarcastiquement. Dis-moi ce qui est arrivé pour que ces gardes nous poursuivent.

— Ce n'est pas si simple, dit-elle. Très bien, voici l'histoire. Je ne vais pas juste te la raconter, je vais te la montrer.

Un grand écran apparaît devant moi.

Jeremiah se tient à côté d'une table antique en bois dans une pièce inhabituelle remplie de reliques anciennes. Le vieil homme ne porte plus son casque, mais il est encore vêtu du reste de son costume de garde.

Sur la table devant lui se trouvent deux verres à pied faits de cristal. Ils ressemblent à des verres de vin des films anciens. Jeremiah prend une petite boîte sur la table et il vide son contenu dans le verre à sa droite. Ce qu'il a mis dans le verre est presque invisible.

Phoe fige l'enregistrement d'un geste et dit :

— Je ne sais pas trop quoi te montrer ensuite. Il est sur le point d'enfiler ses habits normaux et j'ai deux options pour la suite.

— Qu'est-ce qu'il a mis dans le verre ?

Je me penche plus près de l'écran en essayant de voir s'il est écrit quelque chose sur la boîte.

— Cela s'appelle le cyanure – une de ces admirables découvertes anciennes. C'est un poison puissant. Celui qui boira dans ce verre mourra.

— Qui ...

— Regarde, dit-elle en faisant un geste.

L'écran s'anime.

Jeremiah est vêtu d'un costume chargé. Il tient une bouteille à l'air ancien.

Quelqu'un frappe à la porte.

— Entre, s'il te plaît, dit Jeremiah d'une voix inhabituellement aimable.

La porte s'ouvre et Fiona pénètre dans la pièce.

CHAPITRE VINGT-CINQ

Fiona est aussi bien habillée que Jeremiah, son cou orné par un collier en or et ses cheveux tressés de façon élaborée. Elle regarde Jeremiah, puis la bouteille dans ses mains, puis les verres et ses yeux froids affichent une étincelle chaleureuse.

— Jeremiah ? dit-elle. Que se passe-t-il ?

Il désigne le verre, lui fait un sourire triste et dit :

— Le fait que mon acte de bienveillance te surprenne prouve que mon instinct était correct. Il y a trop de tensions entre nous, les deux personnes les plus influentes du Conseil.

En entendant ces mots mielleux, Fiona lève la tête et marche vers la table.

Tirant profit de sa réussite, Jeremiah retire le bouchon de la bouteille et remplit les verres.

— Ceci n'a pas été inventé par les anthropologues culinaires.

Il prend le verre de gauche et il hume la boisson.

— C'est du vrai : du vin ancien authentique.

Fiona attrape le verre de droite par son pied fin.

— Si tu penses que ce pot-de-vin me fera changer d'avis en ce qui concerne Theodore...

Je me raidis dans mon fauteuil.

— Il ne s'agit que d'un gage de paix, rien de plus. Après tout, nous méritons de célébrer le jour des naissances.

Il fait le geste des cérémonies anciennes pour trinquer.

— J'accepte de laisser le Conseil décider du sort de Theodore.

Fiona se détend et lève son verre jusqu'à sa bouche.

L'image est mise en pause et Phoe intervient.

— Oh, j'ai oublié de te dire que Jeremiah a vu la vidéo où Fiona veut quitter le Conseil. Elle n'a pas encore vu celle de Jeremiah qui jure et qui la gifle, sinon elle aurait été plus prudente.

— Attends, Phoe... dis-je, mais mon amie remet l'enregistrement en marche et je m'arrête de parler, incapable d'arracher mon regard à l'écran.

Jeremiah boit à petites gorgées avec un grognement approbateur.

— Difficile de comprendre pourquoi l'alcool a ruiné tant de vies dans l'antiquité, dit-il.

Fiona prend une toute petite gorgée de vin et dit :

— C'est exquis. Mer...

Elle ne finit pas sa phrase, car Jeremiah fait un geste de nettoyage vers le verre de Fiona, son propre verre et la bouteille. Les trois objets disparaissent.

— Que fais-tu ? demande Fiona en fronçant les sourcils. Qu'est-ce que tout cela veut dire ?

— Je me débarrasse des preuves. Quand je me ferai oublier ceci, je ne veux pas qu'il reste des indices de ce qu'il s'est passé, répond calmement Jeremiah.

— Je ne comprends pas. Pourquoi voudrais-tu te faire oublier cette gentillesse ? demande-t-elle en écarquillant les yeux.

— Vite. Dis-moi quand tu as dormi pour la dernière fois. As-tu fait la sieste aujourd'hui ?

Fiona le regarde d'un air stupéfait.

— Non. La dernière fois que j'ai dormi, c'était cette nuit. Quel est le rapport ? Est-ce une sorte de plaisanterie du jour des naissances ?

Jeremiah semble soulagé.

— Je voulais simplement savoir combien d'événements de la journée tu te rappellerais après ta montée au Havre.

— Le Havre ?

Le visage déjà pâle de Fiona devient entièrement blanc.

— Oui, c'est là que tu vas, dit Jeremiah doucement. Je viens de t'empoisonner.

— Tu as fait quoi ? siffle-t-elle en s'approchant de lui.

Je serre si fort les accoudoirs de mon fauteuil que j'en ai des crampes aux mains. On dirait que la fausse vidéo de Phoe est sur le point de devenir réalité, sauf que cette fois, c'est Fiona qui va gifler Jeremiah.

À la grande surprise de Fiona – et de moi –, Jeremiah fait un pas vers elle. Avant qu'elle ait le temps de comprendre ce qu'il se passe, il l'attrape par les épaules et il la tient à distance avec ses bras beaucoup plus longs. Il la regarde dans les yeux d'un air attristé.

D'une voix douce, il dit :

— Écoute. Nous sommes à couteaux tirés depuis que nous avons rejoint le Conseil. J'ai toujours pensé que tu avais des principes et que tu méritais le respect malgré ton entêtement. Cependant, ta dernière action est impardonnable. Forcer le Conseil à oublier une réunion, me faire subir l'oubli à moi, le Gardien, à cause d'une colère stupide, cela va à l'encontre de tout ce que représente le Conseil. Cela va à l'encontre de tout ce que tu as un jour représenté. Je sais que tu t'es sans doute fait oublier, tout comme je me ferai oublier ton meurtre, mais je ne peux pas te laisser continuer plus longtemps. Parfois, le Gardien doit outrepasser le Conseil et prendre les choses en...

Avant de prononcer le dernier mot, Jeremiah pâlit. Lâchant Fiona, il porte ses mains à sa gorge. Ses yeux roulent dans leurs orbites et il s'effondre. Son corps se désintègre, molécule par molécule, comme celui de Mason lorsque Jeremiah l'a tué.

J'observe sans comprendre, stupéfait.

— Qu'est-ce que c'était que ça ? finis-je par demander.

— Les ressources de son corps sont automatiquement recyclées par les nano...

— Non, je veux dire pourquoi est-il tombé au lieu de Fiona ? Et comment as-tu pu le laisser essayer de la tuer ? Tu as dit que tu veillerais sur...

— Attends, dit Phoe. Laisse-moi revenir en arrière.

L'écran rembobine la scène avec trop de rapidité pour que je puisse la suivre.

La vidéo est revenue au moment où Jeremiah est sorti de la pièce en laissant les deux verres de vin sur la table.

Rien ne se passe pendant quelques instants. Lorsque je suis sur le point de demander à Phoe ce que nous regardons, la porte de la pièce s'ouvre et un garde entre. Il marche jusqu'à la table et échange le verre droit avec le gauche.

Cela explique certaines choses. Sans le savoir, Jeremiah a bu son propre poison. Et ce garde doit être...

— Oui, c'est toi, dit Phoe. Ou moi, enfin, quel que soit le terme approprié. Pendant que tu passais le test, j'ai gardé un œil sur nos amis ici. Après tout, j'ai effectivement promis de veiller sur elle. Comme je contrôlais ton corps, je l'ai fait marcher depuis le bâtiment noir jusqu'à cette pièce – elle indique l'écran – dès que je me suis rendue compte de ce qu'il allait faire. D'ailleurs, c'est de cette façon que j'ai été suivie par les gardes dont nous nous sommes débarrassés.

— Alors l'oubli que tu as utilisé, c'était celui de Jeremiah ?

Je me détends un peu.

— Oui. J'ai tissé mes propres instructions dans l'oubli de Jeremiah, que Fiona a déclenché peu après sa mort comme le veut le protocole. En dehors de toi, il n'y a qu'une seule personne qui se souvient de ce qui est arrivé aujourd'hui.

Phoe désigne encore une fois l'écran.

— Qui est cette autre personne ? m'enquis-je avant de comprendre qu'elle répond déjà à ma question en montrant une vidéo.

Phoe me fait un clin d'œil et se tourne vers l'écran.

L'on y voit Fiona. Elle se tient à sa place habituelle, entourée par le Conseil.

— En tant que nouvelle Gardienne, mon premier ordre du jour est de vous rassurer que l'enquête initiée par le Gardien précédent et par moi est terminée.

Des murmures parcourent la foule.

Un conseiller maigre à l'air maladif se lève et demande :

— Ce message vient-il de l'Émissaire ?

Les yeux de Fiona brillent d'un éclat glacial quand elle répond :

— Je vais rencontrer l'Émissaire très prochainement. Je suis certaine qu'il sera d'accord avec ma décision.

Phoe met la vidéo en pause.

— Quand elle a essayé de comprendre pourquoi Jeremiah a voulu la tuer, elle est tombée sur ma fausse vidéo : celle qui met en cause Jeremiah. Elle pense que Jeremiah était le coupable.

Avant que j'aie le temps de l'interroger, Phoe relance la vidéo.

— Il est de mon devoir en tant que Gardienne de vous prévenir : je vais vous faire oublier l'enquête afin que vous puissiez...

Phoe interrompt l'enregistrement.

— Tous les détails sont réglés, sauf Fiona.

— Oui, mais c'est un gros détail. Fiona est au courant pour mon scan neural anormal. Ne peux-tu pas lui faire oublier, pour que tout soit vraiment terminé ?

— Ce serait trop dangereux. Elle est la nouvelle Gardienne et nous risquons d'attirer l'attention si nous trafiquons son esprit.

— Mais...

— Ne t'inquiète pas. Je pense que je n'aurais besoin de rien faire de toute façon. Elle parle avec l'Émissaire...

— Attends. À ce sujet. Rien n'est terminé tant que nous ne savons pas ce qu'est l'Émissaire, dis-je précipitamment. Il est au courant de l'enquête. Je pense qu'il est temps que tu expliques...

— Je n'ai pas besoin de te l'expliquer, dit-elle. Je peux te le montrer, car comme j'ai essayé de te le dire, leur conversation a lieu en ce moment même.

Je me lève.

— Quelle conversation ? Me tortures-tu exprès ?

— Tu ne voulais pas que je réponde aux questions avant que tu les poses. Maintenant, tu veux que je prédise ce que tu veux savoir et que je te le dise ?

Phoe se met à bouder.

— Très bien. Tu as entendu Fiona. Elle leur a dit que l'Émissaire et elle allaient se rencontrer. Cette réunion a commencé il y a quelques minutes. Je peux te la montrer. Jusqu'ici, elle confirme tous mes soupçons, des soupçons que j'ai eus quand je suis devenue plus intelligente, grâce aux ressources du test.

— Oui, s'il te plaît, montre-la-moi.

J'ai la bouche sèche en ajoutant :

— Maintenant.

En réponse, Phoe fait le geste du directeur d'orchestre. Ma vue et mon ouïe sont brouillées comme quand elle m'avait conduit dans l'espèce de cathédrale où Jeremiah s'entretenait avec l'Émissaire – j'ai l'impression qu'il y a des années de cela.

Mes sens redeviennent clairs et je vois que j'avais raison. Je suis entouré par cet espace magnifique, avec une musique forte comme la dernière fois. Mais au lieu d'un orgue, ce sont des cordes, cette fois.

— C'est encore Bach. Sa *Suite pour violoncelle N° 1, le prélude*, chuchote Phoe. Je te montre un enregistrement qui ne date que de quelques minutes. Ils parlent encore, tu comprends.

— Qui ?

Phoe apparaît à côté de moi et indique une silhouette mince vêtue d'une capuche blanche agenouillée à côté de la grande scène où l'Émissaire est apparu la dernière fois.

C'est Fiona, ce qui est logique. Elle est la nouvelle Gardienne et c'est le Gardien qui s'entretient avec l'Émissaire.

D'éclatants rayons de lumière s'étendent depuis le milieu de la plate-forme. Je couvre mon visage et j'attends : ceci est déjà arrivé la dernière fois. L'Émissaire aime faire une entrée grandiose.

Lorsque la lumière s'atténue, je regarde la scène.

Une silhouette lumineuse se tient là, mais ce n'est pas l'Émissaire. Plus précisément, ce n'est pas le même Émissaire. Cet être partage clairement des similarités avec le type qui s'appelait l'Émissaire avant, et ils sont de la même espèce, mais il s'agit d'un spécimen différent. Les ailes de celui-ci ne possèdent pas de plumes et ressemblent davantage aux ailes d'une chauve-souris albinos. Il lui manque également la majesté confiante de l'autre et puis il porte une espèce de short ou de pantacourt au lieu d'un pagne. Comme pour le précédent, son torse ne laisse aucun doute quant à son sexe masculin, bien qu'il ne soit pas aussi musclé.

Fiona retire la capuche de sa tête et examine le visage de l'Émissaire, qui semble à la fois la fasciner et la perturber.

Ce remplaçant possède un visage jeune comme celui de son prédécesseur. Il m'est en fait familier, mais pas parce qu'il ressemble à l'Émissaire avec lequel Jeremiah a parlé.

En pensant à Jeremiah, tout se met en place et je cligne des yeux quelques fois. Si nous vivions dans l'ancien temps et que Jeremiah avait eu un fils ou un frère plus jeune – et que ce membre de sa famille était nettement plus beau que lui – voici à quoi il aurait ressemblé. Le visage de l'être face à nous correspond aux traits de Jeremiah, mais il est beaucoup plus jeune et plus agréable à regarder.

Je jette un coup d'œil à Phoe.

Elle croise mon regard, hoche la tête et pointe Fiona du doigt.

Fiona se lève et murmure en s'approchant de la scène :

— Ce n'est pas possible.

La musique s'arrête et d'une voix surréaliste qui ressemble à un violoncelle, l'Émissaire – ou qui qu'il soit – dit :

— La tradition veut que tu restes où tu es, Gardienne.

Si un violoncelle pouvait jouer une version rajeunie de la voix de Jeremiah, elle sonnerait ainsi.

— Pensais-tu que ton apparence allait me tromper ?

Fiona serre les poings de ses mains fines.

— Je te reconnais, même si la dernière fois que je t'ai vu ainsi, nous étions encore Jeunes.

— Ce n'est pas une apparence factice, dit patiemment l'Émissaire. C'est ainsi que nous autres Ancêtres choisissons de paraître après notre ascension.

— Et tu es...

— Je ne suis plus l'homme que tu as connu comme étant Jeremiah, dit-il. Tu me nommeras désormais Émissaire.

CHAPITRE VINGT-SIX

J'exige de m'entretenir avec quelqu'un d'autre. L'Émissaire précédent, ou les autres Ancêtres, n'importe qui, mais pas toi.

La voix habituellement mélodieuse de Fiona est durcie par la colère.

Jeremiah semble sincèrement étonné par sa véhémence.

— L'ancien Gardien devient l'Émissaire. Cela fait partie des connaissances que je dois te transmettre à toi, la nouvelle Gardienne. Je sais que nous avons eu nos petites différences, mais ceci...

— Tu as l'intention de m'apprendre des choses ? demande Fiona dont la voix devient plus aiguë et plus forte. Après ce que tu as fait ? Après ce que tu as essayé de me faire ?

Malgré l'avertissement de Jeremiah, elle fait un pas vers la scène.

— Écoute, Gardienne... Fiona, quelque chose t'a manifestement contrarié. Nous avons dû nous disputer...

— Nous disputer ?

Elle évalue le trajet jusqu'au centre de la scène, les yeux brillant d'un éclat dangereux.

— J'ai trouvé la vidéo, Jeremiah. Je n'aurais jamais cru que tu étais capable d'une telle violence.

Elle semble sur le point d'attaquer et il est très clair qu'il s'en rend compte.

Faisant un pas en arrière, il dit :

— Détends-toi.

Il ajoute le geste de pacification à ses paroles.

Le visage de Fiona se déforme tandis que la colère lutte avec la relaxation contre nature. Je vois sa colère perdre la bataille, car ses traits se métamorphosent jusqu'à afficher leur sang-froid habituel.

— Maintenant, dit Jeremiah, il y a quelque chose que tu dois savoir au sujet de l'ascension. Nos esprits sont copiés au moment de notre sommeil, ce qui signifie que la dernière chose dont je me souviens de ma vie biologique, c'est la veille du jour des naissances. Si nous avons eu un désaccord pendant notre enquête aujourd'hui, je ne peux pas me souvenir de cette information.

— Un désaccord, ricane Fiona. C'est l'euphémisme du siècle.

Les sourcils du visage calme de Jeremiah se lèvent brusquement.

— Que s'est-il passé ?

— Même si tu ne te souviens pas du jour des naissances, même si tu ne te rappelles pas avoir essayé de me tuer, tu dois sûrement te souvenir de m'avoir frappée et d'avoir fait oublier cela à tout le monde, dit Fiona d'une voix anormalement posée. Alors vois-tu, nous ne pouvons pas travailler ensemble. Si tu ne me laisses pas parler avec un autre Ancêtre, je démissionnerai du poste de Gardienne.

Jeremiah donne l'impression d'avoir reçu un coup de poing.

— Tu es folle. Tu dis n'importes quoi.

Sa voix semble plus humaine cette fois, moins comme de la musique de violoncelle.

— T'es-tu fait oublier cette réunion du Conseil ? Toi, en Gardien dont le travail est de te souvenir de tout ? demande Fiona de son ton étrangement calme. Cela ne me surprend pas, et cela ne remet pas les faits en cause. J'ai vu les preuves de mes propres yeux.

— De quoi parles-tu ?

L'Émissaire laisse complètement tomber l'effet musical. Sans lui, sa voix est une version rajeunie de celle de Jeremiah.

— Quel est ce grief que tu as imaginé ?

Fiona s'éloigne de la scène.

— Pourquoi es-tu mort, Jeremiah ? T'es-tu posé la question ?

S'il était possible qu'un être de lumière pâlisse, le visage de l'Émissaire s'en rapproche.

— Je pensais que c'était mon âge avancé. J'étais le plus vieux.

— C'est faux, aboie Fiona. D'après l'expression de ton visage, tu sais que quelque chose cloche. Oui, tu étais très vieux, mais en bonne santé. Tu n'avais aucune raison de mourir. Non, tu as essayé de m'empoisonner, mais d'une façon ou d'une autre ton plan est allé de travers et tu t'es tué par mégarde. Je pense qu'il y avait quelque chose de vrai dans cette ancienne idée du karma, finalement. Si tu as vraiment oublié, pourquoi n'utiliserais-tu pas le filtre de vérité pour voir si je mens ?

Elle pose la main sur sa poitrine et dit avec assurance :

— Je consens au filtre de vérité et je jure de dire la vérité et rien que la vérité.

Les yeux de Fiona deviennent vitreux et Jeremiah reste figé sur place pendant un instant. Puis, parvenant manifestement à une décision, il demande :

— Est-il vrai que j'ai essayé de te tuer ?

— Oui, répond Fiona d'une voix monocorde. Tu m'as dit que mon vin contenait du poison.

En l'entendant mentionner le vin et le poison, le visage de Jeremiah affiche une lueur de compréhension.

— Il a déjà dû utiliser cette méthode pour se débarrasser de quelqu'un, ou bien il conservait le vin et le cyanure en cas de nécessité – ce qu'elle ne peut pas savoir, chuchote Phoe dans mon oreille.

Je lui demande de se taire.

Jeremiah continue son interrogatoire.

— Qu'en est-il de cet autre outrage dont tu as parlé, et que signifiait-il ?

— Tu as proféré des obscénités et tu m'as agressée physiquement devant le Conseil, dit Fiona avec toute l'émotion dont est capable une pierre. J'ai supposé que tu étais la personne que notre enquête était censée trouver.

— Assez, dit Jeremiah avec colère. J'ai dû avoir une raison pour faire ce que tu dis et tu as de la chance que je ne me souvienne pas de cette raison, sinon j'essaierais à nouveau de te tuer.

Fiona passe de son état de zombie à son état pacifié. Si la menace de Jeremiah l'inquiète, elle le cache très bien.

Ils restent silencieux en se toisant.

L'Émissaire semble parvenir à une décision et il se remet à parler d'un ton formel.

— Il est clair que les responsabilités du rôle de Gardienne ont déstabilisé ton esprit. Ce doit être la douleur de ma mort.

Il lui sourit tristement avant d'ajouter :

— Dans de rares circonstances, les Gardiens sont autorisés à oublier leurs proches, si l'oubli est effectué sous la surveillance de l'Émissaire.

Même si elle est pacifiée, il est clair que Fiona comprend ce qu'il veut dire et je vois un petit tressaillement du muscle de sa mâchoire. Je suis stupéfait qu'elle puisse ressentir de la colère malgré les effets de la pacification. Quand je l'ai subie, je flottais dans un nuage de calme.

— Tu vas m'oublier et toutes tes hallucinations disparaîtront ainsi, dit doucement Jeremiah. D'une certaine manière, tu auras ce que tu demandes. La prochaine fois que tu me verras, je serai un nouvel Émissaire : une personne que tu n'as encore jamais vue.

— Non, chuchote-t-elle.

— Si tu quittes tes responsabilités de Gardienne, cela signifie que tu quittes le Conseil. Tu n'atteindras donc pas le Havre, et l'ayant vu, je peux t'assurer que c'est un lourd prix à payer pour quelques souvenirs.

Fiona semble secouée par ces mots, alors il continue.

— Nous savons que tu ne veux pas finir dans les Limbes.

Il a un frisson en prononçant ce mot.

— Tu t'en sortiras mieux de cette façon, crois-moi.

Fiona ouvre la bouche pour dire quelque chose, mais il tend la main et ajoute :

— J'ai déjà mis l'oubli en route. Au revoir pour l'instant, je te reverrai dans quelques minutes.

Jeremiah effectue une suite de gestes et Fiona disparaît de l'endroit qui ressemble à une cathédrale. Au bout d'un moment, il se dématérialise également dans un grand flash de lumière.

Je regarde Phoe.

Elle fait un geste pour nous faire retourner dans mon repaire.

Lorsque j'y apparais, je reste figé sur place, ayant l'impression que le monde tourne autour de moi. D'une certaine façon, je comprends ce qu'il s'est passé, mais avant de parvenir à une conclusion j'ai besoin que Phoe clarifie certaines choses.

— Commençons par le début.

Phoe fait apparaître un grand écran sur lequel nous voyons Fiona. Elle se tient dans une pièce vide, l'air hébété.

— Elle a vraiment oublié, dit Phoe. J'ai vérifié deux fois.

Elle me regarde en semblant attendre ma réaction, mais je ne dis rien. J'observe l'hologramme et je remarque que mon corps du monde réel se trouve dans ma chambre, déjà couché pour la nuit. Est-ce un rêve ? Puis-je à la fois dormir et rêver en réalité virtuelle ?

— C'est assez réel, dit Phoe en marchant vers moi pour me pincer. Tu vois ?

Je grommelle que la réalité virtuelle n'est pas à proprement parler réelle, mais le pincement me fait sortir de mon déni momentané.

— Au cas où ce ne serait pas évident, nous sommes maintenant sortis d'affaire, explique Phoe. Jeremiah ne se souvient pas des détails de l'enquête, ce qui inclut ton scan neural détraqué qui lui a donné envie de te tuer. Fiona, le seul autre témoin de ton scan, ne peut pas s'en souvenir non plus, puisque Jeremiah l'a forcée à l'oublier, lui. Elle ne se souviendra de rien qui soit en rapport avec lui, y compris ma fausse vidéo, que j'ai effacée : encore un détail de réglé. Les gardes qui nous ont poursuivis ne connaissaient pas ton identité, mais cela n'a aucune importance puisque quand l'oubli de Jeremiah a pris effet dans toute Oasis, je me suis arrangée pour faire perdre aux gardes tout souvenir de la poursuite. Pareil pour l'homme dont tu as volé le costume de dinosaure. Tout bien considéré, nous avons bien nettoyé et sans nous faire remarquer par les Ancêtres.

Je fais deux pas pour m'éloigner d'elle.

— Phoe. Jeremiah est mort et maintenant il est l'Émissaire.

— En effet, dit-elle en souriant. J'aurais dû me rendre compte que cela t'intéresserait plus que ta propre sécurité.

— Je me soucie de ma sécurité.

Ma voix résonne contre les parois de la grotte, ce qui doit signifier que je parle trop fort.

— Mais je voudrais savoir comment l'Émissaire peut être Jeremiah ?

Phoe fait apparaître un canapé entre nous et elle se laisse tomber dessus.

— Assieds-toi, s'il te plaît. Je sais que tu en comprends plus que tu ne le montres.

Je marche vers le canapé et je m'assois à contrecœur. Cela fait si longtemps que je fréquente

Phoe que je sais que la coopération est la meilleure façon de la faire parler dans ce genre de situation. Malgré tout, je m'assois aussi loin que possible d'elle pour la contrarier.

— Je dois décider par où commencer, dit Phoe en glissant le long du canapé pour s'asseoir près de moi. Ah, je sais, ajoute-t-elle un peu plus tard. Te souviens-tu de ce que je t'ai dit sur le test ? Que lorsque tu t'es endormi, tes nanocytes ont créé une réplique de toi qui ne peux pas être distinguée de ton identité réelle ? Une sorte d'enregistrement utilisé pour passer le test ?

— Je ne me souviens pas de la chose elle-même, mais je me souviens que tu me l'as expliquée avant, dis-je.

— Eh bien, dès que le test a commencé et que j'ai appris l'existence de ce processus, j'ai commencé à avoir des soupçons, mais je devais attendre d'avoir plus de ressources pour le confirmer. Maintenant je suis certaine que les nanocytes de tout le monde n'enregistrent pas uniquement l'état de leur cerveau pour le test. Ils le font à chaque fois que vous vous endormez.

Ses yeux brillent d'excitation.

— Chaque enregistrement est stocké dans une zone spéciale de la DMZ, cet endroit à l'accès limité, dans une petite parcelle de la mémoire système dédiée à stocker cet habitant d'Oasis. Chaque fois que tu t'endors, ton vieux connectome et les autres données sont effacés au profit de la dernière version. Tu me suis jusque-là ?

— Des sauvegardes digitales de nous sont créées quand nous nous endormons, dis-je pour résumer. Seulement ce n'est pas logique. La sauvegarde de moi dans le test était consciente. Ceci semble différent, sauf si tu me dis qu'il existe une version digitale de moi qui s'active pendant la nuit.

— Les sauvegardes sont simplement stockées sous forme de données. Elles ne reçoivent pas de ressources pour être traitées. C'est un peu comme la façon dont les ordinateurs anciens pouvaient passer en mode d'hibernation, ou une analogie plus poétique pourrait être la différence entre un fichier vidéo stocké dans les archives et une vidéo lue sur un écran. Tu peux envisager ces sauvegardes de l'esprit comme ayant le potentiel d'être conscientes – un potentiel en sommeil, attendant les circonstances adéquates. Jeremiah a nommé 'Limbes' cet état sous forme de données.

Je me souviens que Jeremiah a dit ce mot à Fiona d'une façon qui signifiait...

— Oui, répond Phoe. Mais avant que nous parlions de cela, comprends-tu ce qu'impliquent ces sauvegardes en général ?

— Je crois que oui, dis-je en fronçant les sourcils. Mais s'il te plaît, explique-le-moi quand même.

— Ces sauvegardes signifient que la mort n'est pas la fin.

Elle me fait un grand sourire avant de poursuivre.

— La désintégration du corps biologique ne suppose pas la fin de l'existence pour quelqu'un qui possède ton type de nanocytes dans son cerveau. Ces sauvegardes du cerveau contiennent tout ce qui fait ton identité. Cela signifie qu'après la mort, si la sauvegarde est correctement intégrée dans un environnement virtuel, ton expérience d'être en vie continuerait. Au pire, tu oublierais seulement les événements qui se sont produits après la dernière sauvegarde – la dernière fois que tu as dormi.

J'ai la tête qui tourne tellement que j'envisage de me coucher sur le canapé avant de changer d'avis.

J'ai un million de questions supplémentaires, mais j'énonce la plus urgente. Il s'agit d'un seul mot :

— Jeremiah ?

— Quand Jeremiah est mort et que ses nanocytes ont détecté la mort de son cerveau, ils ont activé le processus de ce qu'il appelle l'ascension. Sa dernière sauvegarde a été déplacée depuis son endroit habituel dans la DMZ par-dessus ce satané pare-feu.

Elle me regarde pour voir si je la suis encore, alors je demande :

— Et qu'y a-t-il au-delà du pare-feu ?

Phoe soupire.

— Même avec mes ressources accrues, je ne peux pénétrer cet obstacle, mais je vais continuer à essayer. Malgré tout, étant donné ce que Jeremiah a dit à Fiona, je peux deviner le reste. De l'autre côté de ce pare-feu se trouve un environnement virtuel interactif appelé Havre. Il fonctionne probablement de la même façon que le test, mais à plus grande échelle, et son but est d'être habité et non de servir de terrain d'entraînement. Une fois que Jeremiah est parvenu au Havre, il a été réinstancié : il a reçu des ressources informatiques pour faire démarrer sa conscience. Et d'après la façon dont il est apparu devant Fiona, il a dû recevoir une dose généreuse de ressources.

— Alors le Havre est...

— Une forme de vie après la mort, dit Phoe. Quelque chose qui permet à l'élite de surveiller ce qu'il se passe après leur mort. L'endroit a sans doute été créé par les Ancêtres – ou en tout cas ceux que nous pensions être les Ancêtres : ceux qui ont créé Oasis. On dirait que les Aïeuls utilisent le terme différemment, pour désigner un membre de cette clique.

Phoe écarquille les yeux.

— Tu sais quoi, les Ancêtres d'origine pourraient bien être encore présents dans ce Havre.

J'ai l'impression que mon cerveau fait un tour de manège ultrarapide.

— Il y aurait encore des Ancêtres ?

Phoe hoche la tête.

— Malheureusement, c'est probable. Il fallait que quelque chose continue à nourrir l'attitude de leur génération par rapport aux IA et à d'autres sujets de ce genre. Je n'arrive d'ailleurs pas à croire l'étendue de cette hypocrisie.

Son ton devient plus dur.

— La seule chose qui les sépare de ce qu'ils craignent est l'étiquette arbitraire 'd'humain'. Ils utilisent clairement leurs ressources pour améliorer leur apparence...

— Alors les Aïeuls n'ont pas menti à tout le monde en disant que la mort avait été vaincue sur Oasis ? l'interromps-je, conscient qu'elle était sur le point de s'embarquer dans son sujet préféré de 'pourquoi haïr les technologies'.

Un nouvel espoir s'éveille en moi.

— Est-ce que cela signifie que Mason...

— Ils ont menti, réplique Phoe. Ils ont donné l'impression que vous n'alliez pas vieillir, ce qui est faux. Cependant, leur supercherie va plus loin. Tous les gens qui meurent ne passent pas dans ce Havre. Pendant que nous parlions, j'ai localisé les sauvegardes de centaines d'Aïeuls, ainsi que quelques Adultes et Jeunes qui sont morts à cause d'accidents ou qui ont été tués dans de rares cas comme celui de Mason.

— Alors Mason et ces autres...

— Se trouvent dans les Limbes, alors ils n'ont pas irrémédiablement disparu, dit Phoe en se déplaçant jusqu'à mon côté du canapé. Je viens de trouver et d'analyser la sauvegarde de Mason. Elle pourrait être rendue consciente...

Mon cœur se met à battre plus fort.

— Peux-tu le faire ? Peux-tu le faire revivre, même si ce n'est que dans la réalité virtuelle ?

Phoe soupire.

— En théorie, oui. Mais en pratique, je dois en apprendre plus sur le processus impliqué dans les sauvegardes avant de tenter quelque chose d'aussi ambitieux. Je ne crois pas que ce serait juste d'utiliser Mason comme un cobaye, d'autant plus que cette sauvegarde est sa seule chance d'exister à nouveau. En outre, le ramener serait cruel, car...

— Et ma sauvegarde ?

Incapable de rester immobile, je bondis sur mes pieds.

— Peux-tu l'utiliser pour en apprendre plus sur le procédé ?

— Bien sûr, si tu te portes volontaire. Avec mes nouvelles prouesses acquises grâce au test, je pense que je peux essayer.

Phoe se lève elle aussi et elle me regarde avec enthousiasme.

— Que faut-il que je fasse ?

— D'abord, il faut sortir d'ici, dit-elle en illustrant ses mots par le geste des majeurs.

Je lui fais immédiatement un double doigt et un tunnel blanc m'entraîne dans ma chambre et mon lit douillet du monde réel.

— D'accord, maintenant endors-toi, dit Phoe. Ta sauvegarde actuelle est celle que le système a enregistrée la nuit dernière. Si je fais des expériences avec, il me faudra lui expliquer trop de choses.

Je hoche la tête et je tends les muscles autour des yeux pour déclencher le sommeil assisté, en sachant très bien que je ne pourrai pas dormir naturellement avec ce niveau d'excitation. En somnolant, je songe à l'étrange notion d'une copie de moi ayant un jour de retard sur mes connaissances. Ce moi potentiel est sur le point d'être effacé au profit d'un *moi* mis à jour.

Perplexe, je m'enfonce dans le sommeil.

CHAPITRE VINGT-SEPT

Sans me sentir groggy et sans passer par l'étape du réveil, je me trouve pleinement alerte dans mon repaire masculin.

Je me souviens m'être endormi et je sais quelle était notre tâche : tester la capacité de Phoe à se mettre en contact avec ma sauvegarde. Sauf que je dois être cette sauvegarde, à supposer que Phoe ait réussi. Sinon, ceci est un rêve.

— Quand tu ne sais pas, choisis toujours l'option 'Phoe a réussi', dit-elle avec satisfaction à ma droite. Qu'en penses-tu ?

J'observe l'environnement familier. J'ai exactement les mêmes impressions que lorsque je suis ici avec mon cerveau du monde réel. Le fait que je n'en aie pas un maintenant est très étrange.

— Tu en as un, dit Phoe. Il est imité avec beaucoup de précision.

Je fais quelques pas vers la table de billard non loin de là et tout semble parfaitement normal. La queue en bois que j'attrape est légère et lisse dans ma paume. Je vise le triangle formé par les boules numérotées, pour voir. Ma coordination main-œil et mon sens du toucher fonctionnent comme il faut.

— Je crois que tu as réussi ce que tu voulais faire, dis-je en continuant à examiner ce qui m'entoure. Si je suis cette sauvegarde, cet esprit enregistré, alors il est impossible à distinguer de l'original.

— Bien, répond Phoe.

En marchant vers moi, elle pose un léger baiser sur mes lèvres.

— Et ça, comment était-ce ?

Elle sourit en me regardant.

Avec ses lèvres si près des miennes, j'ai envie de tendre les bras et de l'embrasser à nouveau. Devinant mon intention, elle hoche la tête d'un air entendu.

— Ouais, tout fonctionne comme il faut. Bon sang, ce que je suis douée.

Je m'agite, mal à l'aise.

— Sauf qu'il y a un problème. Quand je me réveillerai, je ne me souviendrais pas de cette expérience, si ?

— En fait, ce n'est pas obligatoire, dit Phoe. Je suis presque certaine de pouvoir imiter ce que faisait le test : réinscrire des expériences dans ton cerveau physique.

— Ah, dis-je, reconnaissant, car je me rends compte que je craignais de perdre le petit souvenir agréable de son baiser. Pouvons-nous essayer avant que je vive d'autres expériences et que j'aie trop de choses à perdre ?

— Bien sûr. Souviens-toi de ce mot de passe, s'il te plaît : 'flirter', dit-elle en ricanant.

Avant que je puisse lui demander ce que signifie ce mot, elle fait un geste et mon esprit s'éteint.

* * *

— Theo, ouvre les yeux, entends-je Phoe dire dans mon sommeil. Je sais que tu es réveillé.

J'ouvre un œil et je vois le visage familier de Phoe.

— Ai-je rêvé le...

— Quel est le mot de passe ? demande-t-elle.

Je la regarde sans comprendre.

— Quelle est la dernière chose que je t'ai dite ?

— Fleur de thé. Un truc du genre.

— Cela a donc fonctionné.

La voix de Phoe résonne dans la pièce.

— Je peux inscrire ta copie digitale dans ton cerveau physique.

— Super, dis-je, incapable d'étouffer un bâillement. Et maintenant ?

— Rendors-toi. Cela réactivera ta sauvegarde et je réanimerai cette version de toi. Ensuite, nous parlerons.

Je n'ai pas besoin de forcer le sommeil. Une fois que je ferme les yeux, je m'endors presque instantanément.

* * *

Cette fois, je me trouve dans un nouveau coin de mon repaire.

— Manifestement, cela a encore une fois fonctionné, dit Phoe quand elle apparaît à côté de moi. Allons marcher. J'ai créé quelque chose qui pourrait te plaire.

Avant que je puisse émettre des objections, elle court entre les objets dangereux éparpillés dans l'endroit et je la suis, évitant un bazooka et un tas de machettes sur le chemin. Je suppose que si je me fais mal ici, ce sera aussi douloureux que dans le monde réel, et j'aimerais éviter.

Je vois bientôt notre destination : une grande source de lumière qui s'étend à mesure que nous nous approchons. Quand nous l'atteignons, Phoe s'arrête et dit :

— Laisse tes yeux s'adapter avant de sortir.

Je plisse les yeux pour voir ce qu'il y a au-dehors. La lumière est toujours aveuglante, mais d'après ce que je vois, il y a quelque chose de lumineux et de bleu dehors, et cela sent très bon – comme une odeur de sérénité.

— J'ai un peu agrandi ce petit monde, explique Phoe. J'espère qu'il te plaira quand tu le verras.

Attendant toujours que mes yeux s'adaptent, je dis :

— Évites-tu ma question au sujet de Mason ? Est-ce pour cela que tu as littéralement créé une distraction ?

Elle inspire profondément puis elle soupire.

— Tu commences à me connaître trop bien. Oui, je ne voulais pas en parler pendant un moment, car je sais que tu ne vas pas aimer ce que j'ai à dire, et je déteste te décevoir.

— Vas-y, dis-je en ouvrant davantage les yeux.

Ils se sont suffisamment ajustés pour affronter la lumière. Phoe se tourne vers moi.

— Eh bien, peux-tu mieux verbaliser ce que tu veux pour Mason ? Veux-tu égoïstement lui parler pendant quelques minutes puis le remettre dans les Limbes ? Car c'est la seule chose que nous pouvons faire pour l'instant. Il ne peut pas rester conscient de façon permanente.

— Pourquoi pas ? dis-je alors que je pense savoir ce qu'elle va répondre.

— Que pourrait-il faire d'autre que cette conversation dont tu as envie ? Ce n'est pas comme si je pouvais lui donner un nouveau corps et le laisser se pavaner autour de l'institut, avec tout le monde qui se souviendrait de lui. Alors que lui dirions-nous ? Comment s'épanouirait-il ? Un cerveau humain, même imité, nécessite une stimulation sensorielle constante. Si nous ne voulons pas être cruels envers Mason, il me faudrait créer un monde dans lequel ils pourraient vivre. Ceci – elle désigne l'extérieur – est un monde stérile. Il ne contient personne, alors que l'homme est essentiellement un animal social.

Je fronce les sourcils.

— Qu'en est-il des Ancêtres au Havre ? Ils ont réussi à vivre après la mort.

— Ils l'ont fait en me retirant une immense portion de mes ressources informatiques.

La voix de Phoe redevient tendue comme chaque fois qu'elle parle de ce qu'ils lui ont fait.

— La raison pour laquelle ils n'ont pas offert l'immortalité à tout le monde, c'est parce que les ressources qu'ils ont volées ont des limites. Avec ce que j'ai en ce moment, je ne peux pas aider Mason de façon durable. Cependant, si je parvenais à traverser ce pare-feu, je pourrais trouver un moyen d'utiliser les ressources du Havre pour lui – ou bien il y a cette autre chose que tu avais l'intention de me demander.

Je ne sais pas de quoi elle parle. Tout ce à quoi je pensais, c'était que le test ne servait pas à grand-chose pour résoudre nos problèmes. Nous les avions résolus malgré lui. Que je passe le test ou non, tout le monde allait oublier le scan neural qui m'aurait causé des problèmes. Jeremiah avait une explication pour la réunion du Conseil oubliée qui avait commencé cette aventure, et la Gardienne – la plus puissante des Aïeuls – est Fiona, ce qui est beaucoup mieux que le psychopathe précédent.

Je dis donc :

— Je n'avais pas de question. Je pensais juste que le test t'a donné des ressources, mais pas assez pour faire revivre Mason ni pour te faire traverser le pare-feu.

— Effectivement, tu penses que le test n'a rien accompli, mais tu oublies quelque chose. Une raison majeure pour arrêter ce test était que je puisse retrouver un peu plus ce que j'étais : un vaisseau spatial. Nous l'avons accompli et cela change tout. Je contrôle à présent mes fonctions navigationnelles, ce qui signifie que je peux sentir où nous sommes. Cela signifie également que je peux nous faire voler partout où je veux.

Elle me jette un regard plein d'intensité.

— Cela signifie que nous pouvons être libres.

Je cligne des yeux et ce n'est pas à cause de la lumière extérieure. Elle a raison. Les implications sont immenses, si énormes que je ne sais même pas comment réagir.

— Tu pourrais demander : 'alors, où sommes-nous et où allons-nous ? ' dit Phoe en imitant parfaitement ma voix.

Je répète ces mots comme un perroquet de plus en plus enthousiaste.

— Nous nous trouvons en périphérie du système solaire – ici.

Phoe fait un geste à l'intérieur de la grotte, et la luminescence des stalactites est remplacée par la fournaise géante d'une étoile entourée par des planètes illuminées qui volent autour. C'est une sorte de carte, une carte du système solaire d'après mes maigres connaissances en astronomie. Tout au bord, au-delà de Neptune et Pluton, mais avant le nuage d'Oort, une petite poussière est étiquetée 'Phoenix'.

— C'est nous, dit Phoe. Et comme tu peux l'imaginer, même la Terre, la destination intéressante la plus proche, prendrait très longtemps à atteindre.

Elle fait un geste et la carte des étoiles devient beaucoup plus grande, remplie essentiellement d'espace noir, avec l'étiquette du soleil d'un côté et un système à trois étoiles étiqueté 'Alpha Centauri' de l'autre.

— L'autre cible la plus proche est si loin que même *mon* esprit reste perplexe quant à l'échelle temporelle nécessaire pour l'atteindre. Et c'est à la vitesse maximale dont je suis capable. Sans d'autres ressources, je ne peux atteindre que la vitesse...

— Alors nous allons vers la Terre, dis-je, le cœur battant en me souvenant des rêves où je courais sur la plage et dans le désert. Nous l'avons déjà envisagé.

— Tu dois comprendre, Theo, que cet hologramme est vieux de plusieurs siècles. Je n'ai toujours pas accès à mes capteurs externes. Bien que je sache où je suis d'après ma sensation du mouvement, je ne peux pas savoir à quoi ressemble le monde en dehors de ce vaisseau – pas consciemment, du moins. Il se pourrait que le système solaire soit différent à présent.

— Je ne vois pas d'autre choix. Même si nous trouvions les ressources pour Mason, elles ne suffiraient pas pour chaque personne des Limbes. Au moins, la Terre nous laisse une chance.

— D'accord, Capitaine, dit Phoe d'un ton moqueur. Puisque j'allais suggérer de nous y rendre de toute façon, je viens de mettre le cap sur la Terre.

Je regarde son visage radieux. Je suis admiratif et stupéfait par cette idée. N'arrivant pas encore à m'y faire, je demande :

— Si tout sauf la Terre est si loin, quelle était notre destination d'origine ? Où les Ancêtres avaient-ils l'intention de nous conduire ?

— Vers une planète autour d'une étoile appelée Kapteyn, je pense, dit-elle. Mais cela fait un moment que nous ne volons plus dans cette direction. À un moment donné, il y a des centaines d'années, nous avons commencé à tourner en rond ici, au bord du système solaire. Je pense que les Ancêtres utilisaient un système plus primitif que moi pour se diriger. Bien sûr, il y a une raison pour laquelle j'ai été construite avec une intelligence : je peux gérer les difficultés d'un long vol. Leur solution n'en a pas été capable. Elle a échoué et je crois qu'à ce moment-là, ils n'ont pas su comment le réparer, ou ils n'ont jamais su comment cela fonctionnait, car quelqu'un l'avait construit pour eux. Il se pourrait très bien que cet événement – cette faille du système de navigation – ait créé l'opportunité qui m'a rendue consciente. Ce qui est vraiment insensé, c'est que si tout s'était déroulé comme les Ancêtres l'avaient espéré, même si ce système n'avait pas eu de problèmes, le voyage aurait pris environ quatre-vingt-dix mille ans. Toute cette idée était une folie, conclut-elle en secouant la tête.

Il faudrait environ cinq cents générations de citoyens d'Oasis pour couvrir cette durée de vol. J'imagine la naissance de toutes ces personnes qui sont ensuite envoyées dans les Limbes ou le Havre. L'histoire humaine documentée ne couvre qu'une fraction de ce temps. J'essaie de comprendre ce qui a pu se passer dans la tête des Ancêtres pour qu'ils se lancent dans un voyage si long.

— Tu ne peux pas le comprendre avec ton esprit rationnel, explique Phoe d'un ton plein de dérision. C'était une secte désespérée et folle qui agissait par peur.

Je la regarde bêtement, trop stupéfait pour faire autre chose.

La voix de Phoe s'adoucit.

— Je sais que cela fait beaucoup. Pose ta dernière question pour que nous puissions aller explorer ma création.

Au lieu de la gronder pour avoir prédit mes actions, je demande :

— Alors, si la destination d'origine devait prendre aussi longtemps, qu'en est-il de la Terre ? Combien de temps faudra-t-il pour ce voyage plus court ?

— Quinze ans, dit Phoe. Comme je te l'ai dit, nous avons vogué sans but, alors nous ne nous trouvons pas si loin de la Terre.

Je la regarde, muet de stupeur. Quinze ans, cela paraît une éternité.

Phoe se dirige vers l'ouverture lumineuse.

— C'est à cause de cette réaction que j'évite parfois tes questions. Tout ira bien. Tu seras encore un Jeune quand nous arriverons sur Terre. La vie sur Oasis n'est pas si terrible et nous nous sommes assurés que tu y seras en sécurité. Maintenant que j'ai plus de ressources, je peux trouver d'autres façons de t'occuper.

Elle sourit.

— Une partie de moi peut conduire ton corps en cours pendant que toi et moi nous traînerons dans des environnements de réalité virtuelle que je pourrais créer. Voici un exemple de ce que je peux faire.

Elle marche vers l'entrée de la grotte.

— Viens, laisse-moi te montrer.

Avec un sourire espiègle suivi par une explosion d'énergie soudaine, Phoe sort en courant de la grotte.

Je la suis dans la lumière de l'extérieur.

L'étendue majestueuse de la vue est un choc. Il y a du sable. Il est jaune et doux et me rappelle les dunes du désert, mais ce ne sont pas des dunes.

Non, l'océan magnifique à quelques mètres signifie que c'est une plage.

Je cours jusqu'à la rive et je regarde l'eau bleue et claire qui s'étend jusqu'à l'horizon, tout comme la plage de sable s'étire hors de vue de l'autre côté. Il n'y a pas de barrière, pas de limite dans cet espace, et la scène ressemble exactement au rêve que j'ai eu – mon rêve de la Terre.

— Il n'y a aucune histoire de 'ressemblance' crie Phoe par-dessus son épaule. J'ai été paresseuse et j'ai volé la scène directement dans ta tête.

Je cours pour la rattraper, mais je m'arrête lorsque je la vois enlever ses chaussures. Décidant que c'est une très bonne idée, je fais de même.

La sensation du sable chaud sur mes pieds est délicieuse, tout comme le soleil. Je comprends enfin cette odeur que j'ai remarquée dans la grotte. C'est l'odeur des algues et du sable mouillé, du sel et des vents frais.

C'est la senteur de l'océan.

Phoe court plus vite et je sprinte, bien décidé à la rattraper.

Quand elle approche des vagues mousseuses de l'océan, elle ralentit pour enlever ses vêtements. J'aperçois ses courbes fermes et mon cœur se met à battre comme un tambour. Je ne sais pas si c'est à cause de la course ou de la vue.

Quand je me trouve à moins d'un mètre d'elle, Phoe s'immobilise et se retourne en riant.

Son corps est magnifique.

J'essaie de m'arrêter, mais ma vitesse en a décidé autrement.

Je trébuche et Phoe me prend doucement dans ses bras. Nous tombons, bras et jambes en désordre et le sable amortissant notre chute. Je reste allongé là en haletant et je sens sa respiration. Nous nous regardons et j'embrasse ses lèvres douces, canalisant toutes mes émotions retenues.

— Je sais ce que tu ressens, Theo, dit Phoe par la pensée sans interrompre notre baiser. La journée a été folle et tu as accompli tant de choses.

Elle s'écarte, me dévisage puis elle tend les mains pour me déshabiller.

Les rayons du soleil sur ma peau sont absolument fabuleux et je n'arrive pas à penser assez rationnellement pour m'inquiéter des convenances et des tabous. Je l'attire simplement vers moi.

Les mouvements presque dansés qui suivent – et les réactions de mon corps à ces mouvements – évoquent des métaphores plus poétiques 'qu'aller jusqu'au bout'. Le bonheur et l'impression d'être connecté se rapprochent de l'Unité, mais sans son côté artificiel. C'est également primitif et animal, comme la faim ou la colère : d'autres émotions bannies d'Oasis. Notre désir nous consume et son intensité est terrifiante. À chaque baiser, chaque caresse, chaque poussée, je suis émerveillé par tout ce que les Ancêtres ont fait abandonner à tout le monde en décidant de supprimer cette activité sur Oasis.

Pour mon corps, ceci semble tout à fait naturel. Briser ce tabou est aussi évident que manger ou respirer. La libération finale qui me submerge est sans doute le point culminant de ma vie.

Après, quand nous restons allongés l'un contre l'autre sur le sable chaud, je respire son odeur et je sens mon cœur se gonfler. Si j'avais le moindre doute que cette version purement digitale et désincarnée de moi était vraiment humaine, si j'avais le moindre doute au sujet d'être vraiment réel dans tous les sens de ce mot, ce doute a disparu.

Phoe et moi sommes aussi réels l'un que l'autre et nous sommes ensemble – et pour le moment, c'est tout ce qui compte.

UN AVANT-GOÛT

Merci pour la lecture! Je serais très heureux si vous laissiez un commentaire parce que des critiques m'encouragent à écrire et aident les autres lecteurs à découvrir mes livres.

Inscrivez-vous à ma newsletter à www.dimazales.com/series/francais/ pour être informé de ma prochaine sortie de livre.

Si vous avez apprécié *Oasis*, vous pourriez aimer ma série *Les Dimensions de l'esprit*, de l'Urban Fantasy avec une saveur de science-fiction.

Et maintenant, s'il vous plaît tourner la page pour découvrir en avant-première mes autres récits.

EXTRAIT DE
LES LECTEURS DE PENSÉE

Parfois, je pense que je suis fou. Je suis assis à une table de casino à Atlantic City et tout le monde autour de moi est immobile. J'appelle cela le *Calme*, comme si le fait de donner un nom au phénomène le rend plus réel, comme si lui donner un nom change le fait que tous les joueurs autour de moi sont assis là comme des statues et que je marche parmi eux en regardant les cartes qu'on leur a distribuées.

Le problème avec cette théorie sur ma folie est que quand je 'dégèle' le monde, comme je viens de le faire, les cartes que les joueurs retournent sont celles que j'ai vues dans le Calme. Si j'étais fou, ces cartes ne seraient-elles pas des cartes au hasard ? Sauf si j'en suis au point d'imaginer les cartes sur la table.

Et ensuite, je gagne. Si c'est aussi une hallucination — si la pile de jetons à côté de moi est une hallucination — alors je pourrais bien tout remettre en question. Peut-être que je ne m'appelle même pas Darren.

Non. Je ne peux pas penser de cette façon. Si je suis vraiment si perdu, alors je ne veux pas sortir de cet état de confusion : car si j'en sortais, je me réveillerais probablement dans un hôpital psychiatrique.

En outre, j'adore ma vie, aussi folle soit-elle.

Ma psy pense que le Calme est une façon inventive de décrire 'le fonctionnement intérieur de mon génie'. Alors ça, cela me paraît vraiment fou. Il se peut aussi qu'elle soit attirée par moi, mais c'est une autre histoire. Disons simplement que pour sortir avec elle, il faudrait qu'elle ait un âge beaucoup plus proche de ce que je cherche, c'est-à-dire autour de vingt-quatre ans. Encore jeune et sexy, mais qui a fini les études et qui ne fait plus de soirées en boîte.

Je déteste sortir en boîte presque autant que ce que j'ai détesté étudier. En tout cas, l'explication de ma psy ne fonctionne pas, car elle ne tient pas compte de la façon dont je sais des choses que même un génie ne pourrait pas savoir : par exemple la valeur et la couleur exactes des cartes des autres joueurs.

Je regarde le croupier commencer à distribuer les nouvelles cartes. Il y a trois joueurs à côté de moi à la table. Le Cowboy, la Grand-mère et le Professionnel, comme je les surnomme. Je ressens cette peur désormais presque imperceptible qui accompagne mon déphasage — c'est comme cela que j'appelle le processus : déphaser vers le Calme. L'inquiétude au sujet de ma santé mentale a toujours facilité le déphasage. La peur semble être utile au procédé.

Je déphase et tout devient calme. D'où le nom de cet état.

C'est étrange pour moi, même maintenant. Ce casino est très bruyant en général. Les gens ivres qui parlent, les machines à sous, le bruit des jackpots, la musique — seuls les concerts ou les boîtes de nuit sont plus bruyants. Et pourtant, en ce moment précis, j'aurais pu entendre une mouche voler. C'était comme si j'étais devenu sourd au chaos qui m'entoure.

Les personnes figées autour de moi augmentent l'étrangeté du phénomène. Ici, la serveuse qui porte un plateau de boissons est arrêtée au milieu d'un pas. Là, une femme est sur le point de tirer sur le levier d'un bandit manchot. À ma table, la main du croupier est levée et la dernière carte qu'il a distribuée flotte dans l'air. Je m'avance vers elle depuis mon côté de la table et je l'attrape. C'est un roi, destiné au Professionnel. Quand je lâche la carte, elle tombe sur la table au lieu de continuer à flotter comme avant — mais je sais très bien qu'elle retournera en l'air, exactement à l'endroit où je l'ai touchée, quand je sortirai du déphasage.

Le Professionnel a l'air de gagner sa vie au poker, ou en tout cas il correspond parfaitement à la façon dont j'imagine ce genre de personnes. Mal habillé, lunettes de soleil, et un peu étrange. Il a très bien maintenu son *poker face*, n'ayant pas bougé le moindre muscle de toute la partie. Son visage est si inexpressif que je me demande s'il ne s'est pas injecté du Botox pour l'aider à maintenir une telle contenance. Sa main est sur la table, recouvrant et protégeant les cartes qui lui ont été distribuées.

Je déplace sa main molle. Elle est normale au toucher. Enfin, façon de parler. La main est moite et poilue, alors c'est désagréable et anormal de la toucher. Ce qui est normal, c'est qu'elle est chaude au lieu d'être froide. Quand j'étais enfant, je m'attendais à ce que les gens soient froids dans le Calme, comme des statues de pierre.

Une fois que la main du Professionnel est déplacée, je ramasse ses cartes. Avec le roi qui flotte en l'air, il a une jolie paire. C'est bon à savoir.

Je m'avance vers Grand-mère. Elle tient déjà ses cartes en éventail pour moi. Je peux éviter de toucher ses mains ridées et tâchées. C'est un soulagement, car j'ai récemment commencé à avoir des réserves sur le fait de toucher les gens — plus particulièrement les femmes — dans le Calme. Si j'étais obligé, je raisonnerais sur le fait que toucher la main de Grand-mère était inoffensif — ou du moins, pas pervers — mais il vaut mieux l'éviter si possible.

Dans tous les cas, elle a une petite paire. Je me sens mal pour elle. Elle a perdu pas mal d'argent ce soir. Ses jetons diminuent. Ses pertes sont peut-être dues, au moins partiellement, au fait qu'elle ne sait pas garder un visage neutre. Même avant de regarder ses cartes, je savais qu'elles ne seraient pas bonnes parce que j'ai vu qu'elle était déçue de sa main au moment où elle l'a regardée. J'avais aussi remarqué un éclat joyeux dans ses yeux quelques tours plus tôt, quand elle avait eu un brelan gagnant.

Ce jeu de poker est, en grande partie, un exercice de lecture des gens : un domaine dans lequel j'aimerais vraiment m'améliorer. On me dit très fort pour lire les gens dans mon travail, mais ce n'est pas vrai. Je suis juste doué pour utiliser le Calme et faire comme si j'étais doué. Mais je veux vraiment apprendre à analyser les gens réellement.

Ce qui ne m'intéresse pas tellement dans ce jeu de poker, c'est l'argent. Je m'en sors assez bien financièrement pour ne pas dépendre d'un gros gain aux jeux de chance. Peu importe que je perde ou que je gagne, même si cela avait été amusant de quintupler mon argent à la table de blackjack. J'ai fait tout ce voyage pour jouer parce que je le peux enfin, ayant vingt-et-un ans maintenant. Je n'ai jamais aimé les fausses cartes d'identité, alors ceci est une première pour moi.

Je laisse la Grand-mère tranquille, et je passe au joueur suivant : le Cowboy. Je ne peux pas résister à la tentation d'enlever son chapeau de paille et de l'essayer. Je me demande si c'est possible d'attraper des poux comme ça. Parce que je n'ai jamais pu rapporter un objet inanimé du Calme, ni affecter le monde de manière durable, je me dis que je ne peux pas non plus ramener de créatures vivantes avec moi.

Je laisse tomber le chapeau et je regarde ses cartes. Il a une paire d'as — sa main est meilleure que celle du Professionnel. Le Cowboy est peut-être un pro lui aussi. Il a un bon *poker face*, d'après ce que je peux voir. Ce sera intéressant de les observer pendant ce tour.

Ensuite, je m'avance vers le deck et je regarde les cartes supérieures pour les mémoriser. Je ne laisse aucune place au hasard.

Quand j'ai fini, je reviens vers moi. Ah oui, est-ce que j'ai dit que je peux me voir assis là, figé comme les autres ? C'est le plus bizarre. C'est comme de vivre une expérience extracorporelle.

Je m'approche de mon corps figé et je le regarde. En général, j'évite de le faire, parce que c'est trop perturbant. On a beau se regarder dans le miroir ou dans des vidéos sur YouTube, rien ne peut préparer à voir son propre corps en 3D. Ce n'est pas quelque chose qu'on est censé vivre. Enfin, sauf pour les vrais jumeaux, je suppose.

Il est difficile de croire que ce corps, c'est moi. Il ressemble plutôt à n'importe qui. Enfin, peut-être un peu mieux que ça. Je le trouve assez intéressant. Il a l'air cool. Il a l'air classe. Je pense que les femmes le considèreraient probablement comme beau, même si ce n'est pas modeste de l'admettre.

Je ne suis pas un expert pour évaluer le degré de beauté des hommes, mais certaines choses sont évidentes. Je sais quand un type est laid et mon corps figé ne l'est pas. Je sais aussi qu'en général il faut des traits symétriques pour être perçu comme étant beau, et ma statue les a. Une mâchoire prononcée n'est pas mal non plus. Check. Avoir les épaules larges, c'est positif, et être grand aide beaucoup. Tout est bon. J'ai des yeux bleus, ce qui semble être une bonne chose. Des filles m'ont dit qu'elles aimaient mes yeux, même si maintenant, sur mon corps figé, ils ont l'air effrayants. Ils sont tout vitreux. On dirait les yeux d'une statue de cire.

Je me rends compte que je passe trop de temps sur ce sujet, et je secoue la tête. Je peux déjà voir ma psy en train d'analyser ce moment. Qui pourrait imaginer que le fait de s'admirer de cette façon soit un symptôme de sa maladie mentale ? Je l'imagine en train de griffonner des mots comme 'narcissique' et de le souligner.

Bon, ça suffit. Je dois quitter le Calme. Je lève la main et je touche le front de ma silhouette figée. J'entends les bruits à nouveau en sortant de mon déphasage.

Tout est de retour à la normale.

Le roi que j'ai regardé un instant auparavant — le roi que j'ai laissé sur la table — est de retour en l'air et de là, il suit la trajectoire normale pour atterrir près des mains du Professionnel. La Grand-mère regarde toujours ses cartes avec déception et le Cowboy porte de nouveau son chapeau, même si je le lui avais enlevé dans le Calme. Tout est exactement comme c'était avant.

D'une certaine façon, mon cerveau ne cesse jamais de s'étonner de la discontinuité entre l'expérience dans le Calme et celle d'en dehors. Notre condition d'humains fait que nous sommes programmés pour nous interroger sur la réalité lorsque ce genre de chose se produit. Quand j'essayais d'être plus malin que ma psy, au début de la thérapie, j'avais un jour lu tout un manuel de psychologie pendant notre session. Elle n'avait rien remarqué, bien sûr, puisque je l'avais fait dans le Calme. Le livre disait comment les bébés, dès l'âge de deux mois, pouvaient être surpris s'ils voyaient quelque chose qui sortait de l'ordinaire, comme la gravité semblant fonctionner à l'envers, par exemple. Ce n'est pas étonnant que mon cerveau ait du mal à s'adapter. Jusqu'à mes dix ans, le monde se comportait normalement, mais depuis, tout est bizarre et c'est peu dire.

Je baisse les yeux et je me rends compte que j'ai un brelan. La prochaine fois, je regarderai mes cartes avant de déphaser. Si j'ai une combinaison aussi forte, je pourrais tenter le coup et jouer sans tricher.

Le jeu se déroule de façon prévisible parce que je connais les cartes de tout le monde. À la fin, Grand-mère se lève. Elle a manifestement perdu assez d'argent.

C'est alors que je vois la fille pour la première fois.

Elle est superbe. Mon ami Bert du travail prétend que j'ai un type de femmes, mais je rejette cette idée. Je n'aime pas me voir aussi creux ou prévisible. Mais il se pourrait que je sois un peu des deux, car cette fille correspond parfaitement à la description de Bert. Et je réagis de façon extrêmement intéressée, c'est le moins qu'on puisse dire.

De grands yeux bleus. Des pommettes bien définies sur un visage fin, avec une pincée d'exotisme. Des jambes longues et très bien formées, comme celles d'une danseuse. Des cheveux sombres ondulés attachés en queue de cheval, ce qui me plaît. Et pas de frange : encore mieux. J'ai horreur des franges, je ne sais pas pourquoi les filles s'infligent ça. Même si l'absence de frange ne faisait pas partie de la description de Bert, cela aurait probablement dû y figurer.

Je continue à la dévisager. Avec ses talons hauts et sa jupe serrée, elle est un peu trop bien habillée pour cet endroit. Ou alors c'est moi qui ne suis pas assez bien habillé, en jean et tee-shirt. Quoi qu'il en soit, je m'en moque. Il faut que j'essaie de lui parler.

J'hésite à passer dans le Calme et à l'approcher pour faire quelque chose de louche, du genre la regarder de près ou peut-être même inspecter le contenu de ses poches. Faire quelque chose qui m'aiderait quand je lui parlerai.

Je décide de ne pas le faire, ce qui est probablement la première fois.

Je sais que le raisonnement qui me pousse à casser mon habitude est très étrange. Si l'on peut appeler ça un raisonnement. J'imagine l'enchaînement suivant : elle accepte de sortir avec moi, on sort ensemble pendant quelque temps, ça devient sérieux, et à cause de la connexion profonde entre nous, je lui parle du Calme. Elle apprend que j'ai fait un truc pervers, elle pique une crise et elle me largue. C'est ridicule de penser tout ça, étant donné que je ne lui ai pas encore parlé. Je brûle carrément les étapes. Elle a peut-être un QI de moins de 70 ou la personnalité d'un morceau de bois. Il peut y avoir vingt raisons différentes qui expliqueraient que je ne veuille pas sortir avec elle. En outre, cela ne dépend pas que de moi. Elle pourrait me dire d'aller me faire voir dès que j'essaie de lui parler.

Malgré tout, le fait de travailler dans les fonds spéculatifs m'a appris à spéculer. Même si le raisonnement est dingue, je m'en tiens à ma décision de ne pas déphaser, parce que c'est ce qu'un gentleman aurait fait. En accord avec cette galanterie qui ne me ressemble pas, je décide également de ne pas tricher pour ce tour de poker.

Pendant que les cartes sont distribuées, je songe à quel point, c'est agréable de se comporter honorablement, même si personne ne le sait. Je devrais peut-être essayer de respecter plus souvent la vie privée des gens. *Ouais, c'est ça*. Il faut rester réaliste. Je ne serais pas là où j'en suis aujourd'hui si j'avais suivi ce conseil. En fait, si je prenais l'habitude de respecter la vie privée, je perdrais mon travail en l'espace de quelques jours, et avec lui, beaucoup du confort auquel je me suis habitué.

Je copie le geste du Professionnel et je couvre mes cartes de la main dès que je les reçois. Je suis sur le point de jeter un coup d'œil à mes cartes quand quelque chose d'inhabituel se produit.

Le monde devient silencieux, exactement comme quand je déphase... Mais je n'ai rien fait cette fois.

Et à ce moment-là, je la vois : la fille assise à l'autre bout de la table, la fille à qui je viens de penser. Elle est debout à côté de moi et elle retire sa main de la mienne. Ou, plus précisément, de la main de mon corps figé : moi je suis un peu plus loin et je la regarde.

Elle est également assise en face de moi à la table, une statue figée comme toutes les autres.

Mon cerveau se met à turbiner et mon cœur se met à battre plus vite. Je n'envisage même pas la possibilité que cette seconde fille soit une sœur jumelle ou un truc du genre. Je sais que c'est elle. Elle fait ce que j'ai fait quelques minutes auparavant. Elle marche dans le Calme. Le monde autour de nous est figé, mais pas nous.

Elle a un regard horrifié quand elle se rend compte de la même chose. Elle se précipite de l'autre côté de la table et elle se touche le front.

Le monde redevient normal.

Elle me fixe, choquée, avec des yeux immenses, le visage pâle. Je vois ses mains trembler quand elle se lève. Sans un mot, elle me tourne le dos et elle se met à courir.

Me remettant de ma surprise, je me lève et je la suis en courant. Ce n'est pas très élégant. Si elle remarque qu'un type qu'elle ne connaît pas lui court après, elle aura autre chose en tête que sortir avec. Mais je n'en suis plus là maintenant. C'est la seule personne que j'ai rencontrée et qui sache faire la même chose que moi. Elle est la preuve que je ne suis pas fou. Elle a peut-être ce que je désire le plus au monde.

Elle a peut-être des réponses.

EXTRAIT DE *LE CODE ARCANE*

Blaise, un paria qui était autrefois un membre respecté du Conseil des Sorciers, a passé l'année précédente à développer un objet magique spécial. Son objectif est de permettre à tout le monde de pratiquer la magie afin qu'elle ne soit plus réservée à l'élite des sorciers. Le résultat de sa quête est pour le moins inattendu : au lieu de créer un objet, il l'a créée, Elle.

Elle, c'est Gala et elle est tout sauf inanimée. Elle est née dans le Domaine des Sorts et elle est belle et très intelligente. Personne ne sait de quoi elle est capable.

Elle ferait n'importe quoi pour pouvoir découvrir le monde... Elle abandonnerait même l'homme dont elle est en train de tomber amoureuse.

Augusta, une puissante sorcière et autrefois la fiancée de Blaise, considère que celui-ci fait preuve de la pire des arrogances et que Gala est une abomination qu'il faut exterminer. Dans sa quête pour sauver l'espèce humaine, Augusta se forge de nouvelles alliances et s'implique dans un réseau d'intrigues qui s'étire au-delà de tout ce qu'ils peuvent imaginer. Elle devra peut-être même se confier à Barson, son nouvel amant, un guerrier qui pourrait bien avoir des plans à lui...

* * *

Il y avait une femme nue sur le plancher du bureau de Blaise.

Une magnifique femme nue.

Stupéfait, Blaise fixait des yeux la superbe créature qui venait de se matérialiser. Elle regardait autour d'elle d'un air perplexe, visiblement aussi choquée d'être là que ce qu'il était étonné de l'y voir. Ses cheveux blonds ondulés tombaient en cascade sur son dos, couvrant partiellement un corps qui semblait être la perfection même. Blaise essaya de ne pas penser à ce corps et de se focaliser plutôt sur la situation.

Une femme. Une personne, pas une chose. Blaise n'arrivait pas à le croire. Était-ce possible ? Cette fille pouvait-elle être l'objet ?

Elle était assise avec les jambes pliées sous elle, s'appuyant sur un seul bras mince. Cette pose avait quelque chose d'étrange, comme si elle ne savait pas quoi faire de ses membres. Malgré les courbes qui faisaient d'elle une femme, il y avait une espèce d'innocence enfantine dans sa façon de rester assise là, sans gêne et totalement ignorante de son attrait.

En s'éclaircissant la gorge, Blaise essaya de chercher quoi dire. Même dans ses rêves les plus fous, il n'aurait pu imaginer une telle issue au projet qui avait demandé tout son temps ces derniers mois.

En entendant son bruit, elle tourna la tête pour le regarder et Blaise fut absorbé par deux yeux bleu exceptionnellement clair.

Elle cligna des yeux, puis pencha la tête d'un côté en l'étudiant avec une grande curiosité. Blaise se demanda ce qu'elle voyait. Il n'avait pas vu la lumière du jour depuis des semaines et il n'aurait pas été surpris s'il avait maintenant l'apparence d'un sorcier fou. Son visage était probablement couvert d'une barbe d'une semaine et il savait que ses cheveux foncés n'étaient pas brossés et qu'ils pointaient dans tous les sens. S'il avait su qu'il se retrouverait face à une jeune femme magnifique aujourd'hui, il aurait lancé un sort de toilette ce matin-là.

— Qui suis-je ? demanda-t-elle en faisant sursauter Blaise. Sa voix était douce et féminine, tout aussi séduisante que le reste de sa personne.

— Quel est cet endroit ?

— Ne le sais-tu pas ? Blaise était content de parvenir à bafouiller une phrase presque cohérente. Ne sais-tu pas qui tu es ni où tu te trouves ?

Elle secoua la tête.

— Non.

Blaise avala sa salive.

— Je vois.

— Que suis-je ? demanda-t-elle encore en le regardant de ses yeux incroyables.

— Eh bien, dit lentement Blaise, si tu ne me fais pas une farce cruelle et que tu n'es pas le fruit de mon imagination, alors c'est un peu compliqué à expliquer...

Elle regardait sa bouche pendant qu'il parlait et quand il s'arrêta, elle releva la tête pour croiser son regard.

— C'est étrange, dit-elle, d'entendre des mots de cette façon. Ce sont les premiers véritables mots que j'entends.

Blaise sentit un frisson lui parcourir l'échine. Il se leva de sa chaise et il se mit à arpenter la pièce en essayant de ne pas regarder son corps nu. Il s'était attendu à ce que quelque chose apparaisse. Un objet magique, une chose. Il n'avait simplement pas su quelle forme cette chose prendrait. Un miroir, peut-être, ou une lampe. Peut-être quelque chose d'aussi rare que la Sphère de Capture Vitale posée sur son bureau comme une sorte de gros diamant rond.

Mais une personne ? Et une personne de sexe féminin en plus ?

Pour être honnête, il avait bien essayé de rendre l'objet intelligent pour s'assurer que la chose aurait la capacité de comprendre le langage humain et de le retranscrire en code. Peut-être ne devrait-il pas être si surpris que l'intelligence qu'il avait invoquée prenne une apparence humaine.

Une forme magnifique, féminine et sensuelle.

Concentre-toi, Blaise, concentre-toi.

— Pourquoi marches-tu comme ça ? Elle se leva lentement, ses mouvements étaient peu assurés et étrangement maladroits. Je devrais marcher aussi ? C'est comme ça que les gens discutent ?

Blaise s'arrêta devant elle en faisant de son mieux pour ne pas regarder plus bas que son cou.

— Je suis désolé. Je n'ai pas l'habitude d'avoir des femmes nues dans mon bureau.

Elle fit descendre ses mains le long de son corps, comme pour essayer de le toucher pour la première fois. Quelle qu'ait été son intention, Blaise trouva le geste extrêmement érotique.

— Est-ce qu'il y a un problème avec mon apparence ? demanda-t-elle. C'était une inquiétude si typiquement féminine que Blaise dut retenir un sourire.

— Au contraire, assura-t-il. Tu es magnifique. Si belle, en fait, qu'il avait du mal à se concentrer sur autre chose que ses courbes délicates. Elle était de taille moyenne et si bien proportionnée qu'elle aurait pu servir de modèle pour un sculpteur.

— Pourquoi est-ce que je suis comme ça ? Un léger froncement vint plisser son front lisse. Que suis-je ? Cette dernière question semblait tout particulièrement la préoccuper.

Blaise inspira profondément, essayant de ralentir son pouls.

— Je crois que je peux hasarder une conjecture, mais avant, je voudrais te donner des vêtements. S'il te plaît, attends-moi ici, je reviens.

Et sans attendre sa réponse, il sortit en trombe de son bureau.

* * *

EXTRAIT DE *LIAISONS INTIMES*
DE ANNA ZAIRES

Remarque : *Liaisons intimes* est le fruit de la collaboration de Dima Zales avec Anna Zaires. Il s'agit du premier livre acclamé par la critique de la série de science-fiction érotique Les Chroniques Krinar. Il contient des situations sexuelles explicites et il n'est pas destiné aux lecteurs de moins de 18 ans.

* * *

Un romance au charme sombre et audacieux qui séduira les amateurs de liaisons dangereusement érotiques...

Dans un futur proche, la Terre est désormais sous l'emprise des Krinars, une espèce sophistiquée venue d'une autre galaxie. Ils restent un mystère pour nous, et nous sommes totalement à leur merci.

Mia Stalis est une jeune étudiante New Yorkaise, plutôt innocente et timide. Elle mène une vie parfaitement normale. Comme la plupart des êtres humains elle n'a jamais eu de contact avec les envahisseurs, jusqu'au jour où une simple promenade dans Central Park va changer sa vie à jamais. Mia a été remarquée par Korum et elle doit maintenant se confronter à un puissant Krinar, doté de dangereux moyens de séduction, qui veut la posséder corps et âme — et qui ne reculera devant rien pour devenir son maître.

Jusqu'où peut-on aller pour retrouver sa liberté ? Quels sacrifices peut-on consentir pour aider ses semblables ? Quels choix nous reste-t-il quand on s'éprend de son ennemi ?

* * *

L'air était vif et pur tandis que Mia descendait d'un pas rapide un sentier sinueux de Central Park. Partout, on voyait l'approche du printemps, les arbres encore nus avaient de minuscules boutons et les nounous étaient sorties en masse pour profiter de cette première journée de beau temps avec les enfants turbulents qui leur étaient confiés.

Bizarrement, tout avait changé depuis quelques années et pourtant tout était identique. Si dix ans plus tôt on avait demandé à Mia à quoi ressemblerait la vie après une invasion d'extra-terrestres, ce n'est pas du tout ce qu'elle aurait imaginé. Les films 'Independance Day' ou 'La Guerre des Mondes' étaient à des lieux de montrer ce qui se passe réellement quand une civilisation plus sophistiquée prend le dessus. Il n'y avait eu ni combat ni résistance du gouvernement parce qu'*ils* les avaient rendus impossibles. Rétrospectivement, il sautait aux yeux que ces films étaient idiots. Les engins nucléaires, les satellites et les avions de combat étaient aussi primitifs que des pierres et des bouts de bois. Mia aperçut un banc vide près du lac et s'y dirigea avec plaisir, ses épaules se ressentaient du poids de son sac à dos où elle avait mis son volumineux ordinateur portable — elle l'avait depuis 12 ans — ainsi que ses livres, imprimés sur papier comme autrefois. Elle avait beau avoir 20 ans, parfois elle se sentait déjà vieille, et comme dépassée par un monde nouveau sans cesse en évolution, un monde de tablettes fines comme du papier à cigarette et de montres qui servaient de téléphones portables. Depuis le jour K, le rythme des progrès technologiques ne s'était pas ralenti ; en fait de nombreux nouveaux gadgets avaient été influencés par ceux des Krinars. Non pas que les Krinars partageaient allègrement leur précieux savoir technologique ; de leur point de vue, leur petite expérience devait se poursuivre sans la moindre interruption.

Mia ouvrit la fermeture éclair de son sac et en sortit son vieux Mac. Il était lourd et lent, mais il fonctionnait encore et Mia, comme tous les étudiants désargentés, ne pouvait rien s'offrir de mieux. Une fois en ligne elle ouvrit une page vierge sur Word et se prépara à rédiger sa dissertation de sociologie, une véritable torture.

Après 10 minutes sans avoir écrit un seul mot elle s'arrêta. De qui se moquait-elle ? Si elle voulait vraiment s'y mettre, il ne fallait pas venir au parc ; évidemment c'était tentant de se donner l'illusion de pouvoir profiter du grand air et travailler, mais elle n'avait jamais été capable de faire les deux en même temps. Pour ce genre d'effort intellectuel, une vieille bibliothèque poussiéreuse lui convenait bien mieux.

En son for intérieur Mia se reprocha d'être aussi paresseuse, soupira et commença à regarder autour d'elle au lieu d'essayer de travailler. Elle ne se lassait jamais de regarder les gens à New York.

La scène lui était familière, comme elle s'y attendait il y avait le clochard de service sur un banc voisin (Dieu merci ce n'était pas le banc le plus proche parce qu'il avait l'air de sentir le fauve) et deux nounous bavardaient en espagnol en promenant tranquillement leurs landaus. Un peu plus loin, une jeune fille faisait du jogging, ses reeboks roses offrant un joli contraste avec son survêtement bleu. Mia suivit la joggeuse des yeux avant qu'elle ne disparaisse. Elle admirait sa condition physique. Elle avait un emploi du temps tellement chargé qu'elle n'avait pas beaucoup de temps pour faire du sport et elle se disait qu'elle n'aurait pas pu suivre cette jeune fille à ce rythme pendant plus d'un kilomètre.

À sa droite, elle voyait le Pont Bow au-dessus du lac. Un homme était penché sur le parapet et regardait l'eau. Son visage était tourné de l'autre côté si bien qu'elle ne pouvait voir qu'une partie de son profil. Et pourtant il y avait quelque chose en lui qui attira l'attention de Mia.

Elle n'arrivait pas à savoir de quoi il s'agissait. Il était vraiment grand et semblait costaud sous l'imperméable élégant qu'il portait, mais ce n'était pas ce qui l'intriguait. Les hommes grands, beaux et bien habillés ne manquent pas à New York, la ville regorge de top-modèles. Non, il y avait autre chose. Peut-être son attitude, parfaitement immobile, ne faisant aucun geste inutile. Ses cheveux bruns brillaient dans la vive lumière ensoleillée de l'après-midi, sa frange se soulevait légèrement dans la brise douce du printemps.

Et puis il était seul.

— Eh bien ! voilà, pensa Mia. D'habitude, il y avait toujours du monde sur ce joli pont, mais là, il était seul ; pour une raison qui lui échappait, tous semblaient l'éviter. En fait, à part elle et le clochard qui sentait sans doute mauvais, tous les bancs au bord de l'eau, d'habitude si recherchés, étaient vides.

Comme s'il avait senti qu'elle le regardait, l'homme qui faisait l'objet de son attention tourna lentement la tête et la regarda droit dans les yeux. Avant d'avoir compris ce qui se passait elle sentit son sang se glacer, elle était pétrifiée et incapable de détourner son regard de ce prédateur qui semblait maintenant, lui aussi, la regarder avec intérêt.

* * *

Respire, Mia, respire !

Une voix enfouie en elle, une petite voix raisonnable n'arrêtait pas de le lui répéter. Et cette même part d'elle-même, bizarrement objective, remarquait la symétrie du visage de cet homme, sa peau bronzée tendue sur ses pommettes saillantes et sa mâchoire solide. Elle avait vu des Ks en photo et sur des vidéos, ni les unes ni les autres ne leur rendaient vraiment justice. La créature qui ne se tenait guère qu'à une dizaine de mètres d'elle était tout simplement extraordinaire.

Alors qu'elle continuait de le regarder fixement, toujours pétrifiée, il se redressa et fit quelques pas dans sa direction. Ou plutôt, il bondit vers elle, lui sembla-t-il, ressemblant à un félin qui s'approche légèrement d'une gazelle. Ce faisant, il ne la quittait pas des yeux. Quand il se rapprocha, elle distingua de petits éclats jaunes dans ses yeux d'or pâle ainsi que ses longs cils épais.

Elle s'aperçut avec un mélange d'horreur et d'incrédulité qu'il s'était assis sur le banc à quelques centimètres d'elle et qu'il lui souriait en montrant ses dents blanches. Pas de crocs, lui dit la part de son cerveau qui fonctionnait encore, rien qui puisse y ressembler. Encore un mythe à leur sujet, tout comme leur soi-disant horreur du soleil.

— Comment vous appelez-vous ? La question avait presque été posée comme un ronronnement. Cette créature avait la voix basse et douce, pratiquement sans le moindre accent. Ses narines se soulevaient légèrement comme s'il sentait son parfum.

— Heu... Mia avala sa salive avec nervosité. M-Mia.

— Mia, répéta-t-il lentement, semblant prendre plaisir à dire son nom. Mia comment ?

— Mia Stalis. Merde alors, pourquoi voulait-il savoir son nom ? Et pourquoi était-il là, en train de lui parler ? Et qui plus est, que faisait-il à Central Park, si loin de l'un des Centres K ? *Respire, Mia, respire !*

— Détendez-vous donc Mia Stalis !

Il sourit de toutes ses dents, et une fossette apparut sur sa joue gauche. Une fossette ? Les K avaient donc des fossettes ?

— Vous n'avez donc encore jamais rencontré l'un d'entre nous ?

— Non, jamais Mia poussa un grand soupir et s'aperçut qu'elle avait retenu son souffle. Malgré tout son trouble, sa voix ne tremblait pas trop et elle en fut fière. Devrait-elle l'interroger, souhaitait-elle savoir ? Elle prit son courage à deux mains.

— Et que... — une fois de plus elle avala sa salive — que voulez-vous de moi ?

— Juste parler, pour le moment. Il plissait légèrement ses yeux dorés, elle avait l'impression qu'il était sur le point de se moquer d'elle. Bizarrement, elle en fut assez agacée pour sentir sa peur s'atténuer. S'il y avait une chose à laquelle Mia était très sensible, c'était la moquerie. Mia était de petite taille, très mince, mal à l'aise avec les autres comme toutes les jeunes filles qui ont dû supporter le désagrément d'avoir eu un appareil dentaire, des cheveux frisés et des lunettes pendant leur adolescence. C'était un véritable cauchemar de faire sans cesse l'objet des moqueries des uns et des autres. Elle releva la tête avec agressivité.

— Alors d'accord, comment *vous* appelez-vous ?

— Moi, c'est Korum.

— Korum tout court ?

— Contrairement à vous, nous n'avons pas vraiment de nom de famille. Le mien est tellement long que vous n'arriveriez pas à le prononcer si je vous le disais.

Voilà qui était intéressant. En l'entendant, elle se souvenait avoir lu quelque chose à ce sujet dans le *New York Times*. Jusqu'ici, tout allait bien. Ses jambes ne tremblaient plus, sa respiration s'était calmée. Elle arriverait peut-être à s'en sortir saine et sauve ? Elle se sentait relativement en sécurité en parlant avec lui, bien qu'il ait continué de la dévisager fixement de ses yeux jaunâtres qui la mettaient mal à l'aise.

— Et que faites-vous ici, Korum ?

— Je viens de vous le dire, un brin de causette avec vous, Mia. Il y avait encore un soupçon de moquerie dans sa voix.

Mia se sentit frustrée, elle poussa un nouveau soupir.

— Ou plutôt que faites-vous ici à Central Park ? Et que faites-vous à New York ?

Il sourit une nouvelle fois en penchant la tête légèrement de côté.

— Disons que j'espérais rencontrer une jolie jeune fille aux cheveux bouclés.

Bon, ça suffisait maintenant. Il était clair qu'il se moquait d'elle. Maintenant qu'elle avait un peu repris ses esprits, elle s'aperçut qu'ils étaient là, au beau milieu de Central Park, et devant des millions de témoins. Elle jeta un coup d'œil discret autour d'elle pour en avoir le cœur net. Eh oui, elle avait raison, bien que les gens s'écartent du banc où elle se trouvait avec cet extra-terrestre, plus loin sur le chemin les plus courageux les regardaient fixement.

Il y avait même un couple qui les filmait, sans prendre trop de risque, avec la caméra qu'ils avaient au poignet. Si le K devenait trop entreprenant avec elle, en un clin d'œil les images seraient sur YouTube, il le savait bien. Mais comment savoir s'il s'en moquait ou pas ?

Cependant étant donné qu'elle n'avait jamais vu de vidéos où des étudiantes se faisaient agresser par des Ks au beau milieu de Central Park, elle était relativement en sécurité ; Mia prit son ordinateur portable avec précaution et le remit dans son sac à dos.

— Laissez-moi vous aider, Mia.

Avant même qu'elle ne puisse réagir, elle le sentit s'emparer de tout le poids de l'ordinateur, il le prit des mains de Mia devenues inertes et elle sentit alors qu'il lui touchait le bout des doigts. Ce contact provoqua en elle comme une légère décharge électrique et un frémissement nerveux la suivit aussitôt.

Il attrapa son sac à dos et y mit l'ordinateur portable, chacun de ses gestes était précis, doux et d'une grande souplesse.

— Eh bien ! voilà, tout va bien mieux maintenant.

Mon Dieu, il venait de la toucher. Peut-être avait-elle tort de penser qu'on était en sécurité dans les lieux publics. De nouveau, elle sentit sa respiration s'accélérer et son cœur battre la chamade.

— Il faut que j'y aille maintenant, au revoir !

Elle se demanderait toujours comment elle avait réussi à parler sans s'étrangler de terreur. Elle saisit les sangles de son sac à dos qu'il venait de poser par terre et se leva d'un bond, en remarquant au passage qu'elle avait retrouvé l'usage de ses jambes.

— Au revoir, Mia. Et à bientôt !

En partant, elle entendit sa voix légèrement moqueuse qui portait loin — l'air du printemps était si pur —, elle avait tellement hâte d'être loin de lui qu'elle courait presque.

* * *

Si vous souhaitez en savoir plus, veuillez consulter le site internet d'Anna :

http://annazaires.com/series/francais/.

À PROPOS DE L'AUTEUR

Dima Zales est un auteur de science-fiction et de fantasy dont les romans sont classés parmi les best-sellers du *New York Times* et de *USA Today*. Avant de devenir écrivain, il a travaillé à New York dans l'industrie du développement de logiciels en tant que programmeur et en tant que cadre. Depuis les logiciels de trading haute fréquence pour les grosses banques jusqu'aux applications mobiles pour des magazines populaires, Dima a tout fait. En 2013, il a quitté l'industrie des logiciels pour se concentrer sur sa carrière d'écrivain et il a déménagé à Palm Coast, en Floride, où il vit actuellement.

Vous pouvez consulter le site www.dimazales.com/series/francais/ pour en savoir plus.